A PUNIÇÃO DA BELA

Volume II da trilogia erótica
da *Bela Adormecida*

ANNE RICE
Escreve como A. N. ROQUELAURE

A PUNIÇÃO DA BELA

TRADUÇÃO Ana Carolina Ribeiro

Título original
BEAUTY'S PUNISHMENT

Copyright © A. N. Roquelaure, 1984
Todos os direitos reservados.

Nenhuma parte desta obra pode ser reproduzida, ou transmitida por qualquer forma ou meio eletrônico ou mecânico, inclusive fotocópia, gravação ou sistema de armazenagem e recuperação de informação, sem a permissão escrita do editor.

Esta é uma obra de ficção. Nomes, personagens, lugares e incidentes são produtos da imaginação da autora, foram usados de forma fictícia, e qualquer semelhança com pessoas reais, vivas ou não, acontecimentos ou locais, é mera coincidência.

Direitos para a língua portuguesa reservados
com exclusividade para o Brasil à
EDITORA ROCCO LTDA.
Av. Presidente Wilson, 231 – 8º andar
20030-021 – Rio de Janeiro – RJ
Tel.: (21) 3525-2000 – Fax: (21) 3525-2001
rocco@rocco.com.br | www.rocco.com.br

Printed in Brazil/Impresso no Brasil

Preparação de originais: Maria Beatriz Branquinho da Costa

Diagramação: FA Editoração Eletrônica

CIP-Brasil. Catalogação na fonte.
Sindicato Nacional dos Editores de Livros, RJ.

R381p	Rice, Anne, 1941- A punição da Bela / Anne Rice escreve como A. N. Roquelaure; tradução de Ana Carolina Ribeiro. – Rio de Janeiro: Rocco, 2012. (Trilogia erótica da Bela Adormecida; II) Tradução de: Beauty's punishment Sequência de: Os desejos da Bela Adormecida Continua com: A libertação da Bela ISBN 978-85-325-2735-6 1. Ficção erótica americana. I. Ribeiro, Ana Carolina. II. Título. III. Série.
11-8143	CDD – 813 CDU – 821.111(73)-3

SUMÁRIO

7	A HISTÓRIA ATÉ AQUI
11	OS PUNIDOS
16	BELA E TRISTAN
28	O LEILÃO NO MERCADO
42	BELA NA PRAÇA
48	LIÇÕES DA SENHORA LOCKLEY
66	A ESTRANHA HISTORINHA DO PRÍNCIPE ROGER
71	O CAPITÃO DA GUARDA
80	A PRAÇA DAS PUNIÇÕES PÚBLICAS
92	TRISTAN NA CASA DE NICOLAS, O CRONISTA DA RAINHA
113	UMA ESPLÊNDIDA CARRUAGEM
120	A FAZENDA E O ESTÁBULO
136	A NOITE DOS SOLDADOS NA ESTALAGEM
152	GRANDE DIVERSÃO
166	O QUARTO DE NICOLAS
176	MAIS REVELAÇÕES SOBRE A ALMA DE TRISTAN
201	A DISCIPLINA DA SENHORA LOCKLEY
216	CONVERSA COM O PRÍNCIPE RICHARD
227	BARRACAS PÚBLICAS
236	OS AFETOS DA SENHORA LOCKLEY
248	SEGREDOS NO QUARTO
272	SOB AS ESTRELAS
283	REVELAÇÕES E MISTÉRIOS
298	CORTEJO PENITENCIAL
303	TRISTAN E BELA
317	DESASTRE
321	MERCADORIA EXÓTICA
328	OUTRA REVIRAVOLTA
338	CATIVEIRO DA LUXÚRIA

A HISTÓRIA ATÉ AQUI

Após seu sono centenário, a Bela Adormecida abriu os olhos com o beijo do príncipe, apenas para se descobrir despida de suas roupas e com seu coração, assim como o corpo, sob o controle de seu libertador. Imediatamente, Bela foi declarada escrava sexual nua do príncipe, e seu destino era ser levada para o reino dele.

Com o grato consentimento dos pais dela, Bela, inebriada de desejo pelo príncipe, foi então conduzida à corte da rainha Eleanor, mãe dele, para ser mais uma serviçal entre as centenas de príncipes e princesas nus, distrações da corte até o momento que deveriam ser recompensados e enviados de volta aos seus reinos.

Fascinada pela severidade do salão de treinamento, do salão das punições, pelo suplício da senda dos arreios e por seu próprio desejo crescente a satisfazer, Bela continuou a ser a indiscutível favorita do príncipe e o deleite de sua por vezes senhora, a adorável e jovem lady Juliana.

Mesmo assim, não conseguia ignorar sua paixão secreta e proibida pelo belo escravo da rainha, príncipe Alexi, e, finalmente, pelo príncipe Tristan, escravo indisciplinado.

Após ver o príncipe Tristan entre aqueles que caíram em desgraça no castelo, Bela, no que pareceu um momento de inexplicável rebeldia, atrai para si a mesma punição destinada a Tristan: ser expulsa da luxuriante corte, rumo à degradação do trabalho pesado na aldeia próxima.

No ponto em que começa nossa continuação, Bela acabou de ser colocada na carruagem com Tristan e os outros escravos em desgraça para ser levada pela longa estrada rumo à praça de leilões do mercado da aldeia.

A PUNIÇÃO DA BELA

OS PUNIDOS

A estrela da manhã esvanecia no céu violeta enquanto a enorme carroça de madeira, repleta de escravos nus, avançava lentamente sobre a ponte levadiça do castelo. A tropa de cavalos brancos trotava constante, mas com dificuldade, rumo à estrada sinuosa, e os soldados conduziam suas montarias próximas às grandes rodas de madeira, para mais precisamente atingir com o estalar de seus chicotes as pernas e as nádegas nuas dos príncipes e princesas escravos, que gemiam.

O grupo se espremia freneticamente sobre as tábuas ásperas, as mãos atadas atrás das nucas, as bocas amordaçadas e abertas por pequenas tiras de couro, peitos inchados e nádegas avermelhadas tremendo.

Alguns olhavam desesperados para as altas torres do obscuro castelo. Mas parecia que ninguém estava acordado para ouvir seus gritos. E mil escravos obedientes lá dormiam, nos lençóis de seda do salão dos escravos ou nos suntuosos quartos de seus senhores e senhoras, despreocupados em relação àqueles incorrigíveis que agora eram despachados na sacolejante carroça de laterais altas que rumava em direção ao leilão da aldeia.

O comandante do comboio sorriu consigo mesmo ao ver a princesa Bela, a mais querida escrava do príncipe real, se esgueirar para a figura alta e musculosa do príncipe Tristan. Ela fora a última a ser embarcada na carroça. Que escrava adorável era ela, pensou ele, com sua boquinha se esforçando para beijar Tristan apesar da tira de couro que a amordaçava. E como o desobediente Tristan poderia, com as mãos atadas à nuca tão firmemente como qualquer outro escravo, confortá-la agora?, perguntou-se o comandante.

Ponderou consigo mesmo se deveria interromper aquela intimidade ilícita. Bastava puxar Bela para longe do grupo e abrir suas pernas, enquanto ele a inclinasse sobre a murada da carroça, surrando seu sexo latejante com seu cinto, punindo-a pela indecência. Talvez Tristan e Bela devessem descer e ser chicoteados atrás da carroça para aprenderem a lição.

Mas na verdade o comandante sentia um pouco de pena dos escravos condenados, tão mimados, mesmo dos voluntariosos Bela e Tristan. Por volta de meio-dia, todos seriam vendidos na praça, e aprenderiam muito durante os longos meses de verão trabalhando na aldeia.

O comandante deu então a volta na carroça, atingindo outra suculenta princesinha com seu cinto, castigando os rosados lábios de sua vagina que surgiam sob um ninho de lustrosos cachinhos negros; e bateu o cinto com toda a força quando um príncipe de longos braços e pernas tentou protegê-la.

Nobreza mesmo na adversidade, riu sozinho o comandante, dando ao príncipe exatamente o que merecia com seu cinto, divertindo-se ainda mais quando vislumbrou o membro duro e torto do rapaz.

Aquele lote era bem treinado, admitiu ele, as adoráveis princesas com seus mamilos durinhos e rostos afogueados, os príncipes tentando esconder os pênis latejantes. E mesmo com a pena que sentia, o comandante não conseguia deixar de pensar no júbilo dos aldeões.

Durante todo o ano, os aldeões economizavam para esse dia, quando bastava um punhado de moedas para poder comprar, por todo o verão, um escravo mimado que fora escolhido para a corte, treinado e arrumado por ela, e que agora deveria obedecer à criada de cozinha ou criado de estábulo de nível mais baixo que oferecesse o bastante no leilão.

E que grupo sedutor formavam dessa vez, seus braços e pernas arredondados ainda cheirando a perfume caro, os pelos pubianos ainda penteados e untados com óleo, como se fossem ser apresentados à própria rainha, e não a milhares de aldeões ávidos e lascivos. Sapateiros, taberneiros, comerciantes os aguardavam, determinados a exigir trabalho duro em troca de seu dinheiro, assim como beleza e uma submissão miserável.

A carroça balançava os escravos, que gritavam e caíam uns sobre os outros. Agora, o castelo distante não passava de uma sombra cinzenta contra o céu iluminado, seus vastos jardins de prazer escondidos pelos altos muros que o cercavam.

E o comandante sorriu ao cavalgar mais perto do emaranhado de panturrilhas bem torneadas e pés arqueados na carroça, vendo meia dúzia de desgraçados esplêndidos pressionados contra a murada da frente sem esperanças de escapar do cinto dos soldados enquanto os outros se amontoavam sobre eles. Tudo o que podiam fazer era se contorcer sob a divertida agressão, quadris, costas e barrigas expostos novamente ao estalar dos cintos enquanto baixavam o rosto manchado de lágrimas.

Era uma visão realmente sedutora, que se tornava ainda mais interessante, talvez, pelo fato de que eles não sabiam o que os aguardava. Não importava o quanto os escravos da corte fossem alertados sobre a aldeia, nunca estavam realmente preparados para o choque que os esperava. Se soubessem, jamais teriam arriscado desagradar a rainha.

E o comandante não conseguia evitar pensar no fim do verão quando, devidamente castigados, esses mesmos rapazes e moças que agora lutavam e gemiam seriam levados de volta, cabeças baixas e línguas silenciadas em completa submissão. Que privilégio então seria chicoteá-los um a um para que beijassem os sapatos da rainha!

Que chorem agora, pensou o comandante. Deixe que se contorçam enquanto o sol surge por entre as colinas verdes e a carroça corre ainda mais rápido pela longa estrada até a aldeia. Que a linda e pequena Bela e o majestoso Tristan fiquem perto um do outro em meio ao empurra-empurra. Logo descobririam o que haviam provocado para si mesmos.

Dessa vez, ele poderia até ficar para o leilão, pensou o comandante, pelo menos o suficiente para ver Bela e Tristan sendo separados e levados um atrás do outro até a praça como mereciam e então vendidos a seus novos donos.

BELA E TRISTAN

— Mas, Bela, por que você fez isso? – sussurrou Tristan. – Por que resolveu deliberadamente desobedecer? Você queria ser mandada para a aldeia?

Ao redor deles na carroça, príncipes e princesas choravam e gritavam desesperançados.

Porém, Tristan conseguira afrouxar a tira de couro que o amordaçara, deixando-a cair no chão. E Bela conseguiu fazer o mesmo, livrando-se do cruel utensílio com a ajuda de sua língua e cuspindo-o em delicioso desafio.

Afinal, que diferença fazia se eram ou não escravos condenados? Haviam sido dados por seus pais, como tributos totalmente despidos, à rainha, receberam ordens para obedecer durante os anos de serviço. Mas haviam fracassado.

Agora estavam condenados ao trabalho pesado e ao uso cruel por pessoas comuns.

– Por quê, Bela? – pressionou Tristan. Mas, mal repetira a pergunta, cobriu a boca aberta de Bela com a sua, e a moça nada podia fazer além de receber o beijo, se equilibrando nas pontas dos pés, o membro de Tristan erguendo seu sexo molhado que clamava por ele desesperadamente. Se suas mãos não estivessem amarradas, se pudesse abraçá-lo!

De repente, os pés de Bela não tocavam mais o chão da carroça e ela caiu para a frente, contra o peito de Tristan, cavalgando-o, a pulsação dentro dela tão violenta que obliterava os gritos e as pancadas barulhentas dos chicotes dos soldados montados, e ela sentia sua respiração se esvanecer.

Parecia que flutuaria eternamente, destacada da realidade da imensa carroça de madeira rangente, dos guardas provocadores, do céu pálido arqueando-se sobre as suaves colinas escuras e do obscuro perfil da aldeia ao longe, sob a névoa azulada. Não havia sol nascente, bater das ferraduras dos cavalos, membros macios de outros escravos amassados contra as suas nádegas doloridas. Havia apenas um órgão que a dividia ao meio, a levantava e então a levava a uma silenciosa, mas ensurdecedora explosão de prazer. Suas costas estavam arqueadas, suas pernas esticadas, seus mamilos latejavam contra a carne quente de Tristan, sua boca preenchida pela língua do rapaz, tudo ao mesmo tempo.

E em meio ao êxtase, sentiu os quadris de Tristan entrarem em seu irresistível ritmo final. Ela não suportava mais, ainda que o prazer fosse fragmentado, multiplicado, invadindo-a sem cessar. Em algum lugar além do pensamento, sentiu que não era humana. O prazer dissolvera a humanidade que conhecia. E não era a princesa Bela, levada para servir como escrava no castelo do príncipe. Mas talvez fosse mais correto dizer que era, já que esse prazer excruciante fora aprendido lá.

Ela conhecia apenas a pulsação suave e molhada de seu sexo e o órgão que a erguia e segurava. E os beijos de Tristan, que ficavam mais ternos, mais doces, mais longos. Um escravo chorava pressionando suas costas, carne quente contra a sua. Outro corpo morno esmagava seu lado direito, cabelos sedosos esfregavam seu ombro nu.

– Mas por quê, Bela? – Tristan sussurrou novamente, seus lábios ainda tocando os dela. – Você deve ter fugido do príncipe deliberadamente. Você era admirada demais, perfeita demais. – Seus profundos olhos de um azul quase violeta eram pensativos, meditativos, relutavam em revelá-lo completamente.

Seu rosto era um pouco mais largo que o da maioria dos homens, de ossatura forte, perfeitamente simétrico, ainda que os traços fossem quase delicados, e sua voz era baixa e mais assertiva que a da maioria dos senhores de Bela. Mas não havia nada além de intimidade naquela voz e isso, além dos longos cílios de Tristan, dourados sob a luz do sol, dava ao rapaz um ar de encanto. Ele falava com Bela como se sempre tivessem sido parceiros escravos.

– Não sei por que fiz aquilo – respondeu Bela, sussurrando. – Não consigo explicar, mas, sim, deve ter sido deliberadamente. – Ela beijou o peito dele, encontrou rapidamente e beijou seus dois mamilos, e então os chupou com sede, um após o outro, e logo sentiu o órgão indo e voltando novamente dentro dela, apesar de ele suplicar a ela suavemente por misericórdia.

É claro que as punições do castelo haviam sido luxuriantes, que fora excitante ser o brinquedinho de uma corte rica, ser objeto de atenção constante. Sim, aquilo fora apaixonante e confuso, assim como as tiras, chicotes e cintos de couro bem talhados que aquilo causara, a disciplina rígida que tantas vezes a fizera chorar e perder o fôlego. E os perfumados e mornos banhos que se seguiam, as massagens com óleos cheirosos, as horas de meio sono nas quais ela se atrevia a não contemplar as tarefas e provações que a esperavam.

Sim, aquilo tudo fora emocionante, sedutor e até mesmo assustador.

E é claro que ela amara o príncipe, alto e de cabelos negros, com suas misteriosas insatisfações, e a doce e adorável lady Juliana, com sua bela trança loura. Ambos haviam sido torturadores talentosos.

Então por que Bela jogara tudo aquilo fora? Por que, quando ela vira Tristan na estacaria com a multidão de príncipes e princesas desobedientes, todos condenados ao leilão na aldeia, desobedecera deliberadamente para partilhar o destino deles?

Ela ainda lembrava a breve descrição que lady Juliana fizera do que os esperava:

"Esse é um serviço desgraçado. O leilão em si acontecerá logo que eles chegarem e podemos supor muito bem que até mesmo os pedintes e os palermas que vivem pela vila testemunharão o acontecimento. Pois esse dia é declarado feriado."

E então aquela estranha observação do senhor de Bela, o príncipe, que até o momento nunca sonhara que ela pudesse cair em desgraça:

"Mas por todas essas moléstias e crueldades", disse ele, "é que se trata de uma punição sublime."

Será que aquelas palavras a estimularam?

Será que ela desejava ser expulsa da alta corte, que lhe impunha rituais elaborados e sofisticados, rumo a um abandono selvagem em que as humilhações e pancadas viriam com a mesma força e rapidez, mas com um impulso e uma brutalidade muito maiores?

É claro que os limites seriam os mesmos. Nem mesmo na aldeia a carne de um escravo podia ser maculada, um escravo jamais poderia ser queimado ou correr riscos reais. Não, suas punições apenas melhorariam. E agora ela sabia o quanto poderia ser conquistado com a aparentemente inocente tira de couro negra e a palmatória de couro finamente decorada.

Mas ela não seria princesa na aldeia. Tristan não seria príncipe. E os homens e mulheres rudes que os puniriam e para quem trabalhariam saberiam que com cada pancada gratuita estariam cumprindo as ordens da rainha.

De repente, Bela não conseguia mais pensar. Sim, fora por vontade própria, mas teria ela cometido um erro terrível?

– E você, Tristan – disse ela de repente, tentando esconder a voz trêmula. – O que você fez também não foi deliberado? Você não provocou seu senhor deliberadamente?

– Sim, Bela, mas há uma longa história por trás disso – respondeu Tristan. E Bela podia ver a apreensão em seus olhos, o medo que ele também não conseguia admitir. – Eu servia lorde Stefan, como você sabe. O que você não sabe é que um ano atrás, em outras terras, como iguais, lorde Stefan e eu éramos amantes. – Os olhos azul-violeta tornaram-se um pouco mais penetráveis, os lábios um pouco mais quentes, com um sorriso quase triste.

Bela suspirou ao ouvir isso.

O sol estava alto agora, a carroça fizera uma curva fechada e a descida se tornara mais lenta sobre o terreno acidentado, os escravos sendo jogados com mais violência uns contra os outros.

– Você pode imaginar nossa surpresa – disse Tristan – quando nos descobrimos senhor e escravo no castelo, e a rainha, ao ver lorde Stefan ruborizar, imediatamente me deu a ele com a clara instrução de me treinar para ser perfeito.

– Insuportável – disse Bela. – Tendo conhecido o homem antes, caminhado com ele, falado com ele. Como você poderia se submeter?

Todos os senhores e senhoras haviam sido estranhos para ela, definidos perfeitamente no instante em que se deu conta de sua impotência e vulnerabilidade. Ela conhecera a cor e a textura de suas magníficas sapatilhas e botas, o tom rígido de suas vozes, antes que conhecesse seus nomes e rostos.

Mas Tristan abriu o mesmo sorriso misterioso.

– Ah, acho que foi muito pior para Stefan do que para mim – sussurrou ele no ouvido de Bela. – Sabe, havíamos nos encontrado antes em um grande torneio, lutando um contra o outro, e eu o havia superado a cada desafio. Quando caçávamos juntos, eu era o melhor atirador e o melhor cavaleiro. Ele me admirava e venerava, e eu o amava por isso, pois eu sabia a extensão de seu orgulho e de seu amor, que eram iguais. Quando formamos um casal, eu era o líder.

"Mas tivemos que voltar para nossos reinos. Tivemos que retornar aos deveres que nos aguardavam. Conseguimos roubar três noites de amor, talvez mais, nas quais ele se entregou como um menino se rende a um homem. E escrever cartas finalmente se tornou doloroso demais. Então a guerra. O silêncio. O reino de Stefan se aliou ao da rainha. E depois, o exército dela diante de nossos portões e aquele estranho encontro no castelo da rainha: eu de joelhos esperando ser dado a um senhor valoroso, e Stefan, o jovem protegido da rainha, sentado à sua direita, em silêncio, na mesa de jantar. – Tristan sorriu outra vez. – Não, foi pior para ele. Ruborizo de vergonha ao admitir, mas meu coração pulou ao vê-lo. E fui eu quem, por crueldade, triunfou quando o abandonei."

– Sim. – Bela entendia, pois sabia que fizera o mesmo com o príncipe e lady Juliana. – Mas você não temia a aldeia? – Mais uma vez, sua voz ficou trêmula. A que distância estariam da aldeia, ao falar sobre ela? – Ou era simplesmente a única solução? – perguntou ela, delicadamente.

– Não sei. Deve haver mais do que apenas isso – sussurrou Tristan. Então ele parou, como se estivesse confuso. – Mas, se você quer mesmo saber – confessou ele –, estou apavorado. – Contudo, ele disse aquilo com tanta calma, sua voz com uma segurança tão tranquila, que Bela não conseguia acreditar.

A carroça rangente fez outra curva. Os guardas haviam avançado para ouvir algumas ordens de seu comandante. Os escravos sussurravam entre si, obedientes e temerosos demais para se livrar das tirinhas de couro em suas bocas, mas capazes de discutir freneticamente o que estaria por vir enquanto a carroça rodava lentamente.

– Bela – disse Tristan –, vamos nos separar quando chegarmos à aldeia, e ninguém sabe o que pode nos acontecer. Seja boa, obedeça; não pode ser muito pior... – E mais uma vez ele parou, incerto. – Não pode ser muito pior que o castelo.

Agora, Bela pensou ter ouvido uma breve hesitação na voz do rapaz, mas sua expressão estava quase rígida quando olhou para ele, apenas seus lindos olhos suavizando-a um pouco. Ela via uma penugem dourada em seu queixo, e queria beijá-la.

– Você vai me procurar depois que formos separados, tentar me encontrar, mesmo que seja apenas para dizer algumas palavras? – perguntou Bela. – Só para que eu saiba que você está por perto. Mas não acho que serei boa. Não vejo por que devo continuar sendo boa. Fomos maus escravos, Tristan. Por que deveríamos obedecer agora?

– O que você quer dizer? – perguntou ele. – Fico com medo de você.

Ao longe, podia-se ouvir o rugido de vozes, o som de uma multidão movendo-se preguiçosamente pelas colinas baixas, a nebulosa vibração da feira da aldeia, de centenas de pessoas conversando, gritando, batendo umas nas outras.

Bela encostou-se no peito de Tristan. Ela sentiu uma pontada de excitação entre as pernas, o coração pulando. O membro de Tristan estava duro novamente, mas não dentro dela e mais uma vez era uma agonia que suas mãos estivessem amarradas, impedindo-a de tocá-lo.

De repente, sua pergunta pareceu sem sentido, ainda que ela a repetisse, o som distante aumentando.

– Por que devemos obedecer se já fomos punidos?

Tristan também ouvia os sons crescentes a distância. A carroça estava ganhando velocidade.

– Ensinaram-nos no castelo que devemos obedecer – disse Bela –, nossos pais quiseram isso quando nos enviaram à rainha e ao príncipe como tributos. Mas agora somos maus escravos...

– Nosso castigo só piorará se desobedecermos – disse Tristan, mas havia algo estranho em seus olhos que traía sua voz. Ele soava falso, como se repetisse algo que achava que deveria dizer, para o bem dela.

– Devemos esperar e ver o que nos acontecerá – disse ele. – Lembre-se, Bela, no final, eles nos vencerão.

– Mas como, Tristan? – perguntou ela. – Você está dizendo que se condenou a isso, e mesmo assim obedecerá? – Mais uma vez, ela sentiu a mesma excitação de quando deixara o príncipe e lady Juliana chorando atrás dela no castelo. Sou uma menina muito má, pensou ela. Mesmo assim...

– Bela, a vontade deles prevalecerá. Lembre-se, uma escrava voluntariosa e desobediente os divertirá do mesmo jeito. Por que lutar? – disse Tristan.

– Por que lutar para obedecer? – perguntou Bela.

– Você é forte o suficiente para ser terrivelmente má o tempo todo? – perguntou ele. Sua voz era grave, urgente, seu hálito atingia o pescoço de Bela enquanto ele a beijava novamente. Bela tentou silenciar o som da multidão; era um som horrível, como o de uma enorme besta saindo da toca; ela sabia que estava tremendo.

– Bela, não sei o que fiz – disse Tristan. Ele olhou ansioso na direção do som temeroso e ameaçador: gritos, aclamações, a confusão de uma feira. – Mesmo no castelo – disse ele, os olhos azul-violeta tomados por algo que poderia ser um medo que um príncipe não poderia demonstrar. – Mesmo no castelo eu achava mais fácil correr quando nos mandavam correr, ajoelhar quando nos mandavam ajoelhar, e há uma certa vitória em fazer isso com perfeição.

– Então por que estamos aqui, Tristan? – perguntou ela, na ponta dos pés para beijá-lo. – Por que somos escravos tão maus? – E embora ela tenha tentado soar rebelde e corajosa, pressionou seu corpo contra o de Tristan ainda mais desesperadamente.

O LEILÃO NO MERCADO

A carroça havia enfim parado, e Bela pôde ver, por entre o emaranhado de braços brancos e cabelos desgrenhados, a murada da aldeia logo abaixo, com os portões abertos e uma multidão disforme que enchia o gramado.

Mas os escravos eram rapidamente descarregados do veículo, e obrigados pela força dos cintos a se reunirem na grama. Bela foi imediatamente separada de Tristan, que foi brutalmente afastado dela sem nenhuma razão aparente além do capricho de um dos guardas.

As mordaças de couro estavam sendo removidas da boca dos outros.

– Silêncio! – bradou o comandante. – Em aldeia alguma os escravos têm direito à voz! Quem falar será amordaçado novamente, com mais crueldade que antes!

Ele conduziu seu cavalo em volta do pequeno rebanho, deixando seus componentes bem juntinhos, e ordenou que as mãos dos escravos fossem desatadas. Desgraçado seria aquele que ousasse retirar as mãos da nuca.

– A aldeia não precisa de vozes indecentes! – continuou ele. – Agora vocês são burros de carga e não interessa se o trabalho é um prazer ou um estorvo! E devem manter as mãos na nuca ou serão presos novamente e forçados a puxar um arado pelos campos!

Bela tremia violentamente. Não conseguia ver Tristan ao ser forçada a avançar. Ao seu redor, havia apenas longos cachos bagunçados pelo vento, cabeças baixas e lágrimas. Parecia que os escravos choravam mais suavemente sem as mordaças, lutando para manter os lábios cerrados, e que as vozes dos guardas eram terrivelmente ríspidas.

– Andem! Cabeça erguida! – ditavam as ordens grosseiras e impacientes. Bela sentiu os braços e pernas arrepiarem ao som daquelas vozes raivosas. Tristan estava em algum lugar atrás dela. Como seria bom se ele pudesse se aproximar!

E por que eles haviam descido tão longe da aldeia? Por que a carroça estava dando meia-volta?

De repente, ela entendeu. Eles deveriam ser levados ao mercado a pé, como um bando de gansos. E tão rápido como esse pensamento, os guardas golpearam o pequeno grupo e forçaram-no a avançar com uma chuva de chicotadas.

Isto é ruim demais, pensou Bela. Ela tremia quando começou a correr, os golpes, como sempre, atingindo-a quando ela não esperava e fazendo-a voar para a frente sobre a terra macia da estrada.

– Trotando, cabeças erguidas! – gritava o guarda. – Joelhos para cima também! – E Bela viu os cascos dos cavalos pisando o chão ao seu lado, do mesmo jeito que ela os vira anteriormente na senda dos arreios e sentiu o mesmo tremor selvagem quando o couro atingiu suas coxas e até suas panturrilhas. Seus seios doíam enquanto corria, e uma dor entorpecente invadia suas pernas inchadas.

Ela não conseguia enxergar a multidão com clareza, mas sabia que as pessoas estavam lá, centenas de aldeões, talvez até milhares, transbordando dos portões para ver os escravos. E nós teremos que passar bem no meio deles. Isso é horrível, pensou ela, e de repente as decisões que tomara na carroça, de desobedecer, rebelar-se, haviam desaparecido. E ela corria pela estrada rumo à aldeia o mais rápido que podia, o couro do chicote sempre a encontrando, não importava o quão veloz corresse, até que percebeu que chegara à primeira fileira de escravos e agora corria com eles, sem ninguém para escondê-la da vista da enorme multidão.

Bandeiras tremulavam sobre as muralhas. Braços acenavam e comemoravam erguidos enquanto os escravos se aproximavam, e em meio a toda aquela excitação vinha o som do escárnio. O coração de Bela pulava enquanto tentava não ver claramente o que vinha adiante, embora não pudesse virar as costas.

Nenhuma proteção, nenhum lugar para se esconder, pensou ela, e onde está Tristan? Por que não posso voltar ao rebanho? Mas quando tentou, o couro estalou sobre Bela novamente e o guarda gritou para que avançasse. Abriu-se uma chuva de chicotadas ao seu redor, fazendo com que a princesinha ruiva ao seu lado caísse em inúteis lágrimas.

– O que acontecerá conosco? Por que desobedecemos? – gemia a princesinha aos soluços, mas o príncipe de cabelos negros ao lado de Bela lançou-lhe um olhar de advertência.

– Fique quieta ou será pior!

Bela não conseguia deixar de pensar em sua longa marcha rumo ao reino do príncipe, em como ele a guiara pelas aldeias onde fora homenageada e admirada como a escrava escolhida. O que estava acontecendo no presente não se parecia em nada com aquilo.

A multidão abrira espaço e agora se espalhava dos dois lados do rebanho de escravos, que se aproximava dos portões. Bela podia ver as mulheres em seus belos aventais brancos e tamancos de madeira, e os homens com suas botas de couro cru e coletes de couro, rostos robustos iluminados por um óbvio prazer que fez Bela suspirar e focar no caminho à frente.

Eles estavam passando sob os portões. Uma trombeta soava. E mãos surgiam de todos os cantos para tocá-los, empurrá-los, puxar seus cabelos. Bela sentiu dedos rudes esfregarem seu rosto, tapas atingirem suas coxas. Ela soltou um grito desesperado, lutando contra as mãos que a impulsionavam violentamente para a frente enquanto altos e profundos risos de escárnio, berros e exclamações vinham de todas as direções.

Lágrimas rolavam pelo rosto de Bela e a jovem sequer percebera. Seus seios latejavam com a mesma violência que suas têmporas. Ao seu redor, via as casas altas de madeira da aldeia darem lugar a um enorme mercado. Uma plataforma de madeira alta com uma forca coroava o cenário. E centenas de pessoas se penduravam nas janelas e varandas, acenando com lenços brancos, celebrando, enquanto inúmeros outros enchiam as vielas apertadas que levavam à praça do mercado, lutando para se aproximar dos pobres escravos.

Eles foram colocados em um cercado atrás da plataforma. Bela viu um lance de frágeis degraus de madeira levando às tábuas acima e uma corrente de couro pendendo da forca distante. Um estava de um lado dela com os braços cruzados, esperando, enquanto outro soava novamente a trombeta enquanto os portões eram fechados. A multidão cercou-os, e não havia nada mais que uma fina cerca protegendo-os. Mãos tentavam tocá-los novamente enquanto procuravam ficar mais próximos uns dos outros. As nádegas de Bela eram beliscadas, seus cabelos levantados.

Com dificuldade, ela tentou chegar ao centro, buscando desesperadamente por Tristan. Ela o viu apenas de relance, enquanto era puxado para perto do início da escadaria.

Não. Eu preciso ser vendida com ele, pensou ela, e se lançou violentamente para a frente, mas um dos guardas a empurrou novamente para o cercadinho enquanto a multidão gritava, vaiava e ria.

A princesa ruiva que chorara na estrada agora estava inconsolável e Bela pressionou seu corpo contra o dela, tanto para consolá-la quanto para escondê-la. A princesa tinha lindos seios empinados com enormes mamilos rosados, e seus cabelos ruivos caíam como riachos em seu rosto encharcado de lágrimas. A multidão gritava e comemorava novamente agora que o arauto havia terminado.

– Não tenha medo – sussurrou Bela. – Pense que no fim das contas será bem parecido com o castelo. Seremos punidos, forçados a obedecer.

– Não será não – sussurrou a princesa, tentando não mover visivelmente os lábios enquanto falava. – E eu que me achava tão rebelde! Eu me achava tão teimosa!

A trombeta soou com toda a sua potência pela terceira vez, uma série de notas que ecoava alto. E no silêncio que imediatamente se abateu sobre o mercado, uma voz anunciou:

– O leilão de primavera começará agora!

Uma espécie de rugido tomou tudo à volta deles, um coro quase ensurdecedor, tão alto que chocou Bela, fazendo com que a jovem não conseguisse sentir sua respiração. A visão de seu próprio peito pulsando a deixou pasma e, ao lançar um olhar de relance, viu centenas de olhos passando por ela, examinando-a, medindo seus dotes nus, centenas de lábios sussurrantes e sorrisos.

Enquanto isso, os príncipes eram atormentados pelos guardas, seus pênis chicoteados levemente pelos cintos de couro, mãos batendo em suas bolas, já que deveriam ficar rígidos, sendo punidos com vários golpes de palmatória nas nádegas se não o fizessem. Tristan estava de costas para Bela. Ela conseguia ver os músculos perfeitos e duros de suas pernas e nádegas tremendo enquanto o guarda o provocava, esfregando-o violentamente entre as pernas. Ela estava devastada pelo encontro sexual clandestino que tiveram há pouco. Se ele não conseguisse ficar rígido, a culpa seria dela.

Mas a voz estrondosa soou novamente:

– Todos na aldeia conhecem as regras do leilão. Esses escravos desobedientes oferecidos por nossa graciosa Majestade para realizar trabalhos braçais devem ser vendidos a quem realizar o lance mais alto para um período de no mínimo três meses nos serviços que seus novos senhores e senhoras acharem adequado. Esses incorrigíveis devem permanecer serviçais mudos e ser trazidos à praça das punições públicas quando seus senhores e senhoras permitirem, para que possam sofrer, a fim de divertir o público e aperfeiçoar seu caráter.

O guarda se afastara de Tristan, dando-lhe um golpe quase doloroso com a palmatória e sorrindo ao sussurrar algo em seu ouvido.

– Vocês estão seriamente encarregados de desenvolver esses escravos – continuou a voz do arauto na plataforma. – De discipliná-los, não tolerando desobediência ou palavra insolente alguma da parte deles. E qualquer senhor ou senhora pode vender seu escravo dentro da aldeia, a qualquer momento, pela quantia que julgar conveniente.

A princesa ruiva pressionou seus seios nus contra Bela, que se inclinou para beijar seu pescoço. Bela sentiu os pelos crespos do púbis da jovem contra a sua perna, com sua umidade e seu calor.

– Não chore – sussurrou ela.

– Quando voltarmos, serei perfeita! Perfeita! – confidenciou a princesa, caindo em prantos novamente.

– Mas o que te levou a desobedecer? – sussurrou rapidamente Bela em seu ouvido.

– Não sei – disse a garota gemendo, abrindo bem seus olhos azuis. – Eu queria ver o que aconteceria! – E começou a chorar copiosamente de novo.

– Que fique claro que, cada vez que vocês punirem um desses escravos sem valor – continuou o arauto –, estarão cumprindo as ordens de Sua Majestade real. É com a mão dela que estarão desferindo os golpes, com os lábios dela repreenderão. Uma vez por semana, todos os escravos deverão ser enviados ao salão de treinamento. Os escravos devem ser alimentados apropriadamente, ter tempo para dormir e exibir permanentemente provas de que foram chicoteados. Insolência e rebeldia devem ser completamente sufocados.

A trombeta soou novamente. Lenços brancos acenaram e centenas de pessoas batiam palmas ao redor. A princesa ruiva gritou quando um jovem inclinou-se sobre a cerca, pegou-a pela coxa e a puxou para ele.

O guarda interrompeu-o com uma reprimenda simpática, mas não antes que o rapaz escorregasse sua mão pelo sexo molhado da princesa.

Tristan, entretanto, estava sendo levado à plataforma de madeira. Mantinha a cabeça erguida e as mãos juntas sobre a nuca como antes, em uma atitude de pura dignidade, mesmo com a palmatória soando alto em suas nádegas firmes enquanto ele subia os degraus de madeira.

Bela viu pela primeira vez que sob a forca e sua tira de couro havia uma plataforma giratória para onde um homem alto e abatido vestindo um colete de veludo verde empurrava Tristan. Ele chutou as pernas do príncipe para que elas se abrissem, como se o rapaz não pudesse receber a mais simples ordem.

Ele está sendo tratado como um animal, pensou Bela, observando.

Atrás deles estava o leiloeiro, um homem alto que acionou a plataforma giratória com um pedal, fazendo com que Tristan fosse virado rapidamente.

Bela não teve mais que um vislumbre de seu rosto escarlate e cabelos dourados, olhos azuis quase fechados. O suor brilhava em seu peito e barriga firmes, seu membro enorme e grosso como os guardas queriam, suas pernas tremendo levemente com o esforço para mantê-las tão separadas.

O desejo revolvia dentro de Bela, e ainda que estivesse com pena dele, sentiu sua vagina latejar e pulsar novamente, e ao mesmo tempo um medo terrível. Não vou conseguir ficar lá sozinha na frente de todo mundo. Não posso ser vendida assim! Não posso!

Mas quantas vezes dissera essas palavras no castelo. Uma explosão de risadas vinda de uma varanda próxima a pegou de surpresa. Por todos os lados havia conversas altas e brigas enquanto a plataforma girava mais e mais, os cachos louros escapando da nuca de Tristan, fazendo com que parecesse ainda mais nu e vulnerável.

– Um príncipe excepcionalmente forte! – gritou o leiloeiro, sua voz ainda mais alta e profunda que a do arauto cortando o rugido das conversas. – Esbelto, compleição robusta. Certamente adequado ao trabalho doméstico, definitivamente apto ao trabalho no campo, inquestionavelmente bom para os estábulos.

Bela recuou.

O leiloeiro tinha em mãos uma palmatória fina e comprida de couro flexível, do tipo que mais parece uma tira rígida que uma palmatória. Com ela, golpeou o pênis de Tristan enquanto este encarava novamente o cercado dos escravos, e anunciou para quem quisesse ouvir:

– Órgão forte e generoso, capaz de grandes serviços, grande resistência. – E ondas de risos emergiram de todos os cantos da praça.

O leiloeiro ergueu a mão e puxou Tristan pelos cabelos, e repentinamente inclinou-o pela cintura, girando novamente a plataforma enquanto o rapaz permanecia naquela posição.

– Excelentes nádegas – anunciou a voz profunda e estrondosa, e então vieram os inevitáveis golpes da palmatória, deixando suas marcas vermelhas na pele de Tristan. – Flexíveis, macias! – gritou o leiloeiro, cutucando a pele com os dedos. Então suas mãos dirigiram-se ao rosto de Tristan, levantando-o. – Discreto, temperamento calmo, ansioso para obedecer! E assim ele deve ser! – Mais um golpe de palmatória e riso geral.

O que ele está pensando, perguntou-se. Não consigo suportar isso!

O leiloeiro pegara Tristan pela cabeça novamente e Bela o viu levantar um falo de couro negro, que estava pendurado no cinto de seu colete verde por uma corrente. Antes que ela percebesse o que ele faria, o homem já havia enfiado o couro no ânus de Tristan, trazendo mais gritos de todos os cantos do mercado, enquanto o príncipe inclinava-se sobre a cintura como antes, seu rosto parado.

– Preciso dizer mais? – gritou o leiloeiro. – Que comecem os lances!

E imediatamente eles começaram, lances eram gritados de todas as partes, superados assim que eram ouvidos; uma mulher em uma varanda próxima – a mulher de um comerciante, é claro, com seu rico espartilho de veludo e blusa de linho branco – estava na ponta dos pés para gritar seu lance sob as cabeças dos outros.

E são todos tão ricos, pensou Bela, tecelões, pintores e joalheiros da própria rainha; é assim que qualquer um deles tem dinheiro para nos comprar. Mesmo uma mulher de aparência rústica com mãos grossas e avermelhadas e um avental sujo deu um lance da porta do açougue, mas rapidamente já estava fora do jogo.

A pequena plataforma girava lentamente, o leiloeiro seduzindo a multidão enquanto as apostas subiam. Com uma fina vara de couro que desembainhara como uma espada, ele empurrava a carne das nádegas de Tristan para lá e para cá, cutucando seu ânus, enquanto o rapaz permanecia quieto e humilde, apenas uma furiosa vermelhidão em seu rosto denunciava seu sofrimento.

Mas de repente uma voz emergiu do fundo da praça, cobrindo todos os lances com uma ampla margem, e Bela ouviu um burburinho percorrer a multidão. Ele ficou na ponta dos pés tentando ver o que estava acontecendo. Um homem avançara em direção à plataforma e ela não conseguia vê-lo através da armação que a sustentava. Era um homem de cabelos brancos, embora não fosse velho o bastante para ter os cabelos daquela cor, o que lhe conferia certa delicadeza, emoldurando um rosto quadrado e bastante pacífico.

– Então o cronista da rainha quer esta besta jovem e robusta – gritou o leiloeiro. – Ninguém dá mais? Alguém dá mais por este fabuloso príncipe? Vamos lá...

Outro lance, mas o cronista cobriu-o, sua voz tão suave que foi incrível que Bela a tenha escutado, e dessa vez o lance fora tão alto que claramente ele queria calar a concorrência.

– Vendido – gritou finalmente o leiloeiro –, para Nicolas, cronista da rainha e historiador-chefe da aldeia da rainha! Pela grande soma de 25 moedas de ouro.

E enquanto Bela observava entre lágrimas, Tristan foi violentamente puxado da plataforma, levado escadas abaixo rumo ao homem de cabelos brancos que permanecia de braços cruzados, o cinza-escuro de seu colete bem cortado tornava-o parecido com o próprio príncipe, enquanto inspecionava silenciosamente sua aquisição. Com um estalar de dedos, ordenou que Tristan tomasse a sua frente para saírem da praça.

A multidão se abriu relutante para deixar o príncipe passar, empurrando-o e repreendendo-o. Mas Bela mal conseguira vislumbrar a cena quando deu um grito ao perceber que ela própria estava sendo retirada do bando de escravos chorosos e conduzida à escada.

BELA NA PRAÇA

Não, isto não pode estar acontecendo!, pensou ela, e sentiu suas pernas falharem quando a palmatória a atingiu. As lágrimas a cegaram enquanto era quase carregada até a plataforma giratória e lá deixada. Não importava que ela houvesse se recusado a andar até o local.

Lá estava ela! E diante dela, a multidão se espalhava em todas as direções, rostos sorridentes e mãos acenando, meninos e meninas baixos pulando para tentar ver melhor, e os que estavam no balcão se inclinavam para olhar com mais atenção.

Bela achou que fosse desmaiar, mas estava de pé, e quando a bota macia de couro cru do leiloeiro chutou suas pernas para que se abrissem, ela lutou para manter o equilíbrio, seus seios tremendo com os soluços abafados.

– Adorável princesinha! – gritava ele, a plataforma girou de repente e ela quase caiu para a frente. Ela viu atrás de si mais centenas de pessoas formando uma multidão que chegava aos portões da aldeia, mais varandas e janelas, soldados descansando ao longo da muralha. – Cabelos de ouro e peitinhos perfeitos!

O leiloeiro a envolveu com o braço, apertando com força seu seio, beliscando seus mamilos. Ela deixou um grito escapar entre seus lábios cerrados, mas imediatamente sentiu uma onda entre as pernas. Mas se ele a puxasse pelos cabelos como fez com Tristan...

Enquanto pensava nisso, sentiu-se forçada a se inclinar sobre a cintura do mesmo jeito que o rapaz, seus seios parecendo inchar com o próprio peso ao pender sob ela. E a palmatória voltou a encontrar suas nádegas, para o deleite da multidão, que berrava ainda mais. Palmas, risos, gritos soavam enquanto o leiloeiro levantava seu rosto com o couro preto rígido, mas mantendo seu corpo inclinado, girando a plataforma mais rápido.

– Adoráveis dotes, certamente feita para as melhores casas. Afinal, quem desperdiçaria este belo bocado nos campos?

– Venda-a para os campos – gritou alguém. E houve mais comoção e risos. Quando a palmatória atingiu-a novamente, Bela soltou um gemido de humilhação.

O leiloeiro firmou a mão sobre a boca de Bela e forçou seu queixo para cima, deixando-a com as costas arqueadas. Eu vou passar mal, vou desmaiar, pensou Bela, o coração pulando dentro do peito, mas ali estava ela, suportando tudo aquilo, mesmo ao sentir a excitação repentina da vara de couro entre os lábios de sua vagina. Ah, isso não, ele não pode..., pensou ela, mas seu sexo molhado já estava latejando, ansiando pelo duro golpe da vara. Ela se contorceu para se afastar daquilo.

A multidão rugiu.

E Bela percebeu que estava balançando os quadris de um modo terrivelmente vulgar para escapar daquele exame afiado.

Houve mais palmas e gritos enquanto o leiloeiro enfiava a vara fundo em seu púbis molhado e quente, anunciando, ao mesmo tempo:

— Uma jovem delicada e elegante, perfeita para criada da mais refinada senhora ou para a diversão de cavalheiros! — Bela sabia que seu rosto estava avermelhado. Ela jamais sofrera tamanha exposição no castelo. E quando suas pernas fraquejaram novamente, sentiu as mãos firmes do leiloeiro erguendo seus pulsos acima de sua cabeça até que ela estivesse pendurada sobre a plataforma, então o couro da palmatória golpeou suas vulneráveis panturrilhas e as solas de seus pés.

Sem querer, Bela começou a chutar inutilmente. Ela havia perdido todo o controle.

Gritando entre os dentes, lutava loucamente, enquanto o homem segurava seus pulsos, deixando-a pendurada. Uma devassidão estranha e desesperada tomou conta dela enquanto a palmatória lambia seu sexo, golpeando-o e espancando-o, e os gritos e rugidos a ensurdeciam. Ela não sabia se estava desejando aquele tormento ou selvagemente tentando acabar com ele.

Sua própria respiração e soluços frenéticos enchiam seus ouvidos, e, então, entendeu que estava dando ao público exatamente o tipo de exibição que ele adorava. Eles estavam recebendo dela muito mais do que haviam recebido de Tristan e ela não sabia se se importava ou não. Tristan se fora. Ela fora abandonada.

A palmatória a punia, atormentando-a e fazendo com que seus quadris se arqueassem de forma selvagem, apenas para atingir novamente os pelos molhados de seu sexo, inundando-a com ondas de prazer e de dor.

Em puro desafio, balançou seu corpo com toda a sua força, quase se livrando do leiloeiro, que soltou uma risada alta, surpreso. A multidão berrava enquanto ele tentava pará-la, seus dedos firmes apertando os pulsos da princesa enquanto ele a levantava mais alto, e com o canto dos olhos,

Bela viu dois capatazes vestidos de forma rústica correrem até a plataforma.

Imediatamente, eles amarraram os pulsos dela na corrente de couro que pendia da forca sobre a sua cabeça. Agora ela balançava livremente, a palmatória do leiloeiro fazendo com que se virasse a cada golpe, enquanto ela soluçava e tentava esconder o rosto atrás do braço esticado.

– Não temos o dia inteiro para nos divertirmos com a princesinha – gritou o leiloeiro, apesar de a multidão incentivá-lo com gritos de "Bate nela!" e "Castigue-a!".

– Uma mão firme e disciplina severa para esta adorável senhorita, é isso que estão pedindo? – Ele virou Bela, golpeando as solas nuas de seus pés com a palmatória, puxando sua cabeça entre seus braços para que ela não pudesse mais esconder o rosto.

– Seios adoráveis, braços macios, nádegas deliciosas, e uma doce e pequena fissura de prazer entre as pernas, feita para os deuses!

Mas já havia uma tempestade de lances, sendo cobertos tão rápido que ele não tinha de repeti-los, e com os olhos flutuantes Bela via centenas de olhos fitando-a, os rapazes reunidos bem à beira da plataforma, um par de moças sussurrando e apontando, e mais ao longe uma velha se apoiando numa bengala enquanto estudava Bela, levantando um dedo atrofiado para dar um lance.

Mais uma vez, uma sensação de desinibição tomou conta dela, um ar desafiador, e ela chutou e gemeu entre os lábios fechados, pois pensava não poder gritar alto. Seria mais humilhante admitir que podia falar? Seu rosto ficaria mais afogueado se ela tivesse que demonstrar ser uma criatura que pensa e sente, e não uma escrava muda?

Seus soluços eram a única resposta, suas pernas afastadas agora enquanto os lances continuavam, o leiloeiro separando suas nádegas com a vara de couro, assim como fizera com Tristan, batendo em seu ânus para que ela berrasse e trincasse os dentes, contorcendo-se e tentando chutá-lo se pudesse.

Mas agora ele estava confirmando o lance mais alto, e depois outro e tentando arrancar mais da multidão até que ela finalmente o viu anunciar com a mesma voz profunda:

– Vendida à dona de estalagem, senhora Jennifer Lockley do Signo do Leão, pela grande quantia de 27 moedas de ouro. Esta divertida e impetuosa princesinha certamente será chicoteada por seu pão de cada dia e por qualquer outra coisa!

LIÇÕES DA SENHORA LOCKLEY

A multidão aplaudia enquanto Bela era desamarrada e levada escada abaixo, as mãos unidas na nuca, fazendo seus seios sobressaírem. Ela não se espantou ao sentir uma tira de couro ser colocada em sua boca, bem apertada em torno da cabeça, e os punhos estavam presos a ela, o que também não a surpreendeu após a luta que empreendera.

Deixe que façam isso, pensou, desesperada. E quando duas rédeas foram afiveladas nessas mesmas tiras de couro em sua nuca e dadas à mulher alta de cabelos escuros que estava diante da plataforma, Bela pensou: Muito esperta. Ela me vai puxar atrás dela como se eu fosse um animal.

A mulher a analisava como o cronista examinara Tristan, seu rosto ligeiramente triangular e quase bonito, os cabelos negros e soltos caindo sobre as costas a não ser por uma trança fina sobre a testa, o que parecia uma maneira decorativa de manter as grossas mechas escuras longe de seu rosto. Ela vestia um lindo espartilho e saia de veludo vermelho com uma blusa de linho de mangas bufantes.

Uma rica dona de estalagem, Bela deduziu. A mulher alta puxou as rédeas com força, fazendo com que Bela quase perdesse o equilíbrio, e então as colocou sobre o ombro, arrastando a moça em um trote rápido e indesejado atrás dela.

Os aldeães empurravam Bela, cutucavam-na, batiam em suas nádegas doloridas, diziam que ela era uma menina má e perguntavam como gostava que batessem nela, e contavam que gostariam de ter uma hora sozinhos com ela para fazer com que se comportasse. Mas seus olhos estavam naquela mulher e todo o seu corpo tremia, sua mente curiosamente vazia, como se ela não estivesse pensando em nada.

Mas estava pensando no mesmo que pensara antes: Por que não devo ser tão má quanto quiser? Mas de repente caiu em novas lágrimas, e não sabia por quê. A mulher andava tão rápido que Bela tinha que trotar, quisesse ou não, obedecendo, quisesse ou não, e as novas lágrimas faziam com que seus olhos doessem, e as cores da praça se tornassem uma nuvem quente e mutante.

Elas entraram em uma pequena rua, passando apressadas por vagabundos que mal olhavam para o lado enquanto se movimentavam pelo mercado. E logo Bela estava trotando sobre as pedras do calçamento de uma viela vazia, silenciosa e tortuosa, que serpenteava entre as casas escuras de madeira com janelas com treliças, e portas e venezianas pintadas de cores vivas.

Placas por todos os lados anunciavam os negócios da aldeia: ali estava a bota do sapateiro, e lá a luva de couro do homem que fazia luvas, e o desenho rústico de uma taça de ouro marcava o negociante de ouro e prata.

Uma estranha tranquilidade se abateu sobre Bela, que sentia todas as dores de seu corpo arderem mais forte. Ela sentiu a cabeça ser puxada com força para a frente pelas rédeas de couro que esfregaram suas bochechas. Respirava ansiosamente sobre a tira de couro que a amordaçava, e, por um instante, algo naquela cena a surpreendeu, a viela tortuosa, as lojinhas desertas, a mulher alta com seu espartilho de veludo vermelho e saia rodada andando à sua frente, seu longo cabelo preto cacheado caindo sobre as costas estreitas. Parecia que aquilo tudo já acontecera ou que era algo normal.

É claro que não podia ter acontecido antes. Mas Bela sentiu como se pertencesse àquilo de alguma forma estranha, e o terror abrasador do mercado se desfez. Sim, ela estava nua, e suas coxas ardiam com as marcas das pancadas, assim como suas nádegas – ela sequer ousava pensar em sua aparência – e seus seios, como sempre, lançavam aquela pulsação por todo o corpo e havia aquele terrível segredo latejando entre as suas pernas. Sim, seu sexo, provocado tão cruelmente pelos golpes daquela palmatória lisa, ainda a enlouquecia.

Mas todas essas coisas agora pareciam quase doces. Até o contato de seus pés nus com as pedras quentes do chão era quase bom. Sentiu certa curiosidade em relação à mulher alta. E se perguntou o que ela, Bela, faria em seguida.

Ela nunca se fizera essa pergunta no castelo. Temia o que poderia ser forçada a fazer. Mas agora não tinha certeza se seria forçada a fazer alguma coisa. Ela não sabia.

E mais uma vez veio aquela sensação de completa normalidade diante do fato de que era uma escrava nua, amarrada e punida sendo puxada cruelmente pela viela. Veio à mente a ideia de que aquela mulher alta sabia exatamente como tratá-la, fazendo-a correr daquele jeito, eliminando qualquer chance de rebeldia. E isso a fascinava.

Ela deixou seu olhar subir pelas paredes e percebeu que havia pessoas nas janelas a observando. Mais à frente, viu uma mulher de braços cruzados que a olhava com desprezo. E do outro lado da rua, um pouco mais distante, havia um jovem sentado no peitoril de uma janela que sorriu para ela e lhe soprou um beijo. Então surgiu na viela um homem de forma rústica, de pernas tortas, que tirou o chapéu para a "senhora Lockley" e fez uma reverência quando passou. Seus olhos mal pousaram em Bela, mas ele deu um tapinha em suas nádegas ao passar.

Aquela estranha sensação de normalidade começou a deixar Bela confusa. Ao mesmo tempo aquilo dava vazão à sua luxúria, e ela era levada a outra praça pavimentada, dessa vez com um poço público no centro, com várias estalagens em volta.

Havia o Signo do Urso e o Signo da Âncora, o Signo das Espadas Cruzadas, mas de longe o mais majestoso era o Signo do Leão, pendendo sobre uma ampla entrada para carruagens, sob três andares de janelas fechadas com placas de chumbo. Mas o detalhe mais assustador era o corpo nu de uma princesa balançando sob o letreiro, com os tornozelos e pulsos amarrados por uma corrente de couro; ela parecia uma fruta madura pendurada num galho, seu sexo vermelho nu dolorosamente exposto.

Essa era exatamente a posição em que príncipes e princesas eram amarrados no salão das punições no castelo, uma posição a que Bela nunca tivera que se submeter e que temia acima de tudo. O rosto da princesa estava preso entre as pernas, a centímetros de seu sexo inchado e impiedosamente revelado, e seus olhos estavam quase fechados. Quando viu as senhoras Lockley, ela gemeu e se contorceu na corrente, esticando-se para a frente, suplicando, assim como todos os príncipes e princesas punidos haviam feito no salão das punições.

O coração de Bela parou quando ela viu a garota. Mas foi puxada, passando pela moça, incapaz de virar a cabeça para ver melhor a infeliz, e trotou para o salão principal da estalagem.

Apesar de o dia estar quente, o enorme salão estava fresco, com um fogo baixo para cozinhar aceso na gigantesca lareira, sob uma chaleira de ferro fervente. Havia dúzias de mesas cuidadosamente polidas e bancos espalhados pelo vasto piso azulejado. Barris gigantes estavam alinhados junto às paredes. Havia uma longa prateleira saindo de uma das extremidades da lareira e, na parede oposta, o que parecia ser um palco pequeno e rústico.

Um longo balcão retangular estendia-se da porta até a lareira, e atrás dele estava um homem com uma jarra na mão e o cotovelo descansando na madeira, como se estivesse pronto a servir cerveja a qualquer um que pedisse. Ele levantou a cabeça de cabelos desgrenhados, olhou para Bela com seus pequenos olhos escuros e fundos e disse à senhora Lockley, sorrindo:

– Estou vendo que você se deu muito bem.

Demorou um pouco para que os olhos de Bela se acostumassem às sombras, e quando finalmente se acostumaram, ela percebeu que havia vários outros escravos nus no salão. Um príncipe nu com belos cabelos negros estava ajoelhado em um canto distante esfregando o chão com uma escova pesada que segurava pela alça de madeira com os dentes. Uma princesa de cabelos louros escuros fazia o mesmo sob o espaldar da porta. Outra jovem, de cabelos castanhos enrolados no alto da cabeça, polia um banco, ajoelhada, piedosamente autorizada a utilizar as mãos para fazer isso. Dois outros escravos, um príncipe e uma princesa, cabelos soltos, ajoelhavam-se na extremidade oposta da lareira, sob a luz quente do sol, polindo vigorosamente pratos de zinco.

Nenhum desses escravos sequer se atrevia a olhar para Bela. Sua atitude era puramente de obediência, e quando a princesinha com a escova correu para limpar o chão perto de seus pés, Bela viu que suas pernas e nádegas haviam sido recentemente castigadas.

Mas quem são estes escravos?, pensou Bela. Ela tinha quase certeza de que ela e Tristan estavam no primeiro lote a ser condenado a trabalhos forçados. Será que aqueles incorrigíveis haviam se comportado tão mal que foram sentenciados a um ano na aldeia?

– Pegue a palmatória de madeira – disse a senhora Lockley ao homem no bar. Ela puxou Bela para a frente e rapidamente a jogou sobre o balcão.

Bela soltou um gemido que não conseguiu impedir, sentindo suas pernas pendendo sobre o chão. Ela não havia decidido se deveria obedecer ou não quando sentiu a mulher desamarrar a mordaça e a fivela, e depois dar um tapa em sua nuca.

Mas a outra mão da mulher havia passado entre as pernas de Bela e seus dedos encontraram o que procuravam: seu sexo molhado, seus lábios latejantes e até o botão ardente de seu clitóris, fazendo Bela trincar os dentes em um lamento que pedia piedade.

A mão da mulher atormentou-a.

Bela respirou livremente por um instante, então sentiu a superfície suave da palmatória de madeira pressionando levemente suas nádegas, e as marcas em sua pele pareceram arder novamente.

Vermelha de vergonha com o pequeno exame, Bela ficou tensa, esperando pelos golpes inevitáveis, que, no entanto, não vieram. A senhora Lockley virou seu rosto para a esquerda, para que Bela pudesse ver a porta aberta.

– Você está vendo a bela princesinha pendurada no letreiro? – perguntou a senhora. Ela agarrou os cabelos de Bela, puxando e empurrando sua cabeça, como se a moça assentisse. Bela entendeu que não deveria falar, e ela decidira obedecer por enquanto. Assentiu por vontade própria. O corpo da princesa movia-se um pouco para um lado e para outro. Bela não conseguia lembrar se o sexo da moça estava molhado sob o inadequado véu de pelos.

– Você quer ficar pendurada ali no lugar dela? – perguntou a senhora Lockley. Sua voz era desafinada, severa e fria. – Você quer ficar pendurada ali hora após hora, dia após dia, com essa boquinha faminta e aberta para todos verem?

Bela negou com a cabeça, com bastante sinceridade.

– Então você vai parar com a insolência e a rebeldia que demonstrou no leilão e obedecerá a cada ordem que lhe for dada, e beijará a mão de seu senhor e os pés de sua senhora, e chorará de gratidão quando receber seu jantar e lamberá seu prato até limpá-lo.

Ela forçou a cabeça de Bela, que se sentiu estranhamente excitada, a assentir novamente. Ela assentiu mais uma vez, por vontade própria. Seu sexo pulsava contra a madeira do bar. A mão da mulher moveu-se sob ela e juntou seus seios, segurando-os como dois pêssegos macios retirados de uma árvore. Os mamilos de Bela ardiam.

– Estamos entendidas, não estamos? – perguntou ela.

E Bela, depois de um estranho momento de hesitação, consentiu.

– Agora, entenda isso – disse a mulher, na mesma voz assertiva. – Vou bater até você ficar em carne viva. E não haverá lordes e ladies ricos para se deleitarem com isso, nenhum soldado ou cavalheiro para se divertir, apenas eu e você preparando a abertura diária da estalagem e fazendo o que tem de ser feito. Estou fazendo isso por uma única razão: você sentirá tanta dor que o simples toque de minha unha fará você berrar e se apressar a obedecer a meus comandos. Você ficará em carne viva todos os dias deste verão em que for minha escrava, e correrá para beijar meus sapatos depois de eu espancá-la, porque será pendurada sob aquele letreiro se não fizer isso. Hora após hora, dia após dia, você ficará pendurada ali, sendo retirada apenas para dormir e comer, com as pernas presas separadas e as mãos amarradas às costas; e suas nádegas serão espancadas do jeito que farei agora. E depois será recolocada ali onde machões da aldeia poderão rir de você e de seu pequeno sexo sedento. Entendeu?

A mulher esperou, uma das mãos ainda apertando os seios de Bela, a outra nos cabelos da moça.

Bem devagar, Bela assentiu.

– Muito bem – disse a mulher, suavemente. Ela virou Bela e a estirou sobre o balcão, com a mão em direção à porta. Ela ergueu o queixo de Bela para que ela olhasse direto pela porta aberta para a pobre princesa pendurada. Então a palmatória de madeira golpeou novamente suas nádegas, pressionando gentilmente as marcas das pancadas e fazendo suas nádegas parecerem enormes e quentes.

Bela ficou parada. Ela estava quase se deleitando com a estranha calma que sentira na viela de pedrinhas, mas além disso havia a crescente excitação entre as suas pernas. Era como se a excitação eliminasse tudo – até medo e tremores

– do caminho. Ou melhor, a voz da mulher removera os obstáculos. Se eu quiser, posso desobedecer, pensou Bela com aquela mesma estranha calma. Seu sexo estava incrivelmente inchado e molhado.

– Escute mais isso – continuou a senhora Lockley. – Quando eu baixar esta palmatória, você vai se mover para mim, princesa. Vai se contorcer e gemer. Não vai lutar para escapar de mim. Você não faria isso. E também não vai tirar as mãos da nuca. Nem abrir a boca. Mas vai se contorcer e gemer. Na verdade, você vai balançar sob a minha palmatória. Porque, a cada pancada, vai me mostrar como está se sentindo, o quanto está gostando, o quanto é grata pelo castigo que está recebendo e que sabe que está tendo o que merece. E se não for exatamente isso o que acontecer, você será pendurada sob o letreiro quando o leilão terminar, a multidão vier e os soldados pedirem seu primeiro caneco de cerveja.

Bela estava impressionada.

No castelo, ninguém nunca havia falado com ela daquele jeito, com tamanha frieza e simplicidade, mas por trás daquilo parecia haver uma incrível eficácia que quase fez Bela sorrir. É claro que era exatamente aquilo que aquela mulher deveria fazer, refletiu Bela. Por que não? Se Bela possuísse uma estalagem e pagasse 27 moedas de ouro por uma escravinha rebelde, ela faria a mesma coisa. E é claro que pediria à escrava para se contorcer e gemer, para mostrar que entendia que estava sendo humilhada, para treinar a alma do escravo em sua totalidade, em vez de simplesmente dar umas pancadas.

A estranha sensação de normalidade voltou à Bela.

Ela entendeu aquela estalagem fria e sombria com o sol brilhando sobre as pedras do calçamento do lado de fora, e compreendeu perfeitamente a estranha voz que falava com ela com um ar distante, dando-lhe ordens. Comparada àquilo, a linguagem açucarada do castelo era ridícula e, sim, raciocinou Bela, pelo menos por enquanto, ela obedeceria, se contorceria e gemeria.

Afinal, isso ia doer, não ia? Ela descobriu abruptamente.

A palmatória a golpeou, suscitando sem esforço o primeiro gemido alto. Era uma grande palmatória estreita de madeira, que provocava um som cortante e perturbador quando a atingiu novamente, e em meio à salva de pancadas que tocava suas nádegas doloridas, Bela se pegou sem que aquilo fosse uma decisão consciente, se contorcendo e chorando, as lágrimas brotando frescas em seus olhos. A palmatória parecia fazê-la se contorcer e se virar, jogando-a de um lado para outro sobre o balcão rústico, espancando suas nádegas e fazendo com que se erguessem novamente. Ela sentiu o balcão crepitar enquanto seus quadris levantavam e baixavam. Ela sentiu seus mamilos se esfregando contra a madeira. Mas manteve seus olhos cheios de lágrimas focados na porta aberta e, perdida entre o som da palmatória a espancá-la e os gritos altos sufocados por seus lábios cerrados, ela não conseguia evitar se imaginar no lugar dela, se perguntando se a senhora Lockley estava satisfeita com aquilo, se era o suficiente.

Bela ouviu seu próprio gemido, vindo do fundo de seus pulmões, em seus ouvidos, e ela se erguia da tábua como se perguntasse com todo o seu corpo: "Ela sentiu suas lágrimas deslizando pelas bochechas para a madeira. Seu queixo doía enquanto ela subia sob a palmatória, e sentiu seu longo cabelo cair em volta dos ombros, abrigando o rosto. A palmatória realmente doía agora, ferindo-a insuportavelmente... não é o bastante, senhora, não chega?" Nunca, em nenhuma das provações do castelo, ela demonstrara tanto sofrimento.

A palmatória parou. Um suave fluxo de soluços preencheu o repentino silêncio e, humildemente, Bela se contorceu contra o balcão, como se implorasse à senhora Lockley. Algo esfregou muito suavemente suas nádegas doloridas, e ela soltou um gritinho por entre os dentes trincados.

— Muito bem — veio a voz. — Agora ponha-se de pé com as pernas abertas. Agora!

Bela rapidamente cumpriu a ordem. Ela deslizou do balcão e ficou de pé com as pernas o mais afastadas que conseguia, todo o corpo tremendo com suas fungadas e soluços.

Sem olhar para cima, ela conseguia ver a figura obscura da senhora Lockley com os braços cruzados, o branco de suas mangas bufantes brilhando nas sombras, a grande palmatória oval em suas mãos.

– Ajoelhe-se! – veio o ríspido comando, acompanhado de um estalar de dedos. – E coloque essas mãos na nuca, o queixo no chão, engatinhe até a parede do outro lado e volte. Rápido!

Bela apressou-se para obedecer. Era um sofrimento tentar engatinhar daquela maneira, com cotovelos e queixo no chão, e ela não conseguia suportar pensar em como devia parecer estranha e deprimente, mas alcançou a parede e imediatamente voltou até as botas da senhora Lockley. Em um impulso violento, beijou as botas. A pulsação entre as suas pernas se intensificava, como se um punho pressionasse seu sexo, e Bela quase suspirou. Se ela pudesse juntar mais as pernas... mas a senhora Lockley veria e jamais perdoaria.

– Ajoelhe-se – ordenou a senhora Lockley, e agarrou os cabelos de Bela, fazendo com eles um círculo atrás da cabeça da moça. Tirou grampos de seu bolso e prendeu-o.

Então estalou os dedos.

– Príncipe Roger – disse ela. – Traga o balde e a escova até aqui.

O príncipe de cabelos escuros imediatamente obedeceu, movendo-se com uma elegância silenciosa, apesar de estar sobre as suas mãos e joelhos, e Bela viu que suas nádegas estavam em carne viva, vermelhas como se ele tivesse sido obrigado a conhecer a disciplina da palmatória de madeira há não muito tempo. Ele beijou as botas da senhora, seus olhos escuros bem abertos e fixos, e se retirou para o quintal pela porta dos fundos. Os pelos negros que circulavam o buraco rosado de seu ânus eram grossos, suas nádegas pequenas belamente arredondadas para um homem.

– Agora pegue essa escova com os dentes e esfregue o chão, começando por aqui e indo até ali – disse a senhora Lockley friamente. – Você tem que deixá-lo brilhante e limpo. E tem que manter as pernas bem abertas enquanto faz isso. Se eu vir essas pernas juntas, se eu vir esse buraquinho sedento contra o chão ou tocando-o, você será pendurada, entendeu?

Imediatamente, Bela voltou a beijar as botas da senhora.

– Muito bem – disse ela. – Esta noite os soldados pagarão alto por essa vagina apertadinha. Eles a alimentarão bem o bastante. Por enquanto, você ficará faminta em obediência e submissão, e fará o que eu mandar.

Bela logo começou a trabalhar com a escova, esfregando com força o chão azulejado com um movimento de vai e vem de sua cabeça. Seu sexo doía quase tanto quanto suas nádegas, mas enquanto trabalhava a dor parecia cada vez mais fraca e sua mente estranhamente vazia.

O que aconteceria, ela se perguntou, se os soldados a adorassem, pagassem muito por ela, inundassem seu sexo, por assim dizer, e *aí então* ela fosse desobediente? Poderia a senhora Lockley pendurá-la do lado de fora?

Estou me tornando uma menininha má, pensou Bela.

Mas o estranho naquilo tudo era que seu coração batia rápido ao pensar na senhora Lockley. Bela gostava de sua frieza e rigidez de um jeito que nunca pudera gostar em sua bajuladora senhora do castelo, lady Juliana. E ela não conseguia evitar se perguntar se todas aquelas palmadas não davam pelo menos um pouquinho de prazer à senhora Lockley. Afinal, a senhora fazia aquilo muito bem.

Ela esfregava enquanto pensava, tentando deixar os azulejos marrons do chão o mais brilhantes e limpos que podia, quando de repente notou uma sombra a encobrindo, vinda da porta aberta. E ouviu a voz da senhora Lockley dizer, suavemente:

– Ah, capitão!

Bela ergueu o olhar com precaução, mas corajosamente, perfeitamente ciente de que aquilo poderia ser uma insolência. Ela viu um homem louro à sua frente. Suas botas de couro iam até os joelhos e uma adaga cravejada de pedras preciosas estava presa ao grosso cinto de couro, assim como uma espada larga e uma longa palmatória de couro. Para ela, ele parecia maior que todos os homens que conhecera no reino, mas ainda assim tinha uma compleição magra, exceto por seus ombros enormes. Seu cabelo amarelado caía em abundância sobre o pescoço, formando cachos espessos nas pontas, e as extremidades de seus olhos verdes brilhantes adquiriram rugas de expressão quando ele olhou para baixo, na direção dela.

Bela sentiu uma pontada de medo, apesar de não saber por que, como se a frieza e a rigidez que a afetavam repentinamente derretessem. E com uma indiferença calculada, voltou a esfregar.

Mas o homem se colocou à sua frente.

– Eu não o esperava tão cedo – disse a senhora Lockley. – Achei que esta noite o senhor traria toda a guarnição.

– Certamente, senhora – disse ele. Sua voz era quase límpida.

Bela sentiu um aperto peculiar na garganta e continuou esfregando, tentando ignorar as botas de pele de bezerro levemente marcadas à sua frente.

– Vi esta pequena perdiz sendo leiloada – disse o capitão. E Bela ruborizou quando ficou óbvio que o homem estava andando em círculos ao seu redor. – Exatamente a rebeldezinha. Surpreendeu-me que você tenha pago tanto por ela.

– Eu tenho jeito com os rebeldes, capitão – disse a senhora Lockley, com sua voz dura e fria, sem qualquer orgulho ou humor. – E ela é uma perdiz excepcionalmente suculenta. Achei que o senhor se divertiria com ela hoje à noite.

– Limpe-a e mande-a para o meu quarto agora – disse o capitão. – E não pense que quero esperar até esta noite.

Bela virou a cabeça, lançando deliberadamente um olhar duro em direção ao capitão. Ele era bonito de uma forma ousada, com um tufo de barba loura no queixo, como se seu rosto tivesse sido pincelado com pó dourado. E o sol deixara sua marca sobre ele, bronzeando profundamente sua pele e tornando assim suas sobrancelhas douradas e dentes brancos ainda mais brilhantes. Ele calçava uma luva na mão que mantinha sobre o quadril e quando a senhora Lockley mandou rispidamente que Bela baixasse os olhos, ele apenas sorriu diante da insolência dela.

A ESTRANHA HISTORINHA
DO PRÍNCIPE ROGER

Bela foi violentamente posta de pé pela senhora Lockley, que torcendo os pulsos da moça às suas costas, forçou-a a sair pela porta dos fundos em direção a um quintal gramado, com árvores frutíferas de troncos pesados.

Numa cabana aberta, meia dúzia de escravos nus dormiam, sobre tábuas lisas de madeira, tão fácil e profundamente quanto no suntuoso salão dos escravos do castelo. Mas uma mulher de aparência grosseira, com as mangas da camisa enroladas, mantinha outro escravo num barril de água com sabão, as mãos dele presas a um galho de árvore acima. O escravo era esfregado brutalmente pela mulher, como se fosse um pedaço de carne sendo salgado para o jantar.

Logo ela entendeu o que estava acontecendo. Bela fora forçada a entrar em um recipiente semelhante, a água com sabão serpenteando entre seus joelhos, e quando suas mãos foram amarradas ao galho da figueira acima, ela ouviu a senhora Lockley chamar o príncipe Roger.

O príncipe apareceu imediatamente, dessa vez de pé, com a escova na mão, e logo começou a trabalhar em Bela, cobrindo-a com a água morna e esfregando seus cotovelos e joelhos, e então sua cabeça, virando de um lado para outro muito rápido.

Tudo ali era uma questão de necessidade, não havia luxo algum. Bela recuou quando ele esfregou a escova entre as suas pernas, e gemeu quando as cerdas duras castigaram as marcas avermelhadas e hematomas.

A senhora Lockley se retirara. A mulher pesada espancara o pobre escravo choroso para que ele voltasse para a cama e então desapareceu dentro da estalagem. E o jardim, exceto pelos que dormiam, estava vazio.

– Você me responderá se eu falar? – sussurrou Bela. A pele escura do príncipe parecia macia e escorregadia ao tocar a dela, enquanto ele curvava a cabeça dela para trás e derramava uma jarra de água morna em seu cabelo. Ele tinha olhos alegres agora que estavam sozinhos.

– Sim, mas tome muito cuidado! Se nos pegarem, seremos mandados para a punição pública. E odeio divertir o público de pessoas comuns da cidade na plataforma pública.

– Mas por que você está aqui? – perguntou Bela. – Pensei ter vindo com a primeira leva de escravos do castelo.

– Estou na aldeia há anos – disse ele. – Mal me lembro do castelo. Fui condenado por escapar com uma princesa. Nós nos escondemos por dois dias inteiros antes de eles nos acharem! – O rapaz sorriu. – Mas nunca serei chamado de volta.

Bela estava chocada. Ela se lembrou de sua própria escapadela com o príncipe Alexi perto do quarto da rainha.

– E o que aconteceu com ela?

– Ah, ela passou um tempo na aldeia e depois retornou ao castelo. Ela se tornou uma das grandes favoritas da rainha. E quando chegou a hora de ser enviada para casa, ela permaneceu por lá para viver como uma lady.

– Isso não pode ser verdade! – disse Bela, estupefata.

– Sim, ela se tornou membro da corte. Ela até veio aqui para me ver com todas as suas roupas e joias refinadas e perguntou se eu queria voltar a ser seu escravo. Ela disse que a rainha permitiria, pois prometera me punir com muita severidade e me tratar cruelmente. Ela disse que seria a senhora mais malvada que um escravo já tivera. Eu estava muito impressionado, como você pode imaginar. Na última vez em que eu a vira, ela estava nua, virada sobre o joelho de seu mestre. E agora ela montava um cavalo branco e vestia um lindo vestido de veludo negro com enfeites dourados, seus cabelos estavam trançados com ouro e ela estava pronta para me carregar nu em sua sela. Fugi, e ela conseguiu que o capitão da guarda me trouxesse de volta, então ela me espancou sobre seu cavalo com a palmatória, bem no meio da praça, diante de uma multidão de aldeões. Ela se divertiu imensamente.

– Como ela pôde fazer uma coisa dessas? – Bela estava horrorizada. – Você disse que ela usava tranças?

– Sim – disse ele. – Ouvi dizer que ela nunca usa os cabelos soltos. Lembra-a demais de quando era escrava.

– Não pode ser lady Juliana!

– É exatamente ela. Como você sabe?

– Ela era minha torturadora no castelo, minha senhora, tanto quanto o príncipe era meu senhor – disse Bela. Como ela podia enxergar claramente o adorável rosto de lady Juliana, com aquelas tranças grossas! Quantas vezes ela fugira de sua palmatória pela senda dos arreios? – Ah, que coisa terrível da parte dela! Mas o que aconteceu depois? Como você conseguiu escapar dela?

– Eu disse que fugi dela e o capitão da guarda teve que me trazer de volta. Estava claro que eu não me encontrava pronto para retornar ao castelo. – Ele riu. – Disseram-me que ela implorou e suplicou por mim. E prometeu me domar sem a ajuda de ninguém.

– Monstro – disse Bela.

O príncipe secou seus braços e seu rosto.

– Saia do barril – disse ele – e fique quieta. Acho que a senhora Lockley está na cozinha. – Então ele acrescentou, sussurrando: – A senhora Lockley não me deixaria partir. Mas Juliana não foi a primeira escrava a continuar e se tornar uma torturadora. Talvez um dia você encare a escolha e de repente tenha a palmatória nas mãos e todas aquelas nádegas nuas à sua mercê. Pense nisso – disse ele, seu rosto escuro enrugando-se com uma risada amigável.

– Nunca! – suspirou Bela.

– Bem, temos que nos apressar. O capitão está esperando.

A imagem de lady Juliana nua com o príncipe Roger brilhava na cabeça de Bela. Como ela gostaria de ter lady Juliana virada sobre os seus joelhos, pelo menos uma vez. Mas o que estava pensando? A simples menção ao capitão causou-lhe uma fraqueza imediata. Ela não tinha uma palmatória em mãos e ninguém à sua mercê. Ela era uma escrava má, nua e prestes a ser enviada a um soldado duro com um óbvio gosto por rebeldes. E vislumbrando o belo rosto bronzeado e os profundos olhos brilhantes, ela pensou: Se sou uma menina tão má, então devo me comportar como tal.

O CAPITÃO DA GUARDA

A senhora Lockley saíra pela porta. Ela desamarrou as mãos de Bela e secou seu cabelo com rispidez. Então segurou as mãos de Bela junto às costas, fez com que entrasse na estalagem e depois subisse uma escada de madeira estreita e curva que ficava atrás da lareira. Bela podia sentir o calor da chaminé pela parede, mas foi levada para o andar superior tão rápido que mal percebeu qualquer coisa.

A senhora Lockley abriu uma pequena e pesada porta de carvalho e forçou Bela a se ajoelhar no quarto, empurrando-a para a frente de modo que a moça tivesse que usar as mãos para se apoiar.

– Aqui está ela, meu belo capitão – disse a senhora.

Bela ouviu a porta se fechar atrás de si. Ela se ajoelhou, ainda incerta sobre o que deveria fazer, o coração acelerando ao ver as familiares botas de pele de bezerro, o brilho do fogo da lareira e a grande cama de madeira sob um teto inclinado. O capitão estava sentado em uma pesada poltrona ao lado da longa mesa de madeira escura.

Mas enquanto ela esperava ele não dera ordens.

Em vez disso, sentiu a mão dele pegando seu cabelo e levantando-a por ele, fazendo com que ela tivesse que engatinhar um pouco para a frente e ajoelhar-se na sua frente. Ela olhou para o homem com os olhos impressionados, vendo mais uma vez aquele rosto belo e audacioso, os cabelos louros luxuriantes que ele certamente adorava e os olhos verdes profundos em sua pele bronzeada. Seu olhar encontrava o dela com a mesma intensidade.

Uma terrível fraqueza tomou conta dela. Algo dentro de Bela suavizou-se completamente, e essa suavidade parecia crescer, infectando todo o seu corpo e espírito. Rapidamente, ela interrompeu o processo. Mas ela estava começando a entender algo...

O capitão a levantou e a pôs de pé, os cabelos da moça enrolados em sua mão esquerda. Encobrindo-a com sua altura, chutou suas pernas para que se abrissem.

– Você vai se mostrar para mim – disse ele, com um vago sinal de sorriso, e antes que ela pudesse pensar no que fazer, ele soltou seu cabelo, deixando-a livre. Uma onda de humilhação tomou conta dela.

Ele mergulhou novamente na cadeira, confiante na obediência da moça. O coração dela batia tão forte que ela se perguntou se ele podia ouvir.

– Ponha as mãos entre as pernas e abra os lábios de sua vagina. Quero ver seus dotes.

Uma vermelhidão queimou seu rosto. Ela olhou para ele e não se moveu. Seu coração estava disparado.

E, em um instante, ele havia levantado, prendido seus pulsos, a erguido e sentando-a com brutalidade na mesa de madeira. Ele inclinou as costas da moça, que agora tinha os pulsos empurrados contra a coluna, e usando o joelho, forçou as pernas dela a se afastarem bem, enquanto ele olhava para ela.

Ela não hesitou ou desviou o olhar, mas fitou direto o rosto do capitão enquanto sentia seus dedos cobertos por luvas fazerem exatamente o que ordenara a ela, abrindo bem os lábios de sua vagina, que agora ele olhava.

Ela lutou, contorceu-se, tentou desesperadamente se libertar, os dedos abrindo-a, beliscando com força seu clitóris. Ela sentiu a vermelhidão ferver seu rosto e balançou os quadris em pura rebeldia. Mas, sob o couro áspero das luvas do homem, seu clitóris endurecia, crescia, queimando entre o polegar e indicador dele.

Ela arfava e virou o rosto, e quando o ouviu desabotoando as calças e sentiu a cabeça dura de seu pênis contra a sua coxa, gemeu e levantou os quadris, oferecendo-se.

Imediatamente, o membro estava se movimentando dentro dela. Ele a preenchia tão completamente que sentiu os pelos púbicos quentes e molhados do capitão fechando sua vagina, e as mãos dele em suas nádegas doloridas, levantando-as.

Ele a levantou da mesa quando os braços da moça envolveram seu pescoço e suas pernas circundaram sua cintura, e com as mãos controlou os movimentos dela sobre o seu pênis, que não parava de ir e voltar, erguendo-a quando ela estava quase gritando e então baixando-a novamente, enfiando todo o seu órgão dentro dela. Ele a movimentava com cada vez mais força, e ela nem percebia que ele agarrara sua cabeça com a mão direita ou que ele virara seu rosto para cima ou que enfiara a língua em sua boca. Ela sentia apenas as inebriantes explosões de prazer invadindo seus quadris e então sua boca agarrou a dele, e seu corpo estava tenso e leve, sendo levado para cima e para baixo, para cima e para baixo, até que com um grito alto, um grito indecente, ela teve o destruidor orgasmo final.

E eles continuaram, a boca dele sorvendo os gritos dela, sem deixá-la, e só quando ela pensou, agonizante, que aquilo teria um fim, ele chegou a seu próprio clímax dentro dela. Ela ouviu um gemido profundo vindo de sua garganta. Os quadris do homem congelaram e ele penetrou-a em um frenesi de movimentos rápidos e curtos.

De repente, o quarto ficou silencioso. Ele continuou agarrado a ela, o órgão dentro dela dando pequenos espasmos ocasionais que a faziam gemer suavemente.

Então ela se sentiu esvaziada. Tentou protestar em silêncio, mas ele ainda a estava beijando.

Ela fora colocada no chão novamente, com as mãos atrás do pescoço, as pernas separadas pelo leve toque de suas botas, e mesmo com toda a sua doce exaustão, ela continuou de pé. Ela olhava para a frente, não enxergando nada além de um facho de luz.

– Agora teremos a pequena demonstração que pedi – disse ele, beijando novamente a boca virada da jovem, abrindo-a e enfiando a língua dentro de seus lábios. Ela olhou nos olhos dele. Não havia nada além daqueles olhos fitando-a. Capitão, ela pensou na palavra. Então ela viu uma mecha de cabelos louros sobre a testa bronzeada com suas rugas profundas. Mas ele havia se afastado, deixando-a ali de pé.

– Você colocará as mãos entre as pernas – disse ele, suavemente, sentando-se novamente em sua poltrona de carvalho, suas calças bem fechadas – e me mostrará suas partes íntimas imediatamente.

Ela tremeu. Olhou para baixo. Seu corpo estava quente, exaurido e aquela fraqueza agora infeccionava todos os seus músculos. Para sua própria surpresa, ela baixou as mãos entre as suas pernas e sentiu os lábios molhados e escorregadios ainda ardendo, ainda pulsando com a penetração do capitão. Com a ponta do dedo, ela tocou a vagina.

– Abra-a e mostre-a para mim – disse ele, relaxando na poltrona, o cotovelo no braço do móvel, a mão fechada sob o queixo. – Isso mesmo, abra mais. Mais!

Ela esticou os lábios de baixo sem acreditar que ela, a menina má, estava fazendo aquilo. Uma sensação suave, uma espécie de prazer preguiçoso, o eco do êxtase do abraço íntimo deixou-a mais tranquila. Mas os lábios estavam tão separados que quase doíam.

– E o clitóris – disse ele. – Levante-o.

O pequeno órgão ardeu em seu dedo quando ela obedeceu.

– Mova seu dedo para o lado para eu poder ver – disse ele.

E ela fez isso rápido, o mais graciosamente que podia.

– Agora abra bem esse buraquinho de novo e empurre seus quadris para a frente.

Ela obedeceu, mas outra onda de prazer tomou conta dela quando moveu os quadris. Ela podia sentir o rosto enrubescendo, sua garganta e seios ardendo também. Ela pôde se ouvir gemendo. Ergueu os quadris ainda mais alto, moveu-os ainda mais para a frente. Ela podia ver seus mamilos contraindo-se em pedrinhas rosadas e duras. E ouviu seu gemido tornar-se mais alto e suplicante.

Começaria a qualquer momento aquele desejo que se aprofundava tão docemente. Mesmo agora ela podia sentir os lábios inchando em volta de seus dedos, o clitóris pulsando forte como um pequeno coração e a carne rosa ao redor de seus mamilos latejando.

Ela mal conseguia suportar o desejo, e então sentiu a mão do capitão em seu pescoço. Ele a virara para a frente, sentando-a em seu colo, a cabeça dela inclinada para trás sobre a curva de seu braço direito, sua mão esquerda afastando bem as pernas dela, e Bela sentiu o macio colete de pele de bezerro em sua lateral nua, o couro das botas compridas sob suas coxas, o rosto dele sobre ela. Ela sentiu os olhos dele penetrando-a. Ele a beijava devagar, e ela sentiu seus quadris levantarem. Ela tremeu.

Ele segurava algo lindo e fascinante contra a luz, à sua frente. piscou para enxergá-lo: era o cabo de sua adaga, grosso, incrustado com ouro, esmeraldas e rubis.

O objeto sumiu e de repente ela sentiu o metal frio sendo empurrado em sua vagina.

– Aaaaahhh... – gemeu ela, sentindo o cabo deslizando para dentro dela, mil vez mais duro e cruel que o maior dos pênis, e quando ele a levantou parecia estar esmagando seu clitóris ardente.

Ela quase gritou de desejo, sua cabeça caindo para trás, seus olhos cegos para qualquer coisa além dos olhos do capitão a observando. Seus quadris ondulavam selvagemente contra o colo dele, o cabo da adaga indo e voltando, indo e voltando, até que ela não conseguiu mais suportar e o êxtase paralisou-a novamente, silenciando sua boca aberta, a visão do capitão desaparecendo no momento da entrega total.

Quando ela voltou a si, ainda havia um tremor selvagem em seus quadris, sua vagina em espasmos silenciosos, mas Bela estava sentada com as costas eretas, o capitão segurando seu rosto com sua mão e beijando suas pálpebras.

– Você é minha escrava – disse ele.

Ela assentiu.

– Quando eu vier à estalagem, você pertencerá a mim. Não importa onde estiver, você virá até mim e beijará minhas botas – disse ele.

Ela assentiu.

Ele a colocou de pé, e antes que ela entendesse o que estava acontecendo, ela havia sido expulsa do quartinho, pulsos às costas, e era levada pela pequena escadaria curva pela qual subira.

Sua cabeça estava girando. Ele a abandonaria agora e ela não suportava pensar nisso. Ah, não, por favor, não me deixe, pensou ela, desesperada. Ele deu ternas palmadas em suas nádegas, com suas grandes mãos cobertas por luvas de couro macio e a obrigou a retornar à fria escuridão da estalagem, onde seis ou sete homens já estavam bebendo.

Bela ouviu as risadas, a conversa, o som de uma palmatória descendo e um escravo gemendo e soluçando em algum lugar.

Mas ela estava sendo levada à praça aberta diante da estalagem.

– Cruze seus braços atrás das costas – disse o capitão. – Você deve marchar diante de mim com os joelhos altos e olhando para a frente.

A PRAÇA DAS
PUNIÇÕES PÚBLICAS

Por um instante, a luz do sol pareceu brilhante demais. Mas Bela estava ocupada cruzando os braços e marchando, levantando as pernas o mais alto que conseguia. Finalmente a praça tornou-se visível quando eles a adentraram. Ela viu a multidão de pessoas ociosas e fofoqueiras, vários jovens sentados na larga borda de pedra do poço, cavalos presos às entradas das estalagens e outros escravos nus aqui e ali, alguns ajoelhados, outro marchando como ela.

O capitão a virou com outro daqueles golpes largos e macios, apertando um pouco sua nádega direita ao fazê-lo.

Ela parecia estar meio sonhando, meio acordada, e Bela deu por si em uma rua larga, cheia de lojas, assim como a viela pela qual ela chegara, mas esta estava cheia e todos se ocupavam comprando, barganhando, discutindo.

A terrível sensação de normalidade voltou a ela, a mesma ideia de que tudo aquilo acontecera antes, ou pelo menos de que tudo era tão familiar que poderia ter acontecido. Um escravo nu apoiado em suas mãos e joelhos que limpava uma vitrine parecia muito comum, e a visão de outro carregando um cesto preso às costas, marchando como Bela diante de uma mulher que o guiava com uma vara – sim, aquilo também parecia normal. Até os escravos presos nus às paredes, pernas abertas, rostos sonolentos pareciam a coisa mais comum. Por que os jovens aldeões não deveriam provocá-los ao passar, batendo em um pênis ereto aqui, beliscando uma pobre e tímida bocetinha ali? Sim, era normal.

Até a estranha saliência de seus seios, seus braços cruzados às costas para forçá-los para a frente, tudo aquilo parecia bastante prático e uma forma adequada de marchar, pensou Bela. E quando ela sentiu outra pancada quente, marchou mais rápido e tentou levantar os joelhos mais graciosamente.

Agora chegavam ao outro lado da aldeia, ao mercado, e viu centenas de pessoas moendo grãos em volta da plataforma vazia. Aromas deliciosos emergiam das pequenas barracas de comida, e ela conseguia até sentir o cheiro do vinho que um rapaz trazia em uma caneca entre as barracas. Viu rios de panos vindos da loja de tecidos e pilhas de cestos e cordas sendo vendidos. Em todos os cantos, escravos nus executavam mil diferentes tarefas.

Um escravo ajoelhado varria vigorosamente o chão de um beco com uma pequena vassoura. Dois outros estavam de quatro, carregando cestos cheios de frutas em suas costas, e avançavam em um trote rápido por uma porta. Uma princesa esbelta estava pendurada de cabeça para baixo em um muro, seus pelos pubianos brilhando sob o sol, seu rosto vermelho e inchado de lágrimas, seus pés cuidadosamente presos ao muro com tornozeleiras bem apertadas.

Mas eles haviam chegado a outra praça que dava para a primeira, uma estranha praça de chão de terra batida, macia e recentemente revolvida, como na senda dos arreios. Bela foi autorizada a parar e o capitão ficou ao seu lado com os polegares apoiados no cinto, observando tudo.

Bela viu outra plataforma giratória elevada, como a do leilão, e um escravo estava ali amarrado, sento surrado com a palmatória por um homem que fazia a plataforma girar com um pedal, como fizera o leiloeiro, batendo forte em suas nádegas nuas cada vez que ele chegava à posição adequada. A pobre vítima era um príncipe de músculos vistosos, com as mãos amarradas às costas e o queixo apoiado em uma coluna de madeira, para que todos pudessem ver seu rosto enquanto era punido. Como ele consegue manter os olhos abertos?, perguntou-se Bela. Como ele suporta olhar para eles? A multidão em volta da plataforma gritava de um modo tão estridente quanto no leilão.

E quando o torturador levantou sua arma de couro indicando que o castigo estava no fim, o pobre príncipe, com o corpo em convulsão, o rosto contorcido e molhado, teve restos de frutas e lixo atirados sobre si.

Aquela praça, assim como a outra, tinha a atmosfera de uma feira, com as mesmas barracas de comida e vendedores de vinho. Centenas de pessoas assistiam de janelas elevadas, braços cruzados em peitoris e beiradas das varandas.

Mas as palmadas na plataforma giratória não eram a única forma de castigo. Um longo mastro de madeira ficava nos fundos, à direita, com várias tiras de couro compridas descendo de um anel de ferro em seu topo. Na ponta de cada tira negra estava um escravo preso a uma coleira de couro que forçava sua cabeça para cima, e todos marchavam devagar, mas com passos elegantes, circundando o mastro, obedecendo aos golpes constantes de quatro palmatórias, de quatro torturadores instalados em quatro pontos do círculo, como se fossem quatro pontos de uma bússola. Uma trilha circular se desenhava na poeira sob os pés descalços. Algumas mãos estavam presas às costas, outras apenas se juntavam, sem amarras.

Um grupo de homens e mulheres desocupados assistia à marcha circular, fazendo um ou outro comentário, e Bela observou, em um silêncio estupefato, uma das escravas, uma jovem princesa com grandes cachos largos, ser desamarrada e devolvida ao senhor que esperava, que então golpeou seus tornozelos com uma vassoura de palha enquanto a guiava.

– Lá – disse o capitão, e Bela marchou obedientemente ao seu lado em direção ao mastro alto com suas tiras de couro giratórias.

– Amarre-a – disse ele ao guarda, que rapidamente puxou Bela e afivelou a coleira de couro ao redor de seu pescoço de modo que seu queixo fosse forçado para cima pela borda do instrumento.

Em um borrão, Bela viu o capitão observando. Duas aldeãs estavam perto e falavam com ele, e Bela o viu dizer algo bastante direto.

A longa tira de couro que descia do alto do mastro era pesada e se movimentava no anel de ferro de acordo com o ritmo dos outros, e Bela quase foi empurrada para a frente pela coleira. Ela marchou um pouco mais rápido para que isso não acontecesse, mas foi jogada para trás, até que finalmente acertou o passo e sentiu o primeiro golpe barulhento de um dos quatro guardas que casualmente esperavam para castigá-la. Bela percebeu que havia tantos escravos trotando no círculo que os guardas estavam sempre descendo suas brilhantes palmatórias ovais de couro negro, e ela estava sendo abençoada com alguns lentos segundos entre os golpes, a poeira e a luz do sol ferroavam seus olhos enquanto ela olhava os cabelos desgrenhados do escravo à sua frente.

Punição pública. Ela lembrou as palavras do leiloeiro dizendo a todos os senhores e senhoras para adotá-la quando julgassem necessário. E ela sabia que o capitão, diferentemente dos senhores e senhoras bem-educados e das belas palavras do castelo, nunca pensaria em dizer-lhe o motivo. Mas o que importava? Sua vontade de puni-la por tédio ou curiosidade já era razão suficiente, e cada vez que completava o círculo, ela o enxergava claramente por alguns instantes, os braços apoiados nos lados, as pernas firmemente afastadas, os olhos verdes fixos nela. Qualquer motivo seria besteira, pensou ela. E quando se preparou para mais um golpe certeiro – perdendo o equilíbrio e a graça em meio à poeira por um breve instante, quando a palmatória empurrou seus quadris para a frente –, sentiu uma estranha satisfação, diferente de tudo o que conhecera no castelo.

Não havia tensão alguma dentro dela. Aquela dor familiar em sua vagina, o desejo pelo pau do capitão, a pancada da palmatória, tudo isso estava ali, enquanto ela marchava, a coleira de couro balançando cruelmente sob o seu queixo erguido, seus calcanhares batendo no chão duro, nada era tão horrivelmente aterrorizante quanto o que ela conhecera anteriormente.

Mas seu devaneio foi interrompido por um grito alto vindo da multidão ao seu redor. Por sobre as cabeças daqueles que olhavam com malícia para ela e os outros escravos marchando, viu o pobre príncipe castigado ser retirado da plataforma giratória onde fora objeto de escárnio público por tanto tempo. E então outra escrava, uma princesa de cabelos louros como os de Bela foi obrigada a se colocar naquele lugar, costas curvadas para baixo, bunda para cima, queixo apoiado.

Ao completar outra volta no pequeno círculo poeirento, Bela viu que a princesa se contorcia ao ter os braços amarrados às costas, e o apoio do queixo era apertado por um parafuso de ferro, impedindo que ela virasse a cabeça. Seus joelhos foram presos à plataforma giratória e ela distribuía chutes furiosamente. A multidão estava tão excitada quanto na demonstração de Bela no leilão. E mostrava seu prazer com gritos empolgados.

Mas o olhar de Bela captou o príncipe que acabara de descer; ela o viu correndo para um pelourinho próximo. Na verdade, havia vários pelourinhos enfileirados em uma mesma clareira. Ali, o príncipe foi forçado a inclinar-se na altura da cintura, suas pernas afastadas com um chute, como sempre, seu rosto e mãos presos nos locais certos, a tábua de cima caindo sobre a outra com uma pancada barulhenta para mantê-lo olhando para a frente, incapaz de esconder seu rosto ou de fazer qualquer coisa.

A multidão fechou-se em torno da figura impotente. Quando Bela completou outra volta, gritando repentinamente ao ser atingida por uma pancada estranhamente forte da palmatória, ela viu as outras escravas, todas princesas, também serem colocadas no pelourinho, torturadas pela multidão que as tocava, as cutucava, as beliscava como quisesse, apesar de um aldeão estar dando um gole d'água a uma delas.

Obviamente, a princesa teve que lamber o líquido, e Bela viu a ponta rosada de sua língua descer no pires raso; de qualquer forma, aquilo pareceu um gesto de piedade.

Enquanto isso, a princesa na plataforma giratória chutava e sacudia-se, uma exibição absolutamente maravilhosa, seus olhos fechados, sua boca em uma careta, a multidão cantando os golpes em voz alta, em um ritmo que parecia estranhamente assustador.

Mas a provação de Bela em volta do mastro estava chegando ao fim. Ela foi solta da coleira com muita rapidez e habilidade, e então foi retirada do círculo, arfando. Suas nádegas doíam e pareciam inchar, como se esperassem pela pancada seguinte, que nunca veio. Seus braços doíam cruzados às costas, mas continuou esperando.

A grande mão do capitão a virou, e ele pareceu encobri-la, dourado sob o sol, seus cabelos brilhando em volta da sombra escura de seu rosto quando ele se inclinou para beijá-la. Ele agarrou sua cabeça com as mãos e sugou seus lábios, abrindo-os e enfiando sua língua dentro dela, e então a soltou.

Bela suspirou ao sentir os lábios dele se afastarem, o beijo enraizando-se profundamente em sua carne. Seus mamilos roçavam as correntes grossas que decoravam o colete de couro cru do capitão e a fivela fria de seu cinto a queimava. Ela viu seu rosto escuro se abrir em um lento sorriso e seu joelho pressionar seu sexo dolorido, deixando-o sedento. De repente, ela sentiu que sua fraqueza era completa e que não tinha nada a ver com os tremores em suas pernas ou sua exaustão.

– Marche – disse ele. E ao virá-la, dirigiu-a ao outro lado da praça, com um apertãozinho em suas nádegas.

Eles pararam perto dos escravos no pelourinho, que se contorciam sob as zombarias e pancadas do público que os torturava. Atrás de tudo, Bela viu pela primeira vez uma longa fileira de barracas de cores vivas montadas atrás de uma fila de árvores, cada uma delas com sua entrada abobadada aberta. Havia um rapaz bem-vestido em frente a cada barraca, e apesar de Bela nada conseguir ver nos interiores obscuros, ela ouviu as vozes dos homens que, um de cada vez, tentavam o público:

"Belo príncipe aqui, senhor, apenas dez centavos" ou "Adorável princesinha, senhor, para seu prazer, por apenas quinze centavos", entre outros convites como esse. "Se não pode comprar seu próprio escravo, tenha o melhor por apenas dez centavos." "Belo príncipe precisando de castigo, madame. Cumpra as ordens da rainha por apenas quinze centavos." E Bela se deu conta de que homens e mulheres entravam e saíam das barracas, um de cada vez, e às vezes juntos.

E assim até o mais ordinário aldeão pode desfrutar o mesmo prazer, pensou Bela. E mais à frente, no final da fileira de barracas, ela viu um grupo de escravos nus e empoeirados, de cabeças baixas, as mãos atadas ao galho de árvore acima deles, atrás de um homem que anunciava:

– Contrate por dia ou por hora essas belezuras, para os piores serviços. – Ao seu lado, havia uma mesa rústica com toda uma variedade de amarras e palmatórias.

Ela continuou marchando, absorvendo esses espetáculos como se as imagens e sons a espancassem, a mão grande e firme do capitão castigando-a de tempos em tempos.

Quando finalmente chegaram à estalagem, Bela foi colocada novamente no quartinho, pernas separadas, mãos na nuca e pensou, inebriada: Você é meu mestre e senhor.

Parecia que passara toda a sua vida na aldeia em outra encarnação, servindo um soldado, e a mistura de sons vinda da praça do lado de fora era uma música confortante.

Sim, ela era a escrava do capitão, completamente dele, feita para correr pelas ruas, ser punida, totalmente subjugada.

E quando ele a jogou na cama, batendo em seus seios, tomando-a com força novamente, ela virou a cabeça para um lado e para outro, sussurrando:

– Meu Senhor, sempre meu senhor.

Lá no fundo ela sabia que era proibido falar, mas aquilo não parecia ser mais que um grito ou gemido. Sua boca estava aberta e ela gemeu quando gozou, os braços erguidos envolvendo o pescoço do capitão. Os olhos dele piscaram, e depois resplandeceram na escuridão. E então vieram seus últimos movimentos, levando Bela além dos limites, ao delírio.

Ela ficou deitada, parada, por um bom tempo, a cabeça no travesseiro. Sentiu a longa tira de couro do mastro forçando-a a trotar como se ainda estivesse perdida na praça das punições públicas.

Parecia que seus seios explodiriam com o latejar das últimas pancadas. Mas ela percebeu que o capitão tirara toda a roupa e estava deitando na cama nu ao seu lado.

A mão quente dele pousou sobre o seu sexo encharcado, os dedos abrindo os lábios suavemente. Ela chegou mais perto de seus membros nus, braços e pernas poderosos cobertos por uma penugem macia, cacheada e dourada, seu peito liso e claro pressionando seu braço e seus quadris. Seu queixo mal barbeado arranhava sua bochecha. E então seus lábios a beijaram.

Ela fechou os olhos sob a luz da tarde que caía na pequena janela. Os sons confusos da aldeia, as vozes da rua, as explosões maçantes de riso na estalagem abaixo, tudo aquilo se misturava em um burburinho baixo que embalava seu sono. A luz tornou-se mais brilhante antes de começar a esvanecer. O fogo baixo ardia na lareira, e o capitão cobriu Bela com seus braços e pernas, e caiu em um sono profundo junto a ela.

TRISTAN NA CASA DE NICOLAS, O CRONISTA DA RAINHA

Tristan:

Em um quase atordoamento, eu pensava nas palavras de Bela, mesmo enquanto o leiloeiro pedia os lances, meus olhos meio fechados, os gritos da multidão ao meu redor como um turbilhão. Por que deveríamos obedecer? Se éramos maus, se fomos condenados àquela penitência, por que deveríamos cumprir qualquer ordem?

As perguntas dela ecoavam em meio aos gritos e zombarias, à grande barulheira desarticulada que era a verdadeira voz da massa, puramente brutal, de um vigor infinitamente renovado. Apeguei-me à bela lembrança de seu pequeno e refinado rostinho oval, seus olhos brilhando com uma independência irrepreensível, enquanto eu era cutucado, espancado, girado, examinado.

Talvez eu tenha me refugiado em um estranho diálogo interno, pois era um sofrimento excruciante suportar a flamejante realidade do leilão. Eu estava na praça, exatamente como eles haviam ameaçado que me poderia acontecer. E os lances aumentavam, de todas as partes.

Parecia que ao mesmo tempo eu enxergava tudo e nada, e em um momento de insuportável remorso, lamentei ter sido aquele escravo idiota, sonhando com a desobediência e a aldeia nos jardins do castelo.

– Vendido para Nicolas, o cronista da rainha.

E então eu era violentamente retirado escada abaixo e o homem que me comprara ficou na minha frente. Ele parecia uma chama silenciosa em meio à confusão de mãos ásperas batendo em meu falo ereto, beliscando-me, puxando os cachos de meus cabelos. Envolto em um silêncio próprio perfeito, ele levantou meu queixo, nossos olhares se encontraram e com um choque delicado, pensei: sim, este é meu senhor!

Delicado.

Se não o homem em si, robusto o suficiente para alguém alto e magro, pelo menos seus modos.

A pergunta de Bela ecoava em meus ouvidos. Acho que fechei os olhos por um instante.

Eu estava sendo empurrado por entre a multidão, centenas de pessoas me mandando marchar, levantar os joelhos, erguer o queixo, manter meu pênis ereto, enquanto o latido alto do leiloeiro chamava o próximo escravo para a plataforma. Todo aquele barulho, que parecia um rugido, me envolvia.

Eu apenas olhara rápido meu senhor, mas aquela olhada fixou perfeitamente todos os detalhes de seu ser. Apenas um centímetro mais alto que eu, ele tinha um rosto quadrado, mas fino, e abundantes cabelos brancos formavam cachos grossos bem acima de seus ombros. Ele era jovem demais para os cabelos brancos, quase um menino, apesar de sua altura e de seu olhar gélido, seus olhos azuis obscuros no centro. Parecia bem-vestido demais para os padrões da aldeia, mas havia outros como ele nas varandas sobre a praça, assistindo sentados em cadeiras de espaldares altos colocadas atrás de janelas abertas. Certamente comerciantes ricos e suas esposas, mas eles o haviam chamado de Nicolas, o cronista da rainha.

Ele tinha mãos longas e bonitas, com as quais acenava quase languidamente para que eu o seguisse.

Finalmente, cheguei ao fim da praça, recebendo os últimos tapas e beliscões brutos. Peguei-me marchando ofegante em uma rua vazia cercada de pequenas tavernas, estalagens e portas trancadas. Percebi, aliviado, que todos estavam no leilão. E que ali era tranquilo.

Não havia nada além do som de meus pés nas pedras e o bater rápido das botas de meu senhor atrás de mim. Ele estava muito perto. Tão perto que quase podia senti-lo roçando em minhas nádegas. E, com um choque, senti a pancada vigorosa de um cinto e sua voz muita baixa perto de meu ouvido:

– Levante esses joelhos e mantenha a cabeça para o alto e para trás. – Imediatamente me endireitei preocupado por ter-me deixado perder qualquer traço de dignidade. Meu membro ficou duro, apesar da fadiga em minhas panturrilhas. Vi sua imagem novamente, tão misterioso, aquele rosto suave e jovem, os cabelos brancos brilhantes e a túnica de veludo finamente alinhavada.

A rua fez uma curva, estreitou-se, ficou um pouco mais escura enquanto os telhados pontudos sobressaíam no alto, e ruborizei ao ver um rapaz e uma mulher vindo rápido em nossa direção, com suas roupas limpas e engomadas, seus olhos me examinando cuidadosamente. Eu podia ouvir minha respiração difícil ecoando pelas paredes. Um velho sentado num banco diante de uma porta olhou para cima.

O cinto me golpeou novamente enquanto o casal se colocou ao lado e ouvi o homem rir para si mesmo e murmurar: – Um escravo belo e forte, senhor.

Mas por que eu tentara marchar mais rápido, manter a cabeça erguida? Por que eu sentira aquela mesma ansiedade? Bela parecia tão rebelde ao fazer aquelas perguntas. Pensei em seu sexo apertando tão corajosamente meu pênis. Aquilo e a voz do meu senhor me dando novas ordens me enlouqueceram.

– Pare – disse ele, de repente, puxando meu braço de forma que eu ficasse de frente para ele. Mais uma vez vi aqueles grandes olhos azuis sombrios com seus centros negros, e sua boca longa e bonita sem qualquer sinal de escárnio ou rigidez. Várias sombras apareceram à nossa frente, e tive uma horrível sensação de estar afundando quando pararam para nos observar.

– Nunca o ensinaram a marchar, não é? – perguntou ele, erguendo tanto meu queixo que gemi, e tive que usar toda a minha força de vontade para não resistir nem um pouco. Não ousei responder. – Bem, você aprenderá a marchar para mim – disse ele, e me forçou a ajoelhar na rua, à sua frente. Pegou meu rosto com as duas mãos, apesar de ainda manter o cinto na mão direita, e o virou para cima.

Senti-me impotente e envergonhado ao fitá-lo. Eu podia ouvir o som dos rapazes ao redor murmurando e rindo consigo mesmos. Ele me forçou para a frente, até que eu sentisse a protuberância de seu falo em suas calças. Então minha boca se abriu e o beijei fervorosamente. Seu órgão despertou sob meus lábios. E senti meus próprios quadris se movimentarem, apesar de eu tentar pará-los. Eu tremia todo. Seu pênis pulsava sob a seda como um coração. Os três observadores se aproximavam.

Por que obedecemos? Não é mais fácil obedecer? A questão me atormentava.

– Agora, ponha-se de pé e ande rápido quando eu mandar. E levante esses joelhos – disse ele. Então virei e levantei, o cinto castigando minhas coxas. Os três rapazes se afastaram quando comecei a andar, mas eu podia sentir a atenção daqueles jovens comuns, de roupas grosseiras. O cinto me atingia com golpes rápidos e sonoros. Um príncipe desobediente mais humilhado que os vagabundos da aldeia, alguém para ser punido e servir de diversão aos outros.

Eu estava mergulhado em calor e confusão, mas depositei todas as minhas forças na execução do que me fora ordenado, o cinto lambendo minhas panturrilhas e a parte de trás de meus joelhos, antes de atingir duramente a curva de minhas nádegas.

O que eu dissera a Bela? Que não viera à aldeia para resistir? Mas o que eu queria dizer? *Era* mais fácil obedecer. Eu já conhecera a angústia que me irritava e poderia ser corrigido novamente na frente daqueles garotos comuns. Eu podia ouvir aquela voz rígida de novo, e, dessa vez, com raiva.

O que poderia ter me tranquilizado? Uma palavra gentil de aprovação? Eu ouvira tantas de lorde Stefan, meu senhor no castelo, e mesmo assim eu o havia deliberadamente provocado, desobedecido. Nas primeiras horas da manhã, eu levantara e corajosamente saíra do quarto de lorde Stefan, libertando-me e correndo para os limites do jardim, onde os pajens me viram. Eu lhes proporcionara uma animada caçada entre as árvores grossas e arbustos. E quando fui pego, lutei e chutei até, amordaçado e amarrado, ser colocado diante da rainha e de um Stefan triste e desapontado.

Eu havia deliberadamente me rebaixado. Ainda assim, no meio daquela praça aterrorizante, com seu povo violento e zombeteiro, eu lutava para me manter à frente da tira de couro para outro senhor. Meu cabelo estava sobre os olhos, que flutuavam em lágrimas que ainda não haviam começado a rolar. A viela tortuosa com suas placas infinitas e janelas iluminadas, mas obscuras à frente.

– Pare – disse meu senhor, e obedeci, com gratidão, sentindo os dedos dele envolvendo meu braço com uma estranha ternura. Atrás de mim, havia o som de vários pés e uma pequena erupção de risos masculinos. Então aqueles detestáveis jovens haviam nos seguido!

Ouvi meu senhor dizer:

– Por que vocês estão assistindo a isso com tanto interesse? – falava com os garotos. – Vocês não querem assistir ao leilão?

– Ah, há muito mais para ver, senhor – disse um deles. – Só estávamos admirando esse aí, senhor, as pernas e o pênis desse aí.

– Vocês vão comprar algo hoje? – perguntou o senhor.

– Não temos dinheiro para comprar, senhor.

– Temos que esperar pelas barracas – disse uma segunda voz.

– Bem, venham aqui – disse meu senhor. Para meu terror, ele continuou: – Vocês podem dar uma olhada nele antes de eu levá-lo para dentro; ele é uma beleza. – Fiquei petrificado quando ele me virou e me forçou a encarar o trio. Fiquei feliz em manter meus olhos baixos, vendo nada mais que suas velhas botas amareladas de couro cru e calças cinzentas surradas. Eles chegaram mais perto.

– Vocês podem tocá-lo, se quiserem – disse o senhor e, levantando meu rosto novamente, disse a mim: – Levante os braços e segure firme a alça de ferro acima de você.

Senti a alça de ferro presa na parede antes de realmente vê-la, e era tão alta que tive que ficar na ponta dos pés para alcançá-la, deixando um espaço de cerca de um metro atrás de mim.

O senhor chegou para trás e cruzou os braços, seu cinto pendendo ao seu lado, brilhando, e vi as mãos dos jovens se aproximando, senti então os apertões inevitáveis em minhas nádegas ardentes, antes de levantarem minhas bolas e apertarem-nas de leve. A carne macia despertou de repente, latejando, tremendo. Contorci-me, quase incapaz de ficar parado, e senti a dor provocada pelos risos imediatos. Um dos rapazes bateu em meu falo, que balançou forte.

– Olhe para ele, duro feito pedra! – disse ele, batendo em meu pênis novamente, por todos os lados, enquanto outro garoto apertava as bolas, brincando um pouco com elas.

Lutei para engolir o imenso nó em minha garganta e parar de tremer. Senti que perdia a razão. No castelo, havia aqueles belos salões reservados exclusivamente para o prazer, escravos cuidados com tanto refinamento que pareciam esculturas. É claro que eu havia sido treinado. Eu fora treinado no acampamento meses antes de os soldados me levarem ao castelo. Mas aquela era uma rua comum, com calçamento de pedras, como as de tantas cidades que eu conhecera, e eu não era o príncipe montado em meu belo cavalo, mas um fraco escravo nu examinado por três jovens bem em frente às lojas e estalagens.

O grupinho se movia para a frente e para trás, um dos rapazes empurrou minhas nádegas e perguntou se podia ver meu ânus.

– É claro – disse o senhor.

Senti toda a minha força esvanecer. Imediatamente, minhas nádegas foram afastadas do mesmo jeito que fizeram no leilão, e senti um polegar duro me penetrando. Tentei evitar um gemido alto e quase soltei a alça de ferro.

– Pode bater nele com o cinto, se quiser – disse o senhor, e vi suas mãos entregando o instrumento pouco antes de ser virado de lado e ser violentamente atingido nas nádegas. Dois dos rapazes ainda brincavam com meu pênis e minhas bolas, puxando os pelos e a pele de meu saco e apertando-o brutalmente. Eu tremia com cada cintada dolorida em minhas nádegas. Não consegui evitar outro gemido alto, já que as pancadas dos garotos eram mais fortes que as de qualquer senhor, e quando os dedos inquietos tocaram a cabeça de meu membro, recuei desesperadamente, tentando controlá-lo. O que significaria gozar nas mãos daqueles rapazes rudes? Eu não suportava sequer pensar nisso. E mesmo assim, meu pênis estava vermelho-escuro e duro como pedra com aquela tortura.

– Como foi a flagelação? – disse o que estava atrás de mim, pegando meu rosto e virando-o para ele. – Tão boa quanto a de seu senhor?

– Vocês já brincaram o bastante – disse meu senhor. Ele deu um passo para a frente, pegando o cinto de couro, e recebeu os agradecimentos deles assentindo educadamente enquanto eu continuava tremendo.

Aquilo apenas começara. O que viria a seguir? E o que teria acontecido a Bela?

Outras pessoas passavam pela rua. Parecia que eu ouvia um rugido distante, como o de uma multidão. Havia o inconfundível som de uma trombeta. Meu senhor estava me examinando, mas olhei para baixo sentindo a excitação em espasmos em meu membro. Minhas nádegas tensionando e relaxando involuntariamente.

A mão de meu senhor tocou meu rosto. Seus dedos passaram por minhas bochechas e levantaram vários cachos de meu cabelo. Eu podia ver a luz do sol empoeirada refletindo na grande fivela de latão do seu cinto e o anel em sua mão esquerda com a qual ele segurava uma tira de couro grossa. O toque de seus dedos era sedoso, e senti meu pênis subir em pulsações obscenas e incontroláveis.

– Para dentro de casa, engatinhando – disse ele, gentilmente. E abriu a porta à minha esquerda. – Você sempre vai entrar por aqui, sem eu precisar mandar. – E me peguei passando silenciosamente por um chão cuidadosamente encerado, em direção a pequenos cômodos cheios de coisas; parecia uma pequena mansão, uma casa rica, na verdade, com escadinhas imaculadamente limpas e espadas cruzadas sobre a pequena lareira.

Estava escuro, mas logo vi belas pinturas nas paredes de lordes e damas se divertindo na corte, com suas centenas de escravos nus obrigados a executar as mais diferentes tarefas e posições. Passamos por um pequeno armário muito entalhado. E por cadeiras de espaldares altos. E o corredor se tornou estreito e opressor.

Ali eu me sentia enorme e vulgar, mais animal que humano, engatinhando dolorosamente pelo mundinho de riqueza de um burguês. Sem dúvida eu não era um príncipe, mas um animal domesticado. Vi meu reflexo em um belo espelho, em meio a um silencioso ataque de preocupação.

– Para os fundos, por aquela porta – ordenou meu senhor, e entrei em uma alcova onde uma aldeã bem-arrumada, certamente uma criada, moveu-se para o lado com sua vassoura quando passei por ela.

Eu sabia que meu rosto estava deformado pelo esforço. E de repente me dei conta do que era verdadeiramente terrível na aldeia.

Era o fato de que ali havia escravos de verdade. Não brinquedos em um palácio de prazer, como os escravos das pinturas nas paredes, mas verdadeiros escravos nus, em uma aldeia de verdade, e sofreríamos com as vontades de homens comuns em seus momentos de lazer ou trabalho, e senti minha agitação aumentar ao som de minha respiração ofegante.

Mas havíamos entrado em outro cômodo.

Passei pelo tapete macio desse novo quarto sob a luz brilhante dos lampiões a óleo, e recebi a ordem de permanecer parado, o que fiz, sem sequer tentar ajeitar meus membros por medo de reprovação.

Primeiro, vi apenas livros, brilhando sob a luz dos lampiões. Pareciam ser paredes de livros, todos encadernados em couro de cabra e decorados com ouro; certamente eram pagamento do rei. E havia lampiões a óleo em estrados espalhados pelo ambiente e sobre uma escrivaninha de carvalho coberta por folhas soltas de pergaminho. Penas de escrever ficavam reunidas em um suporte de metal. Havia potes de tinta. E, no alto das prateleiras, mais pinturas surgiam.

E então, de rabo de olho, vi uma cama em um canto.

Mas o que mais me surpreendeu naquele cômodo, mais que a incalculável riqueza dos livros, foi a vaga forma de uma mulher materializando-se lentamente diante de meus olhos. Ela escrevia diante da escrivaninha.

Eu não conhecia muitas mulheres que soubessem ler e escrever, apenas algumas grandes damas. Muitos dos príncipes e princesas do castelo sequer sabiam ler os anúncios das punições que eram pendurados em seus pescoços quando desobedeciam. Mas essa dama escrevia bastante rápido, e quando olhou para cima captou meu olhar antes que eu baixasse os olhos, subserviente. Então ela se levantou da escrivaninha e vi suas saias se espalhando na minha frente. Ela era toda pequenina, com pulsos finos e mãos graciosas e longas como as do senhor. Não ousei olhar para cima, mas consegui ver que seu cabelo era castanho-escuro, dividido no meio, e que caía em ondas sobre suas costas. Ela usava um vestido bordô, rico como as roupas do homem, mas também usava um avental azul-escuro, e havia manchas de tinta em seus dedos que a tornavam interessante.

Eu tinha medo dela e do homem que estava atrás de mim, em silêncio, medo daquele quartinho silencioso e de minha própria nudez.

– Deixe que eu dê uma olhada nele – disse ela, e sua voz, como a de meu senhor, era bem fina e levemente ressonante. Ela colocou suas mãos sob meu queixo e me mandou ajoelhar. Então pressionou minha bochecha molhada com o polegar, o que me fez ruborizar ainda mais. Naturalmente, baixei os olhos, mas vira seus seios empinados e salientes, seu pescoço delgado, e um rosto que lembrava o do homem, não fisicamente, mas com o mesmo ar sereno e impenetrável.

Escorreguei minhas mãos pela minha nuca e desejei desesperadamente que ela não flagelasse meu pênis, mas ela fez com que eu me levantasse. Ela olhava fixamente para ele.

– Afaste as pernas, você sabe fazer melhor do que ficar de pé desse jeito – disse ela, com firmeza, mas lentamente. – Não, abra bem – continuou ela –, até você sentir esses belos músculos de sua coxa. Está melhor. É assim que sempre se apresentará a mim, com as pernas bem afastadas, quase agachado, mas não exatamente. E não vou repetir essas palavras. Os escravos da aldeia não ficam ouvindo ordens o tempo todo. Você será amarrado à plataforma da punição se errar.

Essas palavras me fizeram tremer. Estranhamente aquele parecia ser meu destino. Suas mãos pálidas quase brilhavam sob a luz dos lampiões, enquanto se dirigiam ao meu pênis. E então ela apertou sua ponta, extraindo dela uma gota de um líquido límpido. Suspirei, sentindo o orgasmo prestes a explodir dentro de mim, subindo pelo meu falo e para fora dele. Mas piedosamente ela o soltou e levantou minhas bolas mais alto que os rapazes.

Suas pequenas mãos as sentiram massageando-as suavemente, movendo-as para a frente e para trás dentro do saco, e a luz trêmula dos lampiões parecia aguçar e escurecer minha visão.

– Perfeito – disse ela ao senhor. – Lindo.

– É, também achei – disse ele. – O melhor do rebanho, com certeza. E o preço nem foi tão alto, já que foi o primeiro a ser leiloado. Acho que se ele fosse o último teria custado o dobro. Olhe só as pernas, como são fortes, e esses ombros.

Ela ergueu as duas mãos e moveu meus cabelos para trás.

– Eu conseguia ouvir o povo daqui – disse ela. – Eles estavam em fúria. Você o examinou por completo?

Tentei refrear meu pânico. Afinal, eu passara seis meses no castelo. Por que aquele quartinho, aqueles dois burgueses frios seriam tão aterrorizantes?

– Não. Isso tem que ser feito agora. Seu ânus tem que ser medido – disse o senhor.

Perguntei-me se eles conseguiam perceber o efeito que as palavras tinham sobre mim. Desejei ter possuído Bela pelo menos meia dúzia de vezes na carroça, pois assim pelo menos eu conseguiria controlar melhor meu pênis, mas pensar naquilo apenas me excitava mais.

Congelado naquela posição vergonhosa, pernas abertas, assisti impotente ao meu senhor indo até uma das prateleiras e pegando um estojo forrado de couro, que ele pôs sobre a escrivaninha.

A mulher me virou, de modo que fiquei de frente para a escrivaninha. Ela baixou minhas mãos e colocou-as na borda do móvel, fazendo com que eu ficasse inclinado, e lutei para abrir as pernas o máximo que podia para ela não ter que me castigar.

– E suas nádegas estão bem vermelhas, isso é bom – disse ela. Senti seus dedos brincarem com as partes marcadas e doloridas. Pequenos ataques de dor irromperam em minha carne, como luzes na minha cabeça e, bem à minha frente, vi o estojo aberto, e dois falos forrados de couro serem retirados dele. Eu diria que um era do tamanho do pênis de um homem, e que o outro era um pouco maior. O falo maior tinha a base decorada com uma mecha longa e fofa de cabelo negro, a cauda de um cavalo. Cada um deles possuía uma argola, uma espécie de alça.

Tentei me firmar. Mas minha mente se rebelava quando eu olhava para aqueles cabelos grossos e lustrosos. Não podiam me fazer usar uma coisa daquelas, algo que faria com que eu parecesse inferior a um escravo, algo que faria com que eu parecesse um animal!

A mão da mulher abriu um pote de vidro vermelho que estava sobre a escrivaninha, e a luz pareceu iluminá-lo pela primeira vez quando percebi sua existência. Seus longos dedos pegaram um punhado de creme e ela desapareceu atrás de mim.

Senti o frio da substância em meu ânus, e experimentei a mesma fraqueza estarrecedora que sempre vivenciava quando meu ânus era tocado, aberto. Suave mas rapidamente, ela espalhou o creme, passando-o bem na abertura e depois dentro do cu, enquanto eu tentava permanecer em silêncio. Senti os olhos frios do senhor. Senti as saias da senhora roçarem em mim.

O menor dos falos foi retirado da escrivaninha e enfiado brusca e firmemente dentro de mim. Tremi, tenso.

– Shhh, não fique teso – disse ela. – Empurre seus quadris para trás e abra-se para mim. Sim, assim é bem melhor. Não me diga que você nunca foi medido ou sentado em um falo no castelo.

Minhas lágrimas vieram em uma enxurrada. Tremores violentos descem pelas minhas pernas e senti o falo escorregando para dentro, impensavelmente grande e duro, meu ânus se contraindo em espasmos. Era como se fosse a primeira vez, embora todas as outras vezes tivessem sido tão debilitantes, tão mortificantes quanto essa.

– Ele é quase virgem – disse ela –, uma criança. Sinta isso. – Ela levantou meu peito com a mão esquerda, até eu estar novamente de pé, as mãos na nuca, pernas latejando, o falo enfiado dentro de mim, sua mão segurando-o.

Meu senhor colocou-se atrás de mim, e senti o falo em um movimento de vai e vem. Senti-o mover-se em mim mesmo quando Nicolas claramente o havia soltado. Senti-me cheio e empalado. Meu ânus era um buraco quente e trêmulo ao redor do instrumento.

– E por que essas adoráveis lágrimas? – A senhora chegou perto de meu rosto, sua mão esquerda levantando-o ainda mais alto. – Vários desses serão encomendados para você hoje mesmo, com as mais diferentes ornamentações e graus de dureza. Só de vez em quando deixaremos seu ânus vazio. Agora, mantenha suas pernas separadas. – E ela disse a meu senhor: – Nicolas, passe-me o outro.

Protestei o melhor que podia com um grito abafado e repentino. Eu não suportava olhar para a mecha grossa de crina, mas mesmo assim fitei-a diretamente quando foi erguida. Mas a senhora apenas abriu um leve sorriso e tocou novamente meu rosto.

– Assim, assim – disse ela, honestamente. E o falo menor foi retirado em um piscar de olhos, deixando meu ânus contrair-se com uma estranha sensação que me deixou trêmulo.

Ela estava aplicando mais daquele creme gelado, esfregando-o mais fundo dessa vez, abrindo-me com o movimento de seus dedos enquanto mantinha meu rosto erguido com a mão esquerda; o quarto não era mais que luzes e cores diante de mim. Eu não podia ver meu senhor. Ele estava atrás de mim. Então senti o falo maior me arrombando, e gemi. Mais uma vez, ouvi-a dizer:

– Empurre seus quadris para trás. Abra, abra...

Eu queria gritar: "Não consigo!", mas eu sentia o falo movimentar-se para frente e para trás, esticando meu ânus, até escorregar para dentro, fazendo com que meu ânus parecesse imenso, latejando em volta daquele objeto, que parecia três vezes maior do que o que eu vira no estojo à minha frente.

Não havia uma dor – apenas a intensificação da sensação de ser aberto, ficando indefeso. E aquela crina áspera parecia fazer cócegas em minhas nádegas, movendo-se para cima e para baixo, seu toque quase enlouquecedoramente delicado. Eu não suportava pensar naquela imagem. Acho que a senhora estava segurando-o pela alça, movimentando o gigantesco consolo, empurrando-o para cima, obrigando-me a ficar nas pontas dos pés o máximo que conseguia. Ela disse:

– Isso, excelente.

Lá estavam elas, as doces palavras de aprovação, e senti o nó na minha garganta se desfazendo, o calor em meu rosto e em meu peito aumentar. Minhas nádegas latejavam. Senti-me impulsionado para a frente pelo objeto, mas permaneci parado, e as cócegas suaves da crina eram ainda mais mortificantes.

– Os dois tamanhos – disse ela. – Usaremos os menores no dia a dia e os maiores quando parecer necessário.

– Muito bom – disse o senhor. – Farei as encomendas esta tarde.

Mas ela não retirou o instrumento maior. Olhava para meu rosto com muita atenção, e pude ver a luz cintilando em seus olhos. Engoli um gemido que tentava subir pela minha garganta silenciosamente.

– Está na hora de irmos para a fazenda – disse meu senhor, e aquelas palavras pareciam me beneficiar. – Já mandei que a carruagem viesse com um arreio livre para este aqui. Deixe o falo grande onde está por enquanto, será bom para nosso jovem príncipe ser arreado como se deve.

Mas só tive um ou dois segundos para entender o que aquilo significava. Imediatamente, o senhor já estava com a mão na alça do falo, empurrando-me para a frente sob a seguinte ordem:

– Marche. – A crina tocou e fez cócegas na parte de trás de meus joelhos. O falo parecia mover-se dentro de mim como se tivesse vida própria, empurrando-me e impulsionando-me para a frente.

UMA ESPLÊNDIDA CARRUAGEM

Tristan:

Não, pensei, não posso ser levado para fora, desfigurado por esse ornamento animalesco. Por favor... Mesmo assim, fui conduzido apressadamente pelas portas dos fundos, em direção a uma larga rua pavimentada, cujo outro lado era fechado pela alta murada de pedra da aldeia.

Aquela rua era muito maior do que a anterior, pela qual eu fora trazido. Era ladeada por árvores altas e eu conseguia ver os guardas acima caminhando descontraidamente ao longo dos muros. Logo encarei a vista chocante de carruagens e carroças do mercado, sendo puxadas por escravos em vez de cavalos. Enquanto cerca de oito a dez escravos estavam arreados às grandes carruagens, aqui e ali se via uma charrete menor sendo puxada por apenas dois, e havia até mesmo carroças do mercado sendo puxadas por um único escravo, os senhores ao lado, a pé.

Mas antes que eu pudesse sair do estado de choque ou perceber como os escravos eram tratados, vi a carruagem de couro de meu senhor surgir à minha frente puxada por cinco escravos, dois pares e um sozinho, todos com botas, bem armados com arreios pendendo atrás de suas cabeças e as bundas nuas decoradas com rabos de cavalo. A carruagem em si era aberta, com dois assentos altos forrados de veludo. O senhor deu a mão para que a senhora subisse no veículo enquanto um jovem bem-vestido me empurrava para a frente, para que eu formasse o terceiro e último par, aquele que ia mais próximo do veículo.

Por favor, não, pensei, como fizera mil vezes no castelo. Eu imploro... Mas eu não acreditava realmente que pudesse resistir. Eu estava em poder daqueles aldeões, que colocaram o arreio firmemente em minha boca e as rédeas sobre os meus ombros. O falo grosso me castigava ao se mover para cima e notei que eu havia sido cuidadosamente arreado, com tiras finas que iam de meus ombros até um cinto em meus quadris, que fora imediatamente afivelado, bem firme, à alça do falo. Agora, eu não podia mais empurrar o objeto para fora. Na verdade, ele estava enfiado fundo e preso a mim, e senti um puxão que quase me desequilibrou quando um par de rédeas foi fixado àquela alça e dado ao senhor e à senhora atrás de mim, que agora podiam controlar tanto o arreio quanto o falo enquanto me guiavam.

Quando olhei para a frente, percebi que todos os escravos estavam amarrados daquela mesma maneira e que todos eram príncipes, as longas rédeas daqueles à minha frente passando ao lado de minhas coxas ou sobre os meus ombros. Anéis de couro bem apertados uniam-nas bem à minha frente e, provavelmente, bem atrás de mim. Mas me assustei ao sentir meus braços sendo cruzados sobre minhas costas e puxados pelas tiras ásperas. Mãos rudes e enluvadas rapidamente pregaram pequenos pesos de couro aos meus mamilos, dando-lhes palmadinhas para garantir que estavam bem presos. Eles pareciam lágrimas de couro, aparentemente sem nenhum outro objetivo a não ser aumentar toda a inenarrável degradação daquele comboio.

E com a mesma rapidez silenciosa, meus pés foram colocados em botinas grossas com ferraduras, como as que eram usadas no castelo para as devastadoras corridas pela senda dos arreios. Eu sentia o couro gelado em minhas panturrilhas e as ferraduras pesavam.

Mas nenhuma corrida louca naquele caminho guiado pela palmatória de um cavaleiro fora tão degradante quanto estar preso àqueles cavalos humanos. Mesmo que eu acreditasse que o pior já havia passado – estava vestido exatamente como todos os outros que vi galopando pela estrada movimentada –, minha cabeça estava inclinada para cima, e senti dois fortes puxões das rédeas, que colocaram todo o grupo em movimento.

De rabo de olho, vi o escravo ao meu lado levantando o joelho na altura normal de marcha, e fiz o mesmo, o arreio repuxando o consolo em meu ânus enquanto o senhor gritava:

– Mais rápido, Tristan, quero melhor do que isso. Lembre-se de como o ensinei a marchar. – E uma tira grossa desceu com um estalo alto sobre as marcas em minhas coxas, enquanto eu corria com os outros, em um borrão.

Era impossível que estivéssemos indo muito rápido, mas parecia que corríamos. À minha frente, eu via um céu azul infinito, as muralhas, os passageiros e condutores de outras carruagens em seus assentos elevados. E mais uma vez senti aquela terrível sensação de realidade, de que aqui éramos verdadeiros escravos nus, e não brinquedos reais. Éramos as entranhas de um lugar tão vasto, vital e poderoso que fazia o castelo parecer um monstruoso artifício.

Os príncipes à minha frente se esforçavam sob as rédeas, quase ultrapassando uns aos outros em velocidade, nádegas avermelhadas sacudindo os lânguidos rabos de cavalo para a frente e para trás, músculos salientes em suas fortes panturrilhas sobre o couro apertado das botas, ferraduras tilintando nas pedras do calçamento. Gemi quando as rédeas jogaram minha cabeça para cima, o chicote atingiu a parte de trás de meus joelhos e as lágrimas rolaram mais livres do que nunca pelo meu rosto, de forma que era quase um ato de piedade me colocarem uma mordaça para sufocar meus gritos. Os pesos pendiam de meus mamilos, se chocavam contra o meu peito, lançando ondas de sensibilidade pelo meu corpo. Senti minha nudez como talvez nunca sentira antes, como se os arreios, rédeas e o rabo de cavalo apenas me expusessem mais.

Puxaram as rédeas três vezes. A tropa desacelerou, passando para um trote ritmado, como se já conhecessem aquele comando. Sem ar e encharcado de lágrimas, assumi o passo, dando graças. O chicote desceu sobre o príncipe ao meu lado, e o vi arquear as costas e levantar os joelhos ainda mais alto.

E sobre a confusão de sons, os galopes das ferraduras, os gemidos e gritos lancinantes dos outros cavalos, eu podia ouvir o som variável da conversa entre o senhor e a senhora. As palavras não soavam claras, mas aquele era o som inconfundível de uma conversa.

– Cabeça erguida, Tristan! – disse o senhor, rispidamente, e então veio um puxão cruel na mordaça e outro no anel de meu ânus, erguendo-me do chão por um instante. Gritei alto sob a mordaça e corri quando voltei ao solo, o falo parecendo crescer dentro de mim, como se meu corpo só existisse para envolvê-lo.

Gemi sob a mordaça, tentando recuperar o fôlego para alcançar e aguentar o ritmo da tropa. E então o som da conversa emergiu novamente, e me senti em completo desalento.

Nem as chicotadas no acampamento dos soldados do qual eu tentara escapar na viagem até o castelo me agrediram e me humilharam tanto quanto esse castigo. E a visão daqueles nas muralhas acima, inclinando-se preguiçosamente sobre as pedras ou apontando de tempos em tempos para as carruagens que passavam apenas fazia minha alma parecer mais frágil. Algo dentro de mim estava sendo absolutamente aniquilado.

Fizemos uma curva e a estrada tornou-se mais larga, os passos velozes das ferraduras e o rolar das rodas ficavam mais altos. O falo parecia me guiar, me impulsionando para a frente, a longa chibata estalando em minhas panturrilhas quase como uma brincadeira. Pareci ter recuperado o fôlego, ter conseguido um pouco de vento, e as lágrimas que rolavam por meu rosto estavam frias sob a brisa, em vez de ardentes.

Passávamos sobre os altos portões, saindo da aldeia por um caminho diferente daquele pelo qual eu entrara com os outros escravos naquela manhã.

Então vi ao meu redor as terras cultivadas, salpicadas de casinhas com tetos de palha e pequenos pomares, e a estrada sob meus pés tornou-se terra recém-revolvida, macia. Mas um novo temor tomou conta de mim. Uma sensação de calor subiu pelas minhas bolas nuas, alongando e endurecendo meu órgão sempre disposto.

Vi escravos nus presos a arados ou trabalhando de quatro sobre o trigo. E a sensação de estar completamente exposto se intensificou.

Outros cavalos humanos, galopando em nossa direção e passando por nós provocavam tremores cada vez maiores em mim. Eu parecia com eles. Eu era apenas mais um deles.

Agora virávamos em uma estrada menor, trotando rápido em direção a um grande solar com várias chaminés saindo de seus telhados pontudos de ardósia. Agora a chibata só me atingia de vez em quando, me ferroando e fazendo meus músculos saltarem.

Fizeram-nos parar com um forte puxão nas rédeas. Minha cabeça deu uma guinada para trás e gritei, o som completamente distorcido pela grossa mordaça. Parei como os outros, ofegante e trêmulo, enquanto a poeira da estrada baixava.

A FAZENDA E O ESTÁBULO

Tristan:

De uma só vez, vários escravos nus vieram em nossa direção. Eu ouvia a carruagem rangendo enquanto o senhor e a senhora recebiam ajuda para descer. Aqueles escravos, com bronzeados bem intensos e cabelos bagunçados e lustrosos clareados pelo sol, começaram a nos soltar dos arreios e retiraram o imenso falo de minhas nádegas, deixando-o preso aos equipamentos. Larguei a mordaça cruel com um suspiro. Senti-me vazio como um saco, leve e sem vontade.

Quando dois jovens grosseiramente vestidos apareceram, carregando varas de madeira longas e achatadas, segui os outros cavalos ao redor de uma construção baixa, que obviamente era um estábulo.

Logo fomos colocados inclinados, na altura da cintura, contra um imenso esteio de madeira, com nossos paus forçados para baixo pela estrutura, e obrigados a segurar com os dentes os anéis de couro que pendiam de outra barra rústica à nossa frente. Tive que me esticar para agarrar o objeto com os dentes, a barra de madeira arranhando a carne de minha barriga e, quando consegui alcançá-lo, meus pés quase deixaram o solo. Meus braços ainda estavam amarrados às costas, de forma que eu não poderia evitar uma queda. Mas não caí. Agarrei logo o couro macio do anel, como os outros. E senti-me profundamente grato pelo jorro de água morna em meu dorso dolorido.

Essa é a sensação mais deliciosa que já tive, pensei. Quer dizer, até ser secado e o óleo ser esfregado em meus músculos. Aquilo era o êxtase, ainda que fosse tão torturante alongar meu pescoço. E não importava que aqueles escravos bronzeados fossem tão rudes e rápidos, seus dedos pressionavam com força as marcas e lacerações. Ouvi gemidos vindos de todos os cantos, tanto pelo prazer quanto pelo esforço de morder o anel. Nossos sapatos foram removidos e meus pés que tanto ardiam foram envoltos em óleo, o que os fizera latejar perfeitamente.

Então fomos puxados para cima e levados para outro esteio, onde nos forçaram a nos inclinarmos na mesma posição, lambendo nossa comida de uma gamela, como se fôssemos cavalos.

Os escravos comiam com vontade. Lutei para superar a pura mortificação daquela imagem. Mas meu rosto estava pressionado contra o cozido. Era gostoso. Com os olhos novamente cheios de lágrimas, lambi a comida tão grosseiramente quanto os outros, com o escravo-tratador levantando meu cabelo e tocando-o quase carinhosamente. Percebi que ele me acariciava da maneira que alguém acaricia um cavalo bonito. Na verdade, ele estava dando tapinhas no meu traseiro. E me senti mortificado de novo, meu pênis empurrando o esteio que o mantinha apontado para o chão e minhas bolas parecendo cruelmente pesadas.

Quando não pude mais comer, uma tigela de leite foi colocada na minha frente para que eu sorvesse, e empurrada várias e várias vezes em direção ao meu rosto, enquanto eu apressadamente tentava esvaziá-la. E quando terminei de lamber tudo, recebi um pouco de água fresca e toda a dolorosa fatiga de minhas pernas se evaporou. O que sobrara foram as marcas latejantes, a sensação de que minhas nádegas estavam assustadoramente inchadas e vermelhas com as chicotadas e de que meu ânus era um buraco para o falo que o alargara.

Mas eu era apenas um entre seis, com os braços amarrados com um nó bem apertado como os outros. Todos os cavalos eram iguais. Como poderia ser diferente?

Minha cabeça estava erguida e outro anel de couro macio ligado a uma longa corrente de couro foi enfiado em minha boca. Mordi o utensílio e fui puxado para cima por ele, afastando-me da gamela. Todos os cavalos foram puxados para cima daquele mesmo jeito e correram, com dificuldade, atrás de um escravo que nos puxava pela correia até o pomar.

Trotamos rápido, impulsionados por puxões fortes e humilhantes, gemendo e rosnando quando nossos pés esmagavam a grama. Agora nossos braços estavam sendo desamarrados.

Pegaram-me pelo cabelo e removeram o anel de minha boca. Então fui empurrado para baixo, ficando de quatro. Os galhos das árvores espalhavam-se acima, formando uma sombra verde, e vi ao meu lado o belo tom de bordô do vestido de minha senhora.

Ela me pegou pelo cabelo, do mesmo jeito que o escravo-tratador fizera, e levantou minha cabeça de forma que, por um instante, pude olhar direto para ela. Seu pequeno rosto era muito pálido, e seus olhos eram cinza-escuros, com o mesmo centro escuro dos olhos de meu senhor, mas imediatamente desviei o olhar para baixo, meu coração pulando com o medo de ser castigado.

– Sua boca é suave, príncipe? – perguntou ela. Eu sabia que não deveria falar e, confuso com sua pergunta, assenti suavemente. Ao meu redor, os outros cavalos estavam ocupados com alguma tarefa, mas eu não conseguia ver claramente o que faziam. A senhora empurrou meu rosto para a grama. Na minha frente, vi uma maçã verde madura.

– A boca suave vai pegar aquela fruta firmemente com os dentes e depositá-la naquele cesto, como os outros escravos, sem deixar a menor marca nela.

Quando ela soltou meu cabelo, peguei a maçã e, buscando freneticamente o cesto, trotei para a frente para colocar a maçã nele. Os outros escravos trabalhavam rápido e me apressei a igualar sua velocidade, vendo não apenas as saias e botas da senhora, mas também o senhor, que estava não muito longe dela. Cumpri desesperadamente minha tarefa, encontrando outra maçã e outra e mais outra, sendo tomado por ansiedade e nervosismo quando não consegui achar mais.

Mas, de repente, outro falo fora enfiado a seco em meu ânus, e fui empurrado para a frente com uma velocidade tão impressionante que certamente era uma longa vara que o guiava. Eu estava correndo atrás dos outros para o interior do pomar, a grama espetando meu pênis e minhas bolas, e mais uma vez tinha uma maçã entre os dentes, e o falo me apunhalava em direção ao cesto. Vi as botas gastas de um rapaz atrás de mim. E o fato de não ser o senhor ou a senhora me deu certo alívio.

Tentei encontrar a próxima maçã sozinho, esperando que o instrumento fosse removido, mas fui empurrado para a frente por ele e não consegui chegar ao cesto rápido o bastante. O falo me dirigia de um lado para outro enquanto eu empilhava as maçãs, até que o cesto ficou cheio e todos os escravos foram mandados correndo, em um pequeno rebanho, em direção a outro conjunto de árvores. Eu era o único a ser guiado por um falo. Meu rosto ardia ao pensar que só eu tinha que usar aquilo, e não importava o quanto eu corresse, o objeto sempre me empurrava rudemente para a frente. A grama torturava meu pênis, a parte interna macia de minhas coxas e até mesmo minha garganta, quando eu pegava as maçãs. Mas nada me impediria de tentar seguir o ritmo.

E quando vi as obscuras figuras do senhor e da senhora bem longe, indo para o solar, senti uma onda de gratidão por eles não estarem mais ali para ver minhas dificuldades. E continuei trabalhando freneticamente.

Finalmente, todos os cestos estavam cheios. Procuramos em vão por mais maçãs. Fui empurrado junto com o pequeno grupo quando nos levantamos e começamos a trotar novamente rumo aos estábulos, nossos braços cruzados às costas como se tivessem sido amarrados ali. Então achei que o falo fosse me deixar em paz, mas ele me deu uma pontada que me deixou paralisado, e tive que me esforçar para acompanhar os outros.

A visão dos estábulos encheu-me de medo, mas eu não sabia por quê.

Chicotearam-nos até chegarmos a um cômodo forrado de feno, que era agradável sob meus pés, e então os outros escravos tiveram que engatinhar, um de cada vez, sob um esteio longo e grosso que ficava a pouco mais de um metro de chão e a mais ou menos a mesma distância da parede que ficava atrás. Todos os escravos tinham os braços amarrados, cotovelos apontados para a frente. E as pernas estavam afastadas para os lados e para trás, deixando o corpo baixo, de forma que os pênis e as bolas sobressaíam dolorosamente. As cabeças estavam curvadas sob o esteio, cabelos caídos sobre os rostos afogueados. Tremendo, esperei pelo mesmo, percebendo que tudo aquilo fora feito muito rápido, todos os cinco escravos haviam sido amarrados imediatamente e eu fora poupado. Aquele medo dentro de mim ardeu ainda mais.

Mas fui forçado a ficar de quatro novamente e guiado em direção ao primeiro dos escravos, o que liderara o grupo, um escravo louro com um físico poderoso que girou e empurrou seus quadris para fora quando me aproximei, parecendo lutar por algum conforto naquele terrível agachamento.

Imediatamente me dei conta do que deveria fazer e parei, absolutamente perplexo. Eu estava sedento por aquele pênis grosso deslumbrante à minha frente. Mas como chupar aquilo torturaria meu próprio órgão! Porém, quando abri a boca, o tratador deu um empurrão no falo.

– Primeiro as bolas – disse ele. – Encharque-as com essa língua.

O príncipe gemeu e moveu os quadris em minha direção. Apressei-me para obedecer, minhas nádegas erguidas pelo falo, meu pênis pronto para explodir. Minha língua lambeu a pele macia e salgada, levantando as bolas e deixando-as deslizarem para fora de minha boca. Então lambi mais rápido de novo, tentando cobri-las, enquanto o gosto de sal e carne quente me intoxicava. O príncipe tremulava e tentava se esquivar enquanto eu lambia, suas pernas extraordinariamente musculosas flexionando-se para cima e para baixo, o máximo que o espaço permitia. Coloquei todo o saco na boca, chupei e mordi. E, incapaz de esperar mais pelo pênis, recuei um pouco e fechei meus lábios em volta dele, enfiando-o na boca até chegar aos pelos, chupando-o com fúria. Minha boca foi e voltou até eu perceber que o príncipe ditava o ritmo. Tudo o que eu precisava fazer era manter minha cabeça parada, o falo ardendo em meu ânus enquanto o pênis deslizava para dentro e para fora de meus lábios, arranhando meus dentes, enquanto eu delirava ainda mais com sua grossura, sua umidade, sua cabecinha macia tocando o céu de minha boca, meus quadris no mesmo ritmo, num vai e vem sem pudor. Mas seu jorro em minha garganta não aliviou meu pênis, que dançava no vazio. Tudo o que pude fazer foi engolir, sedento, o fluido azedo e salgado.

Fui imediatamente puxado para trás. Deram-me um prato de vinho para sorver. E então me fizeram marchar até o próximo príncipe, cheio de tesão, que já se movia violentamente naquele inevitável ritmo.

Minha mandíbula doía ao final da luta.

Minha garganta doía. E meu membro não poderia estar mais duro e faminto, agora eu estava à mercê do tratador e desesperado por pelo menos um sinal de que receberia algum alívio da tortura.

Logo ele me amarrou ao esteio, meus braços esticados acima dele, as pernas agachadas da mesma forma estranha e degradante dos outros. Mas não havia um escravo para me satisfazer. E quando o tratador deixou-nos sozinhos no estábulo, comecei a soltar gemidos abafados, meus quadris inevitavelmente esticando-se para a frente.

Agora, o estábulo estava em silêncio.

Os outros deviam ter dormido. O sol do fim da tarde penetrava como vapor pela porta aberta. Eu sonhava com o alívio em todas as suas gloriosas formas. Lorde Stefan deitado sob mim naquela terra onde fôramos amigos e amantes há tanto tempo, antes que chegássemos a este estranho reino, Bela deliciosamente montada em meu pênis, a mão do senhor me tocando.

Mas isso só piorou as coisas.

Então, ouvi o escravo ao meu lado falar baixinho.

– É sempre assim – disse ele, sonolento. Ele alongou o pescoço, virando a cabeça, o que fez com que seus cabelos negros soltos caíssem livres sobre o rosto. Eu só conseguia ver um pouco de sua face. Como todos os outros, ele era obviamente bonito. – Escolhem um para satisfazer os outros – disse ele –, e quando há um escravo novo, ele sempre é o escolhido. Outras vezes a escolha é feita de maneiras diferentes, mas o escolhido deve sofrer.

– Entendi – disse eu, sofrendo. Parecia que ele estava caindo no sono novamente.

– Qual é o nome de nossa senhora? – insisti, imaginando que ele soubesse, já que certamente aquele não era seu primeiro dia.

– Senhora Julia é seu nome, mas ela não é minha senhora – sussurrou ele. – Descanse agora. Você precisa descansar, por mais que seja desconfortável. Acredite em mim.

– Meu nome é Tristan – disse eu. – Há quanto tempo você está aqui?

– Dois anos – respondeu ele. – Meu nome é Jerard. Tentei fugir do castelo e quase cheguei à fronteira do outro reino. Lá eu estaria seguro. Mas quando eu estava a quase uma hora de lá, um bando de camponeses me perseguiu e me pegou. Eles nunca ajudam um escravo fujão. E eu roubara roupas da casa deles. Eles me despiram rapidamente, amarraram minhas mãos e pés e me levaram de volta, e lá me condenaram a três anos na aldeia. A rainha nunca mais olhou para mim.

Senti minha testa franzir. Três anos! E ele já havia cumprido dois!

– Você realmente estaria seguro se...

– Sim, mas o mais difícil é chegar à fronteira.

– Mas você não teve medo de que seus pais... Eles não te enviaram para a rainha e mandaram obedecer?

– Eu tinha medo demais da rainha – disse ele. – E de qualquer forma, não voltaria para casa.

– Você tentou de novo desde então?

– Não. – Ele riu baixinho. – Sou um dos melhores cavalos da aldeia. Fui logo vendido aos estábulos públicos. Sou alugado todos os dias por senhores e senhoras ricos, apesar de o senhor Nicolas e a senhora Julia me alugarem com mais frequência. Ainda espero pela clemência de Sua Majestade, que me permitiria voltar mais cedo ao castelo, mas se isso não acontecer não vou chorar. Se não me tratassem com rigidez todos os dias, provavelmente ficaria ansioso. Às vezes, fico nervoso e começo a chutar e lutar, mas uma boa surra me acalma maravilhosamente. Meu senhor sabe exatamente quando estou precisando; mesmo se eu tiver sido muito bom, ele sabe. Gosto de puxar uma carruagem bonita como a do seu senhor. Aprecio as rédeas e arreios novos e brilhantes, e o chicote que o cronista da rainha baixa é duro. Você sabe que ele está levando a sério. De vez em quando ele para e alisa meu cabelo ou me dá um beliscão, e quase gozo na hora. Ele também confirma sua autoridade sobre o meu pênis, açoitando-o e depois rindo. Eu o adoro. Uma vez ele me fez puxar uma carroça de duas rodas sozinho, enquanto acompanhava a pé. Odeio essas carroças pequenas, mas com seu senhor eu quase enlouqueci de orgulho. Foi tão adorável.

– Por que foi adorável? – perguntei, com uma fascinação muda. Eu tentava imaginá-lo, seu longo cabelo negro, o pelo do rabo de cavalo e a figura esbelta e elegante de meu senhor caminhando a seu lado. Todo aquele adorável cabelo branco sob o sol, o rosto fino e amável de meu senhor, aqueles olhos azul-escuros.

– Não sei – disse ele. – Não sou muito bom com palavras. Sempre me sinto orgulhoso quando estou trotando.

Mas eu estava completamente sozinho com ele. Saímos da aldeia para uma caminhada no campo ao pôr do sol. Todas as mulheres estavam nos portões para desejar uma boa noite a ele. Os cavalheiros passavam, voltando para suas casas na aldeia após um dia de inspeção em suas fazendas.

"Às vezes seu senhor levantava meu cabelo da nuca e o afastava. Ele me amarrava com a rédea tão alta que minha cabeça ficava inclinada para trás, e ele me dava vários golpes nas pernas de que eu não precisava, só porque ele gostava. Trotar pela estrada ouvindo o som de suas botas ao meu lado me dava a sensação mais excitante do mundo. Não me importava se eu veria o castelo de novo. Ou se algum dia deixaria o reino. Seu senhor sempre me pede. Os outros cavalos morrem de medo dele. Eles voltam ao estábulo com as nádegas em carne viva e dizem que ele os surra duas vezes mais que qualquer outra pessoa, mas eu o venero. Ele é bom no que faz. E eu também. E agora que ele é seu senhor, você também será."

Não consegui responder.

Ele não disse mais nada depois. Assim que caiu no sono, fiquei parado agachado, minhas coxas doendo, meu pênis sofrendo tanto quanto antes, pensando em suas pequenas descrições. Tremi todo ao ouvir o que ele dissera, mas mesmo assim eu *entendia* o que ele dissera.

Aquilo me irritava. Mas eu entendia.

Quando nos soltaram e nos levaram até a carruagem, já estava quase escuro, e me senti fascinado pelo arreio, o grampo nos mamilos, as rédeas, as correias e o falo quando eles foram recolocados. É claro que os acessórios me machucavam e assustavam. Mas eu pensava nas palavras de Jerard. Eu podia vê-lo arreado à minha frente. Vi a forma como ele jogava a cabeça para trás e batia seus pés no chão, como se para ajustar as botinas. Eu olhava para a frente, para o nada, com os olhos esbugalhados e confusos, enquanto o falo era enfiado fundo dentro de mim e as tiras de couro me apertavam, levantando-me do chão. Fomos então lançados em um trote veloz pela estrada, afastando-nos do solar.

As lágrimas já deslizavam pelo meu rosto quando fizemos uma curva, as muralhas escuras da aldeia brilhando à nossa frente. Luzes ardiam nas torres norte e sul. E devia ser aquela mesma hora do final da tarde que Jerard descrevera, pois havia poucas carruagens na estrada e as mulheres estavam em seus portões, acenando quando passávamos. De vez em quando eu via um homem caminhando sozinho. Eu marchava o mais rápido que conseguia, meu queixo dolorosamente erguido, o falo pesado e grosso parecendo pulsar quente dentro de mim.

Eu era espancado sem parar pelo chicote, mas não fui repreendido nenhuma vez. E pouco antes de chegarmos à casa do senhor, lembrei assustado o que Jerard dissera sobre quase alcançar o reino vizinho! Talvez ele estivesse errado ao achar que seria recebido. E o pai dele? O meu dissera para obedecer, que a rainha era todo-poderosa e eu seria bem recompensado pelos meus serviços, que me tornaria muito mais sábio. Tentei afastar esse pensamento de minha mente. Eu nunca havia realmente pensado em fugir. Esse pensamento era muito desconcertante, totalmente oposto àquela semente de ideia que já fora tão difícil de absorver.

Estava escuro quando paramos à porta do senhor. Minhas botas e arreios foram retirados. Tudo, menos o falo, e todos os outros cavalos foram chicoteados até os estábulos públicos, puxando a carruagem vazia.

Continuei pensando nas outras palavras de Jerard e divagando sobre o estranho e quente tremor que tomou conta de mim quando a senhora levantou meu rosto e penteou meu cabelo para trás.

– Assim, assim – disse ela novamente com aquela voz gentil. Ela secou minha testa e bochechas molhadas com um lenço de linho branco. Olhei bem dentro dos olhos dela e ela beijou meus lábios, meu pênis quase dançando enquanto o beijo me tirava o fôlego.

Ela retirou o falo tão rápido que perdi o equilíbrio, e olhei para ela assustado. E então ela desapareceu dentro da casinha rica enquanto fiquei tremendo, olhando para cima, para o teto pontudo e o belo brilho das estrelas sobre ele, e percebi que estava sozinho com o senhor, que segurava sua chibata grossa, como sempre.

Ele me virou e me fez marchar ao longo da larga rua pavimentada, em direção ao mercado.

A NOITE DOS SOLDADOS NA ESTALAGEM

Bela dormiu por horas. E só notou vagamente o capitão puxando a corda do sino. Ele se levantou e se vestiu sem dirigir qualquer ordem a ela. E quando Bela abriu completamente os olhos, ele estava na frente dela sob a luz baixa de um fogo recém-aceso, seu cinto ainda desafivelado. Em um movimento rápido, ele o retirou da cintura e deu uma chibatada no chão ao seu lado. Bela não conseguia decifrar sua expressão. Era dura e distante, mas mesmo assim ainda havia um sorrisinho em seus lábios, fazendo com que a carne dela imediatamente o reconhecesse. Ela sentiu uma agitação profunda de excitação dentro de si, uma leve descarga de fluidos.

Antes que ela pudesse vencer a languidez, ele a puxou e a colocou de quatro no chão, pressionando seu pescoço para baixo e separando bem seus joelhos. O rosto de Bela ardia enquanto o cinto castigava-a entre as pernas, batendo em seu púbis latejante. E veio mais uma pancada forte nos lábios, fazendo com que Bela beijasse as tábuas do chão, balançando as nádegas para cima e para baixo, submissa. O cinto lambeu-a de novo, mas cuidadosamente, quase a acariciando ao punir os lábios protuberantes, e Bela, lágrimas frescas derramadas pelo chão, suspirou com a boca aberta, levantando os quadris cada vez mais alto.

O capitão deu um passo para a frente e, com sua mão grande e nua, cobriu as nádegas doloridas de Bela e virou-a lentamente.

A respiração de Bela parou. Ela sentiu seus quadris erguerem-se, balançando, movendo-se para baixo e um som pulsante veio de dentro dela. Ela ainda conseguia se lembrar do príncipe Alexi no castelo, dizendo-lhe para balançar os quadris daquele modo terrível.

Os dedos do capitão pressionaram a carne dela, apertando suas nádegas uma contra a outra.

– Mexa esse quadril! – disse o comando, baixo. E sua mão levantou as nádegas de Bela tão alto que sua testa tocou o chão, seus seios pulsando contra as tábuas de madeira. Bela soltou um gemido ritmado.

Não importava mais o que ela pensara e temera no castelo, há tanto tempo. Ela balançou o quadril no ar. A mão se afastou. O cinto lambeu seu sexo e numa violenta orgia de movimentos ela sacudiu e sacudiu as nádegas como fora ordenado.

Seu corpo liberou-se, alongou-se. Se ela já estivera em qualquer outra posição, não conseguia se lembrar. "Mestre e senhor", suspirou ela, e o cinto atingiu seu pequeno monte de vênus, o couro castigando seu clitóris, que endurecia. Bela movia as nádegas em círculos cada vez mais rápido, e quanto mais forte o cinto a atingia, mais seus líquidos se agitavam, até que ela não conseguia mais ouvir o som do cinto batendo em seus lábios molhados, seus gritos vindos do fundo de sua garganta, quase irreconhecíveis a ela mesma.

Pelo menos as pancadas haviam parado. Ela viu os sapatos do capitão à sua frente e a mão dele apontando para uma vassoura de cabo pequeno ao lado da lareira.

– Não vou repetir que este quarto deve ser varrido e limpo, os lençóis trocados, a lareira acesa – disse ele, calmamente. – Você fará isso todos os dias ao acordar. E fará isso agora, esta noite, para aprender. Depois será lavada no quintal da estalagem para servir à tropa apropriadamente.

Imediatamente, Bela se pôs a trabalhar, de joelhos, com movimentos rápidos e cuidadosos. O capitão deixou o quarto e em uma questão de segundos o príncipe Roger surgiu com uma pá, uma escova e um balde. Ele mostrou a ela como cumprir essas pequenas tarefas, como mudar a roupa de cama, colocar a lenha na lareira, limpar as cinzas.

E não pareceu surpreso por Bela apenas assentir e não falar com ele. Ela sequer pensou em falar com ele.

O capitão dissera "todos os dias". Então ele queria continuar com ela! Bela podia ser propriedade do Signo do Leão, mas fora escolhida por seu cliente principal.

Ela não podia cumprir suas tarefas bem o suficiente. Ela fez a cama, poliu a mesa, cuidando para estar sempre ajoelhada e só levantar quando devesse.

A porta abriu-se novamente, a senhora Lockley pegou-a pelo cabelo e então a moça sentiu a palmatória de madeira conduzindo-a escada abaixo. Ela estava dominada e excitada ao pensar no capitão.

Em segundos, ela estaria dentro do barril de madeira rústica. Tochas tremeluziam na porta da estalagem e ao lado do galpão. A senhora Lockley esfregava rápido e rudemente, molhando a vagina dolorida de Bela com água e vinho. Ela untou suas nádegas com creme.

Nenhuma palavra foi pronunciada enquanto ela virava Bela de um lado para outro, forçando-a a se agachar, passando espuma em seus pelos pubianos e secando-a grosseiramente.

Bela viu escravos sendo banhados com aquela violência por todos os lados e ouviu as vozes altas e irritantes da mulher rude de avental e de duas aldeãs fortes que cumpriam aquela tarefa, parando de vez em quando para bater nas nádegas de um escravo, sem razão aparente. Mas Bela só conseguia pensar que pertencia ao capitão; ela deveria ver a tropa. Certamente ele estaria lá. E os gritos e risos da estalagem a atormentavam.

Quando Bela estava totalmente seca e de cabelos penteados, a senhora Lockley colocou o pé na beirada do barril, apoiou a moça sobre seu joelho e bateu forte em suas coxas com a palmatória de madeira, várias vezes. Depois, colocou Bela de quatro, fazendo com que ela tivesse que lutar para respirar e se equilibrar.

Obviamente era estranho que ninguém lhe dirigisse a palavra, nem mesmo para dar ordens ríspidas e impacientes. Bela olhou para cima quando a senhora Lockley se aproximou dela e por um instante conseguiu ver seu sorriso calmo, antes que a mulher pudesse percebê-lo. De repente, a cabeça de Bela foi erguida suavemente com o peso de seus cabelos e o rosto da senhora Lockley pôs-se bem acima do seu.

– E pensar que você seria minha menininha problemática. Eu cozinharia sua bundinha durante muito mais tempo que as dos outros para meu café da manhã.

– Talvez você ainda deva fazer isso – sussurrou Bela, sem pensar. – Se é disso que gosta no café da manhã. – Mas a moça começou a tremer violentamente assim que terminou. O que ela fizera!

O rosto da senhora Lockley se iluminou com a mais curiosa das expressões. Um riso quase preso escapou de seus lábios.

– Minha querida, verei *você* no café da manhã junto com os outros. Quando o capitão tiver ido embora, a estalagem estiver tranquila e não houver mais ninguém aqui além dos outros escravos esperando em fila pelas chicotadas matinais. Vou te ensinar a abrir essa boca sem permissão. – Mas isso foi dito com uma ternura incomum, e as bochechas da senhora Lockley estavam rosadas. Ela era tão bonita. – Agora, trote – disse ela, suavemente.

O salão da estalagem já estava lotado de soldados e outros homens bebendo.

O fogo já ardia e um carneiro girava em um espeto. Escravos de colunas retas e cabeças baixas corriam nas pontas dos pés enchendo dúzias de canecos de ferro com vinho e cerveja. Bela olhou para a multidão de bebedores com suas roupas escuras, pesadas botas de montaria e espadas, e vislumbrou bundas nuas e pelos pubianos lustrosos enquanto os escravos serviam pratos de comida quente, inclinavam-se para limpar comes e bebes derramados, engatinhavam de quatro para esfregar o chão ou corriam para pegar uma moeda que alguém jogara de brincadeira nas serragens.

De um canto escuro emergiu o som profundo e ressonante de um alaúde, a batida de um pandeiro e uma corneta tocando uma lenta melodia. Mas uma chuva de gargalhadas afogou o som. Fragmentos de um coro irromperam em toda a sua potência apenas para esvanecer. Clamores por carne e bebida vinham de todos os lados, assim como chamados por escravos bonitos para divertir a companhia.

Bela não sabia para que lado olhar. Em um canto, um robusto oficial da guarda em seu colete de malha de aço erguia uma princesa muito pálida e rosada, e a colocava de pé sobre a mesa. Com as mãos atrás da cabeça, a garota rapidamente se pôs a dançar e pular como lhe haviam ordenado, seus seios balançando, seu rosto enrubescido, os cabelos louro-platinados voando em ondas longas e perfeitas sobre os ombros. Seus olhos brilhavam com uma mistura de medo e clara excitação. Em outro, uma escrava delicada era jogada sobre um colo grosseiro e espancada, enquanto suas mãos desesperadas tentavam cobrir o rosto antes de serem afastadas e alegremente seguradas à sua frente por um espectador que se divertia.

Mais escravos estavam entre os barris encostados nas paredes, pernas separadas, quadris projetados para a frente, aparentemente esperando serem escolhidos. E em um canto do salão, um belo príncipe com grandes cachos vermelhos sobre os ombros estava sentado de pernas abertas no colo de um soldado rude, suas bocas presas em um beijo enquanto o soldado acariciava o órgão rígido do príncipe. O rapaz ruivo lambeu a barba escura e malfeita do soldado, mordeu seu queixo e então abriu seus lábios novamente para beijá-lo. Suas sobrancelhas estavam franzidas com a intensidade da excitação, apesar de ele se sentar tão imóvel e frágil, como se tivesse sido amarrado ali, suas nádegas se erguendo com o movimento do joelho do soldado, o soldado beliscando a coxa do príncipe para fazê-lo erguer-se, o braço esquerdo do príncipe solto ao redor do pescoço do soldado, a mão direita enterrada nos cabelos grossos com os dedos movendo-se lentamente.

Uma princesa de cabelos negros em um canto distante girava com dificuldade, mãos segurando os tornozelos, pernas abertas, o cabelo longo varrendo o chão, enquanto uma jarra de cerveja era despejada em suas macias partes íntimas e os soldados inclinavam-se para alegremente lamber o líquido de seus pelos pubianos cacheados. De repente, ela foi colocada de ponta-cabeça, apoiando-se nas mãos, pés suspensos lá no alto, e um soldado encheu sua vagina de cerveja até transbordar.

Mas a senhora Lockley puxou Bela para que ela pegasse uma caneca de cerveja e um prato de comida quente. Quando virou o rosto, a moça viu a distante figura do capitão. Ele estava sentado em uma mesa cheia do outro lado do salão, encostado na parede, a perna esticada no banco à sua frente, os olhos fixos em Bela.

Ela se apressou, ajoelhada, coluna ereta, a comida erguida, até se postar ao lado dele e passar o banco para colocar a comida na mesa. Apoiado no cotovelo, ele acariciou o cabelo de Bela e estudou sua expressão como se estivessem sozinhos, os homens ao seu redor rindo, conversando, cantando. A adaga dourada brilhava sob a luz de velas, assim como os cabelos dourados do capitão, os pelos raspados sobre seus lábios, e suas sobrancelhas. A ternura incomum de sua mão levantando o cabelo de Bela acima dos ombros e o acariciando fez com que os braços e a garganta de Bela tremessem, e um inevitável espasmo lhe escapasse entre as pernas.

Seu corpo ondulou suavemente, sem querer. Logo em seguida a forte mão direita do capitão agarrou os punhos de Bela e ele levantou do banco, erguendo-a do chão, deixando-a pender à sua frente.

Desprevenida, Bela empalideceu e depois sentiu o sangue inundar seu rosto, e enquanto era virada de um lado para outro, ela viu os soldados virarem-se para vê-la.

– Para meus soldados, que tão bem serviram a Rainha – disse o capitão, e logo se seguiram palmas e botas batendo no chão. – Quem será o primeiro? – perguntou ele.

Bela sentiu seus pequenos e grandes lábios aumentarem e se aproximarem, com um jorro úmido transbordando da abertura, mas um silencioso ataque de horror paralisou-a. O que vai acontecer comigo?, pensou ela, enquanto os corpos escuros se aproximavam. A figura rude de um homem forte surgiu à sua frente. Seus dedos afundaram suavemente em suas axilas enquanto ele a agarrava firmemente, afastando-a do capitão. Sua respiração ficou presa na garganta.

Outras mãos guiaram suas pernas ao redor da cintura do soldado. Ela sentiu sua cabeça tocar a parede atrás de si e colocou as mãos atrás da nuca, apoiando-se, enquanto olhava para o rosto do soldado que abria a braguilha com a mão direita.

O homem cheirava a estábulo, cerveja, um cheiro que se unia ao delicioso odor de pele bronzeada e couro cru. Seus olhos negros tremularam e se fecharam quando seu pênis penetrou Bela, abrindo seus lábios distendidos, e então os quadris dela começaram um vai e vem frenético.

Agora. Sim. Agora. O medo se dissolvera em uma emoção inominável. Os dedos do homem mergulhavam nas axilas de Bela enquanto a trepada continuava. À sua volta, sob a luz baixa, ela via inúmeros rostos olhando para eles, os sons da estalagem aumentando e diminuindo em jatos violentos.

O pênis descarregou seu fluido quente e molhado dentro dela e o orgasmo irradiou ao longo de seu corpo, cegando-a, deixando-a de boca aberta, jorrando gritos. Rosto vermelho, nua, ela exibiu seu prazer bem no meio daquela estalagem ordinária.

Ela foi erguida novamente e esvaziada.

E sentiu ser colocada de joelhos sobre a mesa. Eles foram afastados e suas mãos colocadas sob os seios.

Enquanto uma boca faminta chupava seu mamilo, ela levantou os peitos, arqueando as costas, os olhos timidamente desviados daqueles que a cercavam. A boca faminta agora se alimentava de seu seio direito, chupando-o firmemente enquanto a língua lambia a ponta dura de seu mamilo.

Outra boca tomou o outro seio. Enquanto ela pressionava seu corpo contra as bocas que a sugavam, o prazer quase exagerado, algumas mãos abriram suas pernas mais e mais, e seu sexo quase se encostou na mesa.

O medo quase voltou, queimando-a como brasa. Mãos tocavam todo o seu corpo, os braços estavam sendo segurados, as mãos presas às costas. Ela não conseguia se livrar das bocas chupando violentamente seus seios. Seu rosto fora erguido e uma sombra escura a cobria enquanto ela estava ali, pernas arreganhadas. O pênis penetrou em sua boca aberta, seus olhos fixos na barriga peluda acima. Ela chupou o membro com toda a vontade, tão forte quanto as bocas em seus seios, gemendo enquanto o medo evaporava.

Sua vagina tremeu, líquidos escorreram por suas coxas afastadas e jorros violentos de prazer tomaram conta dela. O pênis em sua boca a provocava, mas não a satisfazia. Ela o enfiou cada vez mais fundo, até sua garganta se contrair, o esperma a metralhá-la, as bocas puxando suavemente seus mamilos, pressionando-os, seus lábios de baixo fechando-se em vão no vazio.

Mas algo tocou seu clitóris pulsante, rompendo a grossa camada úmida. Ele penetrou seus lábios vaginais famintos. Mais uma vez, era o cabo duro e decorado da adaga... certamente era... ele foi enfiado dentro dela.

Ela gozou em uma turbulência de gritos abafados, seus quadris pulando, todas as imagens, sons e cheiros da estalagem se dissolvendo em seu frenesi. O cabo da adaga a mantinha daquele jeito, o punho enfiado em seu púbis não deixava o orgasmo parar, fazendo com que ela soltasse gritos e mais gritos.

Mesmo quando foi deitada na mesa a adaga continuava a atormentando, fazendo-a se contorcer e movimentar os quadris. Em um borrão, ela viu o rosto do capitão sobre ela. E ela se arqueava como um gato enquanto o cabo da arma a movia para cima e para baixo, seus quadris chocando-se contra a mesa.

Mas ela não tinha permissão para voltar a gozar tão cedo.

Ela estava sendo levantada. E sentiu ser colocada sobre um barril largo. Suas costas arqueavam-se sobre a madeira molhada; ela sentia o cheiro da cerveja, seu cabelo caía até o chão, a estalagem de cabeça para baixo em uma confusão de cores diante de seus olhos. Outro pênis se dirigia à sua boca, enquanto mãos firmes ancoravam suas coxas à curva do recipiente e outro falo entrava em sua vagina gotejante. Ela não tinha peso ou equilíbrio. Ela não via nada além do saco escuro à sua frente, as calças abertas. Seus peitos eram espancados, chupados, massageados por dedos fortes. Suas mãos agarraram as nádegas do homem que enchia sua boca e ela se prendeu a ele, movendo a boca sobre seu pênis. Mas o outro pênis imprensava-a contra o barril, enfiava-se nela, esfregando-se em seu clitóris em um ritmo diferente. Ela sentiu todo o corpo queimar, como se aquele calor não viesse de entre suas pernas, e seus seios pulsavam. Todo o corpo tornara-se o orifício, o órgão.

Ela estava sendo carregada para o quintal, os braços em volta de ombros firmes e poderosos.

Um jovem soldado de cabelos castanhos a carregava, beijando-a, acariciando-a. Os homens cobriam todo o gramado, rindo sob as tochas, enquanto cercavam os escravos nos barris d'água, seus modos mais tranquilos agora que a excitação ardente fora satisfeita.

Eles circundavam Bela quando os pés da moça foram imersos na água quente. Eles se ajoelharam com um odre de vinho nas mãos e despejaram seu conteúdo sobre ela, fazendo-lhe cócegas, limpando-a. Eles deram-lhe banho com a escova e o pano, brincando um pouco com ela, competindo para ver quem enchia sua boca lenta e cuidadosamente com o vinho ácido e fresco, para ver quem a beijava.

Ela tentou lembrar o rosto, o riso, a pele macia daquele com o pênis mais grosso, mas foi em vão.

Eles a deitaram na grama sob as figueiras. Ela foi então cavalgada novamente, com seu jovem captor, o soldado de cabelos castanhos, alimentando-se sonhador de sua boca, e depois a conduzindo em um ritmo mais lento e suave. Ela jogou o braço sobre ele e alcançou a pele fresca e nua de suas nádegas, o pano de suas calças baixadas até os joelhos. Ao tocar o cinto solto, o tecido amassado e o torso seminu, ela apertou bem a vagina ao redor do pênis dele, fazendo-o gemer alto, como um escravo sobre ela.

Isso aconteceu horas depois.

Ela se enroscou no colo do capitão, a cabeça encostada em seu peito, os braços em volta de seu pescoço, meio adormecida. Ele se alongou sob ela como um leão e sua voz soava como um rugido baixo vindo de seu peito largo enquanto ele falava com o homem à sua frente. Ele envolveu a cabeça dela com a mão esquerda e seu braço parecia imenso e poderoso sem esforço.

Só de vez em quando ela abria os olhos sob a claridade esfumaçada da estalagem.

Mais tranquila, mais ordenada que antes. O capitão falava sem parar. As palavras "princesa fujona" soaram claras para ela.

Princesa fujona, pensou Bela, sonolenta. Ela não podia se preocupar com esse tipo de coisa. Ela fechou novamente os olhos, enterrando-se no colo do capitão, que apertou mais o braço esquerdo em volta dela.

Como ele é esplêndido, pensou ela. Que beleza rústica. Ela amava as rugas profundas em seu rosto bronzeado, o brilho de seus olhos. Um pensamento estranho ocorreu-lhe. Ela não se importava com o conteúdo daquela conversa mais do que ele se importara em falar com ela. Ela sorriu consigo mesma: era sua escrava nua e trêmula. E ele era seu rude e brutal capitão.

Mas seus pensamentos voaram até Tristan. Ela havia se declarado tão rebelde para ele!

O que tinha acontecido a ele e Nicolas, o cronista? Como ela descobriria? Talvez o príncipe Roger pudesse lhe contar algumas novidades. Talvez aquele denso mundinho da aldeia tivesse suas próprias vias secretas de informação. Ela precisava saber se Tristan estava bem. Ela queria apenas vê-lo. E sonhando com Tristan, caiu no sono novamente.

GRANDE DIVERSÃO

Tristan:

Sem os terríveis arreios de cavalo eu me sentia grosseiramente nu e vulnerável enquanto marchava rápido rumo ao fim da estrada, esperando a qualquer momento o puxão das rédeas como se ainda estivesse preso a elas. Várias carruagens passavam por nós agora, decoradas com lanternas, os escravos trotando rápido, cabeças erguidas, exatamente como a minha estivera. Será que eu preferia daquele jeito? Ou deste? Eu não sabia! Só conhecia o medo e o desejo, e uma absoluta consciência de que o senhor Nicolas, meu senhor, mais rígido que tantos outros, caminhava atrás de mim.

Uma luz brilhante caía sobre a estrada à frente. Chegávamos ao limite da aldeia. Mas enquanto eu marchava em volta do último dos prédios altos à minha esquerda, vi algo que não era o mercado, mas outra praça aberta, muitíssimo movimentada e cheia de luzes de tochas e lanternas. Eu sentia o cheiro do vinho no ar e escutava as risadas altas e bêbadas. Casais dançavam de braços dados e vendedores de vinho com odres cheios sobre os ombros abriam caminho entre a multidão, oferecendo canecos a todos que ali chegavam.

De repente, meu senhor parou e deu uma moeda a um deles, e segurou o caneco diante de mim para que eu sorvesse o vinho de dentro dele. Enrubesci até a raiz dos cabelos com a gentileza daquele ato, e bebi o vinho com vontade, mas com o maior cuidado que podia. Minha garganta estivera ardendo.

E quando olhei para cima vi claramente que aquela deveria ser uma espécie de feira dos castigos. Certamente aquele lugar se tratava do que o leiloeiro chamara de praça das punições públicas.

De um lado, escravos sofriam em uma longa fila de pelourinhos, outros estavam acorrentados em barracas escuras com entradas abertas à livre circulação de aldeões, que pagavam uma moeda a um criado. Outros, também acorrentados, corriam em círculos em volta de um mastro, sendo punidos por quatro palmatórias. Aqui e ali um par de escravos chafurdava na poeira para encontrar algum objeto jogado para eles, enquanto homens e mulheres jovens gritavam para incentivá-los, certamente tendo apostado dinheiro em algum deles. Uma roda gigantesca girava lentamente encostada na muralha ao fundo, e escravos de braços abertos rodavam junto com ela, suas coxas e nádegas avermelhadas servindo de alvo para restos de maçãs, sementes de pêssegos e até ovos crus lançados pelo povo, enquanto vários outros escravos se arrastavam agachados atrás de seus mestres, pescoços presos aos joelhos afastados por duas correntes curtas de couro, os braços esticados para aguentar varas compridas com cestos de maçãs à venda presos nas pontas. Duas princesinhas rosadas e peitudas, brilhando de suor, cavalgavam cavalos de madeira que balançavam selvagemente, suas vaginas obviamente empaladas por paus de madeira. Enquanto eu assistia àquilo impressionado, meu senhor conduzia-me lentamente agora, seus próprios olhos examinado a feira, uma das princesas, rosto afogueado, atingiu o clímax diante da multidão e obviamente foi aclamada vencedora do concurso. A outra foi espancada, castigada e vaiada por aqueles que haviam apostado nela.

Mas a grande diversão era a plataforma giratória alta onde um escravo estava sendo espancado por uma longa palmatória retangular de couro. Meu coração parou quando vi aquilo. Lembrei as palavras da senhora ameaçando-me com a plataforma pública.

E eu estava sendo levado direto para lá. Abríamos caminho pelo mar de espectadores que bradavam e gritavam, espalhando-se por um raio de uns quinze metros ao redor da plataforma, bem em direção aos escravos ajoelhados com as mãos na nuca, sendo repreendidos pelo público enquanto obviamente esperavam, nos degraus de madeira, para serem levados para cima e espancados.

Quando eu começava a ficar incrédulo, meu senhor me conduziu direto para o final da fila. Moedas eram passadas para um criado. Fui forçado a me ajoelhar, incapaz de esconder meu medo, as lágrimas imediatamente ferroando meus olhos, todo o meu esqueleto tremia. O que eu fizera? Dúzias de rostos redondos estavam virados para mim. Eu podia ouvir as provocações:

– Ah, esse escravo do castelo é bom demais para a plataforma pública? Olha só o pênis dele! Esse pênis foi malvado, é? Por que ele vai ser chicoteado, senhor Nicolas?

– Porque é bonito – disse meu senhor, com um leve toque de humor negro. Olhei horrorizado para os degraus e a plataforma. Mas, agora, ajoelhado, eu só conseguia ver os degraus mais baixos, o povo ocupando um raio de uns cinco a dez metros em todas as direções. Mas houve uma explosão de risadas com a resposta de meu senhor, a luz das tochas cintilando nas bochechas e olhos úmidos. O escravo à minha frente tentava avançar enquanto outro era levado rapidamente escada acima. De algum lugar, veio o toque alto de um tambor e novos berros emergiram da multidão. Contorci-me pra trás, desesperado para encarar meu mestre. Abaixei-me beijando suas botas. O povo apontou e riu.

– Principezinho desesperado – zombou um homem. – Saudades do banhozinho perfumado do castelo? A rainha te colocava sobre os joelhos para dar palmadas? Olha esse pênis, está precisando de um bom senhor ou senhora.

Senti uma mão firme agarrar meu cabelo e levantar minha cabeça, e entre lágrimas vi aquele belo rosto, ao mesmo tempo suave e rígido, acima de mim. Os olhos azuis se espremeram muito devagar, as pupilas negras pareceram dilatar-se enquanto ele levantava a mão direita, o indicador balançando de um lado para outro, os lábios silenciosamente formando a palavra "não". Perdi o fôlego. Os olhos tornaram-se frios e parados e sua mão esquerda me soltou. Voltei-me para a fila sozinho, juntando as mãos atrás do pescoço, tremendo e engolindo em seco enquanto o povo me dava "oh! oh!" zombeteiros.

– Bom menino – gritou um homem em meu ouvido. – Você não quer desapontar esse povo, quer? – Senti suas botas tocarem minhas nádegas. – Apostei dez centavos que você será o melhor desta noite.

– E quem vai julgar? – perguntou outro.

– Aposto dez centavos que ele realmente é capaz de mexer essas nádegas!

Pareceu uma eternidade enquanto eu via o próximo escravo subir, e depois outro e mais outro, até que finalmente eu era o último tentando avançar no chão poeirento, o suor descendo em rios pelo meu corpo, os joelhos ardendo e a cabeça flutuando. Até aquele momento eu acreditava que seria resgatado de alguma forma. Meu senhor tinha que ser piedoso e mudar de ideia, perceber que eu não fizera nada para merecer aquilo. Isso tinha que acontecer porque eu não suportaria aquele castigo.

A multidão se virou e tentou se aproximar, se espremendo. Gritos altos emergiam quando a princesa sendo espancada lá em cima berrava e eu ouvia seus pés trovejando sobre a plataforma. Senti o impulso repentino de levantar e fugir, mas não me movi, e o barulho na praça parecia ter aumentado ainda mais com os tambores que voltaram a rufar. O espancamento terminara e eu era o próximo. Dois criados me carregaram para cima enquanto eu me rebelava com toda a minha alma, e ouvi a ordem firme de meu mestre:

– Sem correntes.

Sem correntes. Então a escolha fora essa. Quase caí em uma luta selvagem. Oh, por favor, correntes. Mas para meu horror eu estava me esticando para colocar meu queixo no suporte alto de madeira, afastando os joelhos e juntando as mãos na nuca por vontade própria, as mãos ásperas dos criados simplesmente me guiando.

E então eu estava sozinho. Nenhuma mão me tocou. Meus joelhos se apoiavam nos entalhes mais baixos da madeira. Nada além do fino tronco com o apoio para o queixo entre mim e milhares de pares de olhos, meu peito e minha barriga contraindo-se em espasmos.

A plataforma foi rapidamente girada e vi a enorme figura de um mestre flagelador de cabelos embaraçados, mangas da camisa enroladas acima dos cotovelos, a gigantesca palmatória em sua imensa mão direita enquanto ele usava a esquerda para alcançar um balde de madeira, de onde pegou uma grande quantidade gotejante de creme cor de mel.

– Deixe-me adivinhar! – gritou ele. – É um garotinho novo do castelo que nunca foi espancado aqui! Macio e rosado como porquinho, com todo esse cabelo dourado e pernas fortes. Você dará um belo espetáculo a esses bons cidadãos, meu jovem? – Ele fez com que a plataforma desse mais meia-volta e esfregou o creme grosso em minhas nádegas, espalhando-o muito bem, enquanto a multidão lembrava-o aos berros de que ele precisaria de muito. Os tambores produziram novamente aquele som gutural que dava calafrios. Vi toda a praça ocupada diante de meus olhos, centenas de aldeões excitados e boquiabertos. E os pobres infelizes dando voltas ao redor do mastro, os escravos no pelourinho sofrendo ao serem beliscados e espetados, escravos pendurados de cabeça para baixo em um carrossel sendo lentamente girado enquanto agora eu era movimentado em um círculo infinito.

Minhas nádegas esquentaram e pareceram ferver e cozinhar com sob a massagem do creme grosso. Eu quase podia senti-las brilhando. E ajoelhei-me livre, sem correntes! De repente, meus olhos estavam tão ofuscados pelas tochas que pisquei.

– Você me ouviu, rapaz – disse novamente a retumbante voz do mestre flagelador, e eu estava mais uma vez de frente para ele enquanto ele limpava a mão em seu avental manchado. Ele esticou o braço e agarrou meu queixo, apertando minhas bochechas enquanto movia minha cabeça para a frente e para trás. – Agora você dará a essas pessoas um grande espetáculo! – disse ele, alto. – Você me ouviu, rapaz? E você sabe por que lhes dará um bom espetáculo? Porque vou castigar essas suas nádegas bonitinhas até que você dê! – A multidão soltava risadas de escárnio. – Você vai mexer esse lindo rabinho, escravo, como nunca mexeu antes. Esta é a plataforma pública! – E com uma pisada forte no pedal, girou a plataforma mais uma vez, a longa palmatória retangular espancando minhas duas nádegas com um golpe destruidor, fazendo com que eu tentasse desesperadamente me equilibrar.

O povo soltou um alegre rugido quando fui girado novamente e sofri o segundo golpe, e então mais outro e mais outro. Prendi meus gritos entre os dentes e a dor quente irradiava de minhas nádegas para meu pênis. Eu ouvia as zombarias: "Mais forte!" "Dá nele!", "Mexe esse rabo!", "Deixa esse pênis duro!" E percebi que estava obedecendo a essas ordens, não por vontade própria, mas por fraqueza, balançando ao ser lançado em um turbilhão desesperado a cada golpe ensurdecedor, me esforçando para não escorregar na plataforma.

Tentei fechar os olhos, mas eles se arregalavam a cada pancada e minha boca estava aberta, meus gritos irrompendo incontrolavelmente. A palmatória descia em um lado e depois no outro, quase me fazendo cair e depois me ajeitando, e mesmo assim eu sentia meu pênis sedento apontando para a frente a cada golpe, latejando de desejo a cada golpe, e a dor deu uma pontada em minha cabeça como um fogo explodindo.

A miríade de cores e formas da praça se misturara. Meu corpo, preso no redemoinho de pancadas, parecia se destacar de si mesmo. Eu não conseguia mais lutar por equilíbrio, mas a palmatória não me deixaria escorregar ou cair, nunca houvera esse perigo. E fiquei preso à velocidade dos giros, aceitando o calor e a força da palmatória, gritando alto em explosões curtas e arrebatadoras, o povo aplaudindo, berrando e cantarolando.

Todas as imagens do dia fundiram-se em meu cérebro, o estranho discurso de Jerard, a senhora enfiando o falo entre minhas nádegas abertas – e mesmo assim eu não pensava em nada com clareza, a não ser na pancada da palmatória e os risos do povo que pareciam emergir infinitamente da plataforma.

– Balança esse quadril! – gritou o mestre flagelador, e sem pensar ou querer obedeci, superado pela força da ordem, pela força da vontade do povo: sacudi as nádegas selvagemente e ouvi saudações roucas e ásperas, a palmatória atingindo primeiro o lado esquerdo e depois o direito de minhas nádegas, e então descendo para minhas panturrilhas e subindo para minhas coxas e minhas nádegas novamente.

Eu nunca estivera tão perdido. Os gritos e zombarias tomavam conta de mim, assim como a luz e a dor. Eu era apenas minhas marcas ardidas, minha carne inchada e um pênis duro como uma vara indo e voltando em vão enquanto a multidão gritava, a palmatória descendo sem parar, meus próprios gritos competindo em volume com os golpes. Nada no castelo encharcara tanto minha alma. Nada me secara e me esvaziara tanto.

Eu havia sido mergulhado nas profundezas da aldeia e lá abandonado. E de repente, era luxuriante, terrivelmente luxuriante que tantos tivessem que testemunhar aquela humilhação delirante. Se tenho que perder meu orgulho, minha vontade, minha alma, deixe que se alegrem com isso. E também era natural que centenas de outros, infligindo sofrimento na praça, sequer percebessem.

Sim, agora eu era isso. Essa massa nua e latejante de genitália e músculos doloridos, o cavalo que puxava a carruagem, o objeto choroso e suado de escárnio público. E eles podiam sentir prazer com isso ou ignorar, se quisessem.

O mestre flagelador deu um passo para trás. Ele girou a plataforma várias vezes. Minhas nádegas ferviam. Minha boca aberta tremulava, os gritos saindo mais altos do que nunca.

– Coloque as mãos entre as pernas e cubra as bolas! – rugiu o mestre. E sem me importar, em um último gesto de humilhação, obedeci, arqueando-me, meu queixo ainda bem projetado, protegendo minhas bolas enquanto a multidão sapateava e gritava ainda mais. De repente, vi uma chuva de objetos cruzando o ar. Eu estava sendo atacado com restos de maçãs, migalhas de pão, o impacto macio de ovos crus quando as cascas explodiam em minhas nádegas, costas e ombros. Senti picadas em minhas bochechas, nas solas de meus pés descalços, meus olhos arregalados enquanto a tempestade continuava. Até meu pênis foi atingido, o que suscitou uma onda de risos agudos.

Agora uma chuva de moedas atingia as tábuas. O mestre flagelador gritava:

– Mais! Vocês sabem que está sendo bom! Mais! Comprem o flagelo deste escravo e seu senhor o trará mais cedo! – E vi um jovem ansioso correndo em um círculo ao meu redor, recolhendo o dinheiro. Ele era depositado em um saquinho fechado com um cordão. E quando minha cabeça foi levantada pelo cabelo, o saco foi enfiado em minha boca ofegante enquanto eu gemia, impressionado. Palmas soavam de todos os lados, gritos de "Bom garoto!". E perguntas provocantes: como eu gostava de ser espancado? Eu queria mais na noite seguinte?

Eu estava sendo puxado e levado apressadamente escada abaixo, para fora do alcance das luzes brilhantes das tochas, para longe da plataforma. Fui jogado para a frente, ficando de quatro, guiado por entre a multidão até ver as botas de meu mestre e, ao olhar para cima, vi sua lânguida figura inclinada contra o balcão de madeira de uma pequena barraca de vinho. Ele me fitou de cima a baixo, sem esboçar sorriso ou palavra. Pegou o saquinho de minha boca, pesou-o em sua mão direita, deixou-o de lado e continuou olhando para mim.

Baixei a cabeça, encostei-a no chão empoeirado e senti minhas mãos deslizarem, saindo de baixo de mim. Não conseguia me mexer, mas, piedosamente, ele não ordenou que me movesse. E o barulho da praça fundiu-se em um único som, que era quase silêncio.

Mas senti as mãos de meu mestre, mãos macias, mãos de um cavalheiro, levantando-me. Vi uma pequena barraca de banho à minha frente, onde um homem esperava com uma escova e um balde. E fui levado até ela com bastante firmeza, e então entregue ao homem que, baixando seu caneco de vinho, recebeu uma moeda de meu mestre, agradecido. Ele silenciosamente me obrigou a sentar sobre o balde fumegante.

Em qualquer outro momento dos últimos meses, o grosseiro banho público próximo ao povo indiferente teria sido inenarrável. Agora, não era nada além de voluptuoso. Eu mal estava consciente quando a água morna tocou minhas marcas ardidas, quando ela lavou a gema de ovo grudenta e a poeira presa a ela, mal estava consciente de meu pênis e minhas bolas sendo bem enxaguados e untados com óleo, tudo rápido demais para aliviar sua sede mortificante.

Meu ânus foi completamente lubrificado e mal notei os dedos entrando e saindo, e eu parecia ainda sentir a forma do falo me alargando. Meu cabelo foi seco e penteado.

Meus pelos pubianos foram escovados e até os fios entre minhas nádegas ferventes e trêmulas foram penteados da direita para a esquerda. Tudo isso foi feito tão rápido que, em instantes, eu estava ajoelhado diante de meu senhor novamente, e ouvi sua ordem de ir à sua frente pela estrada que contornava as muralhas.

O QUARTO DE NICOLAS

Tristan:

Quando chegamos à estrada, meu senhor disse para que eu me levantasse, e mandou que eu "andasse". Sem hesitar, beijei suas botas e me levantei para encarar a estrada, obedecendo-lhe. Coloquei minhas mãos na nuca, como fazia quando tinha de marchar. Entretanto, de repente, ele me tomou em seus braços, virou-me, baixou minhas mãos e me beijou.

Por um instante, fiquei tão perplexo que sequer reagi, mas então devolvi o beijo, quase ardendo. Minha boca se abriu para receber sua língua e tive que recuar meu quadril para que meu pênis não o tocasse.

Meu corpo parecia perder a última de suas forças, com todo o vigor que sobrara concentrado em meu órgão. Meu senhor recuou um pouco e sorveu minha boca e eu ouvia meus próprios suspiros sonoros ecoando pelas paredes. Tentei levantar os braços e ele nada fez para me impedir de abraçá-lo. Senti o veludo macio de sua túnica e a seda suave de seus cabelos. Quase entrei em êxtase.

Meu pênis se agitava, crescia, e toda a dor em mim pulsava com um novo ardor. Mas ele me soltou, virou-me e colocou minhas mãos na nuca novamente.

– Você pode andar devagar – disse ele. E seus lábios tocaram minha bochecha, e a mistura de agonia e desejo dentro de mim era tão enorme que quase voltei a chorar.

Apenas umas poucas carruagens seguiam pelo caminho, aparentemente por diversão, fazendo um círculo largo quando chegavam até a praça e voltando, passando rápido por nós. Vi escravos com arreios brilhantes e pesados sinos de prata tocando em sua genitália e uma rica burguesa com capa e capuz de veludo vermelho vivo descendo uma longa chibata prateada sobre esses cavalos.

Pensei que meu senhor deveria comprar acessórios como aqueles, e sorri para mim mesmo com a qualidade do pensamento.

Mas eu ainda estava transtornado pelo beijo e totalmente vencido pela plataforma pública. Quando meu senhor se pôs a caminhar ao meu lado, achei que estivesse sonhando. Senti o veludo de sua manga em minhas costas e sua mão tocando meu ombro. Eu estava tão debilitado que tive de me forçar a avançar.

Sua mão envolvendo minha nuca fez meu corpo todo tremer. O nó em meu pênis doía e apertava, mas eu me excitava com essas sensações. Com os olhos semicerrados, vi as lanternas e tochas à frente como explosões de luz. Agora estávamos longe do barulho da praça pública, e meu senhor caminhava tão perto de mim que senti sua túnica em meu quadril e seus cabelos tocando meu ombro. Nossas sombras surgiram à nossa frente por um instante enquanto passávamos por uma porta iluminada por tochas, e vi que tínhamos quase a mesma altura, um homem nu e outro elegantemente vestido, com uma chibata na mão. E aí veio a escuridão.

Chegamos à casa dele, e enquanto ele girava a chave de ferro na pesada porta de carvalho disse, suavemente:

– Ajoelhe-se. – E obedeci, entrando no mundo mal iluminado do corredor polido. Movi-me junto a ele até ele parar diante de uma porta, e me vi entrando em um quarto novo e estranho.

Velas estavam acesas, havia um fogo baixo na lareira, talvez para secar a umidade das paredes de pedra, e uma pesada cama feita de carvalho entalhado encostada na parede, com um dossel coberto por cetim verde. Ali também havia livros, velhos pergaminhos e edições encadernadas em couro. E uma escrivaninha com penas e, mais uma vez, aquelas pinturas. Mas esse quarto era maior do que o outro, mais escuro, mas mais confortável.

Eu não ousava esperar ou temer o que pudesse acontecer aqui. Meu senhor despia suas roupas; eu o observava maravilhado tirando tudo, dobrando bem e colocando na arca ao pé da cama. Então ele se virou para mim. Seu sexo estava alerta e duro como o meu. Era um pouco mais grosso, mas não mais comprido, seus pelos eram tão imaculadamente brancos quanto seus cabelos que pareciam quase etéreos sob a luz das lâmpadas a óleo.

Ele retirou a colcha verde da cama e acenou para que eu fosse até ela.

Eu estava tão surpreso que, por um instante, não consegui me mexer. Olhei para a fina trama dos lençóis de linho. Por três noites e dois dias eu estivera no grosseiro cercado do castelo. E aqui eu esperara dormir em algum terrível canto, sobre as tábuas do chão. Mas isso era o de menos. Eu podia ver a luz brincando no peito e nos braços musculosos de meu senhor, e seu pênis parecendo crescer enquanto eu observava. Olhei bem no fundo de seus olhos azul-escuros e fui até a cama, subi nela, ainda de joelhos e ele se ajoelhou sobre a colcha, me encarando. Eu estava de costas para os travesseiros, ele passou os braços ao meu redor e beijou-me novamente. E em resposta à forte e completa absorção de sua boca, não consegui impedir as lágrimas de rolarem pelas minhas bochechas, o soluço preso em minha garganta ao tentar escondê-lo.

Ele me empurrou para trás suavemente, e com a mão esquerda levantou suas bolas e seu pênis. Abaixei-me e imediatamente beijei suas bolas. Lambi-as como havia aprendido com os cavalos do estábulo, colocando-as na boca e sentindo-as macias em meus dentes, então enfiei seu pênis na minha boca com força, um pouco assustado com sua grossura. Mas não era mais grosso que o falo grande, pensei. Não, era exatamente da mesma grossura, e me ocorreu que talvez ele houvesse me preparado para si mesmo, e quando pensei nele me penetrando daquele jeito, fiquei quase incontrolavelmente excitado. Chupei e lambi o pênis, sentindo o gosto e pensando que aquele era o senhor, não um dos escravos, esse é o homem que durante todo o dia, silenciosamente, deu-me ordens, subjugou-me, venceu-me, e senti minhas pernas se afastarem, minha barriga afundar no colchão e minhas nádegas se levantarem em um movimento espontâneo enquanto eu chupava, gemendo suavemente.

Quase chorei quando ele levantou meu rosto. Ele apontou para um pote pequeno em uma prateleira na parede almofadada. Imediatamente, eu o abri. O creme dentro dele era grosso e de um branco puro. Ele apontou para seu pênis e imediatamente peguei um pouco do creme com meus dedos. Mas antes de aplicá-lo, beijei a ponta e senti o gosto de um traço de seu líquido. Passei minha língua pelo buraquinho, sorvendo todo o fluido transparente que havia ali.

Então espalhei bem o creme, envolvendo inclusive as bolas e os pelos grossos e brancos até que brilhassem com a substância. Agora o membro estava vermelho-escuro e tremendo.

O senhor estendeu as mãos para mim. Atrevi-me a colocar mais creme em seus dedos. Ele gesticulou pedindo mais, e apliquei.

– Vire-se – disse ele. E assim fiz, meu coração acelerado. Senti o creme grosso em meu ânus, esfregando fundo, e então suas mãos me envolveram, a esquerda puxando minhas bolas para cima e unindo a carne mole ao meu pênis, fazendo com que elas fossem empurradas para a frente. Soltei um grito desesperado, implorando, enquanto seu órgão deslizava para dentro de mim.

Ele não encontrou resistência. Fui empalado novamente assim como fora empalado pelo falo, o pênis dele latejando forte dentro de mim e eu o sentindo penetrar cada vez mais fundo. A mão em volta de meu pênis forçava-o a ficar reto, e senti a mão direita do senhor em volta da ponta, o creme deslizando pela carne atormentada, a mão apertando e forçando o pênis para cima e para baixo, no mesmo ritmo da cavalgada nas minhas nádegas.

Meus gemidos altos ecoavam por todo o quarto. Toda a minha excitação acumulada saiu em um jato, meus quadris balançando violentamente para a frente e para trás, o pênis me arrombando, meu próprio órgão lançando seus fluidos em jorros selvagens.

Por um instante, não vi nada. Senti os espasmos na escuridão. Sentei-me desprotegido no pênis enfiado em mim. E gradualmente, no finzinho do êxtase, senti meu pênis subir de novo. As mãos engorduradas de meu senhor o estavam persuadindo a subir. Ele havia sido atormentado durante tempo demais para se satisfazer tão facilmente. Mas a jornada era excruciante. Quase chorei para ser libertado, mas o choro soava como suspiros de prazer. Sua mão estava me dando um bom trato e me ouvi soltando os mesmos gritos curtos, a boca aberta, que eu dera sob a palmatória do mestre flagelador na plataforma. Senti meu pênis pulsando como lá e todos aqueles rostos à minha volta, e eu sabia que estava sozinho no quarto do senhor e que eu era seu escravo e que ele não me soltaria até que trouxesse novamente aquele jorro de dentro de mim.

Meu pau não se lembrava de nada. Ele ia para a frente e para trás entre seus dedos escorregadios, e seu vai e vem em meu ânus tornou-se mais longo, mais rápido, mais duro. Eu me senti chegando ao ápice quando seus quadris chocaram-se contra minhas nádegas ardentes. E quando ele soltou um gemido trêmulo, cavalgando-me selvagemente, senti meu membro explodir novamente no aperto de sua mão, e dessa vez o estouro pareceu mais lento, mais profundo, mais completamente devastador. Caí para trás sobre ele, minha cabeça rolando sobre o seu ombro, seu falo indo e voltando dentro de mim.

Não nos movemos durante um bom tempo. Então ele me levantou e me empurrou para os travesseiros. Deitei e ele se deitou ao meu lado. Seu rosto estava virado para o outro lado e olhei sonolento para seu ombro nu e seus cabelos brancos. Dormir era irresistível. Mas não caí no sono.

Continuei pensando que estava sozinho com ele no quarto e ele ainda não havia me mandado embora, e que eu não esqueceria tudo o que acontecera comigo. Tudo aquilo ficaria ainda mais presente em minha cabeça. Isso fez com que minha língua se movesse em minha boca, como se eu estivesse prestes a falar. Isso resultou em que meus olhos permanecessem abertos.

Uns quinze minutos se passaram. As velas forneciam uma adorável luz baixa e dourada; inclinei-me para a frente e beijei o ombro de meu senhor. Ele não me impediu. Beijei a parte de baixo de suas costas e então beijei suas nádegas. Macias, livres de qualquer marca ou vermelhidão, virginais, as nádegas de um senhor da aldeia, de um lorde ou soberano do castelo.

Senti-o movimentar-se sob mim, mas ele não disse nada. Então beijei a fenda entre suas nádegas e enfiei minha língua no círculo rosado de seu ânus. Senti-o despertar suavemente. Ele afastou as pernas com a mesma leveza e separei um pouco mais suas nádegas. Lambi seu buraquinho rosado, sentindo sua estranha acidez. Mordisquei-o com os dentes.

Meu pau inchou contra os lençóis. Cheguei um pouco para baixo na cama e pus-me levemente sobre as suas pernas, curvando-me sobre ele, e pressionei meu pênis contra as suas pernas, enquanto lambia o ânus rosado e enfiava minha língua dentro dele.

Ouvi-o dizer baixinho:

– Pode me possuir, se quiser.

Senti o mesmo assombro paralisante de quando ele me chamou para ir para a cama. Massageei e beijei suas nádegas sedosas, então cheguei para cima, cobrindo-o, pressionando minha boca em sua nuca e deslizando minhas mãos sob ele. Encontrei seu pênis já rígido e segurei-o com minha mão esquerda enquanto enfiava o meu dentro dele. Seu ânus era apertado, arrepiante e incrivelmente delicioso.

Ele se contraiu um pouco. Mas eu ainda estava bem lubrificado e me movimentei para a frente e para trás facilmente.

Apertei seu pau com minhas duas mãos e o empurrei para cima, fazendo com que Nicolas quase ficasse de joelhos, seu rosto pressionado contra o travesseiro. Então o cavalguei com vontade, minha barriga chocando-se contra as suas nádegas limpas e macias enquanto eu o ouvia gemer, seu pênis ficando cada vez mais rígido, até que o ouvi gritar; então o soltei, e seu sêmen jorrou sobre os meus dedos.

Dessa vez, quando deitei, soube que conseguiria dormir. Minhas nádegas ferviam sob mim, e as feridas atrás de meus joelhos coçavam, mas eu estava satisfeito. Olhei para a cobertura de cetim verde sobre minha cabeça e a consciência me espaçou. Eu sabia que ele estava nos cobrindo com a colcha, que havia apagado as velas e que seu braço estava sobre o meu peito. Então eu não sabia de mais nada, apenas que eu estava afundando, e a dor em meus músculos e em minha carne era adorável.

MAIS REVELAÇÕES
SOBRE A ALMA DE TRISTAN

Tristan:

Devia ser o meio da manhã quando fui acordado e rapidamente puxado da cama por um dos criados. Certamente jovem demais para ser um senhor, o garoto parecia apreciar a tarefa de servir meu café da manhã em uma panela no chão da cozinha.

Então me levou apressadamente para a estrada atrás da casa, onde dois esplêndidos cavalos estavam lado a lado, suas rédeas ligadas a um único arreio segurado cerca de um metro e meio atrás deles por um garoto que rapidamente ajudou o outro a me atar ao conjunto. Meu pênis já estava alerta, apesar de eu me sentir gelar inexplicavelmente, fazendo com que os meninos tivessem que me prender com brutalidade.

Não havia carruagem por perto, exceto aquelas que passavam por nós, cavalos trotando a toda a velocidade, chibatas estalando. Pensei que as ferraduras humanas tinham um som metálico e pontual, mais leve e rápido que de cavalos de verdade, e meu pulso já estava acelerado.

Fui posicionado sozinho atrás dos dois, e tiras foram rapidamente atadas em volta de minhas bolas e de meu pau, na verdade, unindo minhas bolas a meu pau para que fossem puxadas para a frente sob ele. Eu não conseguia evitar me contorcer quando aquelas mãos firmes deram aqueles laços apertados e colocaram um cinto grosso em volta de meus quadris, meu pau preso a ele. Um falo foi posto no meu traseiro, atado por correntes à parte de trás do cinto e também à parte da frente, passando sob minhas pernas. Parecia muito mais confortável do que ontem. Mas não havia um rabo de cavalo e não me deram botas, e quando percebi isso, fiquei com muito mais medo.

Eu podia sentir minhas nádegas fechando-se sobre as correntes de couro que seguravam o falo, e isso fez com que eu me sentisse mais aberto e nu. Afinal, o rabo de cavalo servira como uma espécie de proteção.

Mas senti pânico de verdade pela primeira vez quando um arreio foi colocado em minha cabeça e nos ombros. As tiras eram finas, quase delicadas e bem lustrosas; uma saía do topo de minha cabeça e descia pelos lados, afinando-se perfeitamente para ajustar-se a minhas orelhas sem cobri-las e se conectando ao pescoço com uma coleira grossa e solta. Outra tira fina descia sobre o meu nariz, dividindo uma terceira, que dava a volta em minha cabeça direto até minha boca, segurando nela o falo curto, mas incrivelmente grosso, que foi enfiado entre meus lábios antes que eu pudesse gritar em protesto. Ele enchia minha boca, apesar de não chegar muito fundo, e mordi e lambi o instrumento quase incontrolavelmente. Eu conseguia respirar bem o bastante, mas minha boca estava tão dolorosamente esticada quanto meu ânus. E a sensação de ser alargado e penetrado pelos dois buracos era desesperadoramente entorpecedora, fazendo com que eu chorasse de sofrimento. Tudo aquilo estava apertado e ajustado, a coleira afivelada atrás de meu pescoço e as rédeas dos cavalos à minha frente acorrentadas sobre meu ombro à fivela de trás. Outro conjunto de rédeas saía de meus quadris bem arreados e estava presa à fivela do cinto que circundava minha barriga.

Aquele arreamento era mais engenhoso. Eu seria empurrado para a frente pela marcha deles e não podia cair, mesmo se perdesse o equilíbrio. Havia dois deles para contrabalançar meu peso, e pude ver pelos grossos músculos de suas panturrilhas e coxas que eram cavalos perfeitos.

Eles giravam as cabeças enquanto esperavam, como se gostassem do toque do couro, e eu já podia sentir as lágrimas fluindo. Por que eu não podia ser atrelado à carruagem como eles? O que estavam fazendo comigo? De repente, pareciam elegantes e privilegiados, com seus rabos de cavalo brilhantes e suas cabaças altivas e me senti como um prisioneiro inferior. Meus pés descalços pisariam a estrada atrás do alto som metálico de seus pés abotinados. Eu me contorcia e puxava, mas as tiras estavam apertadas, e os garotos, ocupados untando minhas nádegas com óleo, me ignoravam.

Mas de repente fui surpreendido pela voz do senhor, que pude ver com o canto do olho, a longa chibata de couro pendurada na cintura, perguntando suavemente se eu estava pronto. Os garotos responderam que sim, um deles me dando um belo tapa com a mão aberta, outro empurrando o falo em minha boca aberta com mais firmeza. Tossi desesperado e vi o senhor dar um passo à minha frente.

Ele vestia um belo corpete de veludo cor de ameixa com bonitas mangas-balão, e cada pedacinho seu parecia tão refinado quanto os príncipes do castelo. O calor de nosso sexo da noite anterior tomou conta de mim, fazendo-me engolir silenciosamente meus gritos. Mas sons desesperados desconhecidos emergiram de mim.

Tentei me conter, mas eu já estava tão severamente limitado que pareci perder toda a capacidade de dar ordens a mim mesmo. Ao lutar contra as amarras, logo percebi que eu estava absolutamente impotente. Não conseguiria sequer cair, se quisesse, e os outros cavalos seguravam-me sem esforço.

Meu senhor chegou perto de mim e, virando minha cabeça violentamente em sua direção, beijou minhas pálpebras. A delicadeza de seus lábios e o cheiro de limpeza de sua pele e de seus cabelos trouxeram de volta toda a proximidade do quarto. Mas ele era o senhor. Ele sempre fora o senhor, mesmo quando o cavalguei e fiz com que ele gemesse sob mim. Meu pênis contorceu-se e uma nova onda de gritos e gemidos emergiu de dentro de mim.

Vi um longo instrumento, duro e plano, em sua mão, e ele agora o testava em um dos cavalos. Ele consistia em meio metro de cabo rígido terminando em mais meio metro de palmatória de couro plana que ficava reta quando não estava sendo usada para golpear as nádegas dos cavalos.

Com uma voz clara, ele disse:

– A volta matinal pela aldeia, o de sempre.

Os cavalos se puseram em movimento imediatamente e me atrapalhei ao começar a marchar atrás deles.

Meu senhor caminhava ao meu lado. Era como se fosse a noite anterior, em que nós dois caminhamos por aquela rua, só que agora eu era prisioneiro daquelas tiras monstruosas, desses falos apertados. E aterrorizado com a possibilidade de ser repreendido por ele, tentei marchar tão bem quanto ele havia me ensinado.

O passo não era rápido demais. Mas a chibata plana brincava com minhas feridas. Ela espancava e afagava a parte de baixo de minhas nádegas. Meu senhor seguiu em silêncio, e o par à frente fez uma curva, como se conhecesse o caminho, rumo ao centro da aldeia. Era a primeira vez que eu via a aldeia realmente, em um dia normal, e estava impressionado.

Aventais brancos, tamancos de madeira, calças de couro cru. Mangas enroladas e vozes altas e alegres. E em todos os cantos havia escravos trabalhando. Vi princesas nuas esfregando batentes de portas, varandas e vitrines de lojas. Vi príncipes carregando cestos em suas costas, saltando à frente do açoite de suas senhoras o mais rápido que podiam, e, por um portão aberto, vi um monte de nádegas nuas e avermelhadas em volta de um grande tanque de lavar roupas.

Uma loja de arreios cresceu à nossa frente quando viramos uma curva, com uma princesa tão amarrada quanto eu e pendurada em uma placa sobre a porta, e então veio uma estalagem na qual vi uma fila de escravos ao longo de um muro esperando para serem punidos, um a um, em um pequeno palco, para a diversão indiferente de dúzias de patrões. Ao lado, havia uma loja de falos e, no mostruário à frente, havia três príncipes agachados com os rostos virados para a parede, suas nádegas bem fornidas com amostras das mercadorias.

Eu podia ser um deles, pensei, agachado sob a poeira do sol quente enquanto o povo passava. Seria pior do que trotar com a respiração ansiosa, minha cabeça e meus quadris inexoravelmente puxados para a frente, minha carne dolorida reanimada pelo som alto do açoite atrás de mim? Eu não conseguia ver realmente meu senhor. Mas a cada golpe, eu o via como ele fora na noite anterior, e a calma com que ele voltara a me torturar me assustou. Nunca achei que aquilo fosse parar por causa de nossos abraços. Mas para ter se intensificado dessa forma... De repente, tive uma incrível noção da profundidade da submissão que ele queria de mim.

Os cavalos rompiam orgulhosamente a multidão, fazendo cabeças se virarem, enquanto aldeões corriam de um lado para outro com cestos de mercado ou escravos acorrentados. E o cronista sempre olhava dos cavalos refinadamente tratados para o escravo atrás deles. Mas se eu esperava olhares de escárnio me desapontei. O que eu vira foram simplesmente olhares silenciosos de diversão. Para cada canto que aquelas pessoas olhassem, elas viam algum adorável pedaço de carne nua, castigada, posicionada ou arreada para seu prazer.

E enquanto virávamos esquina após esquina, correndo pelas ruas estreitas, tive certeza de me sentir mais perdido do que na plataforma giratória.

Cada dia seguiria seu terrível curso, com suas surpresas destruidoras. E embora eu chorasse mais desesperadamente ao pensar nisso, meu pênis inchou entre os laços, e marchei mais forte, tentando desviar dos golpes do açoite, e meus arredores ganharam um estranho resplendor. Senti a inegável vontade de cair aos pés de meu senhor, dizer a ele silenciosamente que entendia minha função, que entendia mais claramente a cada teste excruciante e que agradecia do fundo de meu ser que ele tivesse me domado tão completamente. Ele não usara essa expressão ontem, "domar" um escravo novo, dizendo que o falo grosso era bom para isso? E um falo estava alargando-me novamente, enquanto outro esticava minha boca, tornando meus gritos roucos e animalescamente incontroláveis.

Talvez ele entendesse meus gritos. Se pelo menos ele cedesse a me confortar com um leve toque de seus lábios... E percebi quase assustado que nunca havia me sentido tão manso e subserviente com todo o rigor do castelo.

Chegamos a uma grande praça. Vi placas de estalagens por todos os lados, entradas para carruagens e janelas altas. As estalagens eram ricas e enfeitadas, as janelas ornamentadas como as do solar. Fui chicoteado e puxado para um círculo largo em volta de um poço, o povo deixando os cavalos passarem de bom grado, e fiquei chocado ao ver o capitão da guarda da rainha descansando em uma porta.

Sem dúvida, era o capitão.

Lembrei-me de seus cabelos louros, a barba por fazer e aqueles olhos verdes pensativos. Bastante inesquecível. Fora ele que me levara de minha terra natal, me capturara quando tentei fugir do acampamento e me trouxera de volta, mãos e tornozelos amarrados a uma trave carregada entre dois de seus cavaleiros. Eu ainda podia sentir aquele pênis grosso me ferroando e seu sorriso silencioso ao ordenar que eu fosse chicoteado noite após noite no acampamento, até que chegássemos ao castelo. E aquele estranho e inexplicável momento quando nos separamos e olhamos um para o outro.

– Adeus, Tristan – dissera ele, com a mais cordial das vozes, e eu beijara suas botas por vontade própria, meus olhos ainda fixos nele, em silêncio.

Meu pênis também o reconheceu. E quando fui levado para mais perto dele, fiquei repentinamente aterrorizado com a possibilidade de que ele pudesse me ver.

Minha desgraça parecia grande demais para suportar. Todas as estranhas regras do reino agora pareciam imutáveis e justas, e eu estava destinado, penitente, condenado à aldeia. Ele saberia que eu fora enviado do castelo para um tratamento mais duro do que o que ele me dera.

Mas ele estava assistindo a alguma coisa pela porta aberta do Signo do Leão, e com um olhar vislumbrei o pequeno espetáculo. Uma adorável aldeã vestindo uma bela saia vermelha e uma blusa branca com babados espancava seu escravo diligentemente sobre o balcão de madeira, e o belo rosto que sobressaía entre as lágrimas era o de Bela. Ela se contorcia e se debatia sob a palmatória. Mas pude ver que ela estava desacorrentada, assim como eu estivera na plataforma pública na noite anterior.

Passamos pela porta. O capitão olhou para cima e ouvi meu senhor parar os cavalos, como se fosse um pesadelo. Fiquei parado, meu pênis espremido pelo couro. Mas aquilo era inescapável. Meu senhor e o capitão estavam se cumprimentando e trocando elogios. E o capitão estava admirando os cavalos. Ele levantou violentamente o rabo do cavalo da direita, erguendo e acariciando a crina negra, e então beliscou suas nádegas avermelhadas, enquanto o escravo revirava a cabeça e tremia entre os arreios. O capitão riu.

– Ah, temos alguém bem-humorado por aqui! – disse ele, e virou-se para o cavalo com as duas mãos, como se tivesse sido provocado por aquele gesto. Ele levantou o queixo do cavalo, depois o falo e empurrou-o várias vezes para cima, com força, até que o cavalo deu um coice e mexeu as pernas alegremente. Então veio um tapinha leve nas nádegas e o cavalo ficou quieto.

– Sabe, Nicolas – disse ele, naquela voz gutural conhecida, capaz de me aterrorizar com apenas uma sílaba –, eu já disse várias vezes à Sua Majestade que ela deveria deixar de lado seus cavalos de verdade nas viagens curtas e usar os escravos-cavalos. Poderíamos organizar um ótimo estábulo rápido o bastante, e penso que ela acharia muito prazeroso. Mas ela enxerga isso como algo da aldeia e não leva a ideia realmente em consideração.

– Ela tem um gosto muito particular, capitão – disse meu senhor. – Mas, diga-me, você já viu esse escravo?

E para meu horror, ele puxou minha cabeça para trás pelas tiras do arreio.

Eu podia sentir os olhos do capitão sobre mim, apesar de não eu não estar olhando. Eu conseguia enxergar minha boca cruelmente estirada, as tiras do arreio me cortando.

Ele chegou mais perto. Ele não estava a mais de dez centímetros de mim. Então ouvi sua voz grave ainda mais profunda.

– Tristan! – E sua mão grande e quente se fechou sobre o meu pênis. Ele apertou forte, fechando a ponta e depois o soltou, provocando o surgimento de uma sensação ao final. Ele acariciou minhas bolas, beliscando com as unhas a pele que os laços já deixavam tão apertada sobre elas.

Meu rosto estava vermelho. Eu não conseguia olhá-lo nos olhos, meus dentes mordendo o enorme falo quase como se eu pudesse devorá-lo. Senti minhas mandíbulas trabalhando, minha língua lambendo o couro como se alguém me obrigasse. Ele acariciou meu peito, meus ombros.

A imagem do acampamento surgiu em um relance, e me vi sendo acorrentado ao grande X de madeira em um círculo repleto de Xs, e os soldados gastando seu tempo comigo, provocando meu pênis, educando-o enquanto eu esperava cada hora passar, até o açoitamento da noite. E o sorriso misterioso do capitão, que passava com sua capa dourada sobre um dos ombros.

– Então esse é o nome dele – disse meu senhor, sua voz soando mais jovem e refinada que o murmúrio gutural do capitão. – Tristan. – Ouvir meu senhor pronunciar meu nome me torturava.

– É claro que o conheço – disse o capitão. Sua figura grande e sombria moveu-se um pouco, deixando um grupo de moças, que riam e falavam alto, passar. – Eu o levei para o castelo apenas seis meses atrás. Ele era o mais selvagem, fugiu para a floresta quando mandaram que tirasse a roupa, mas o domei lindamente e o deixei aos pés de Sua Majestade. Ele havia se tornado o queridinho dos dois soldados encarregados de açoitá-lo diariamente no acampamento. Eles sentiram mais a falta dele do que de qualquer outro escravo que tiveram de disciplinar.

Tremi silenciosamente, engolindo o som, o que a mordaça estranhamente tornava mais difícil.

– Uma excitação vulcânica – disse a voz ao mesmo tempo suave e retumbante. – Não foi a severidade dos flagelos que o fizeram comer na minha mão, mas o ritual diário.

É verdade, pensei. Senti uma pontada em meu rosto. A sensação aterrorizante e inevitável de nudez baixou mais uma vez sobre mim. Eu ainda podia ver a terra fresca em frente às cabanas, sentir as tiras e ouvir os passos e a conversa enquanto eles seguiam comigo. "Só mais uma barraca, Tristan." Ou a saudação de todas as noites. "Tristan, venha para nosso passeio pelo acampamento, isso, isso, veja isso, Gareth, veja como esse rapaz aprende rápido. Eu não disse, Geoffrey, que depois de três dias não precisaria mais usar as amarras?" Ou quando eles me alimentavam com as duas mãos, limpando minha boca quase carinhosamente, dando-me tapinhas amigáveis e vinho demais para beber, e me levando para a floresta depois que escurecia. Lembrei de seus pênis, da briga para decidir quem seria o primeiro, e se era melhor na boca ou no ânus, e às vezes um depois do outro, e o capitão aparentemente nunca muito longe, e sempre sorrindo. Então eles haviam se afeiçoado a mim. Aquilo não fora fruto de minha imaginação. Nem a ternura que eu sentia por eles. E eu estava chegando lentamente a uma inegável conclusão.

– Mas ele era um dos melhores, mais refinados de todos os príncipes – murmurou o capitão, a voz parecendo vir do peito, e não de sua boca. De repente, eu queria virar a cabeça e olhar para ele, ver se continuava tão bonito quanto antes. Meu vislumbre anterior havia sido rápido demais. – Foi dado ao lorde Stefan como escravo pessoal – continuou ele –, com a bênção da rainha. Estou surpreso em vê-lo aqui. – A raiva tomou conta de sua voz. – Eu disse à rainha que eu mesmo o havia domado.

Ele levantou minha cabeça e a virou de um lado para outro. Percebi com uma tensão crescente que eu estivera quase em silêncio durante aquele tempo todo, lutando para não emitir um som em sua presença, mas agora entregava os pontos, e finalmente não pude mais controlar. Soltei um lamento baixo, mas era melhor que chorar.

– O que você fez? Olhe para mim! – disse ele. – Você desagradou a rainha.

Neguei com a cabeça, mas não olhei em seus olhos, e todo o meu corpo parecia inchar sob os arreios.

– Foi a Stefan que você desagradou?

Assenti. Olhei em seus olhos e desviei a vista, incapaz de suportar. Uma estranha ligação existia entre nós. E nenhuma ligação – e isso era o mais terrível daquilo tudo – existia entre mim e Stefan.

– Ele fora seu amante anteriormente, não fora? – insistiu o capitão, chegando perto de meu ouvido, apesar de eu saber que meu senhor podia escutá-lo. – Anos antes de você vir para o reino.

Assenti novamente.

– E a humilhação foi maior do que você pôde suportar? – perguntou ele. – Você que foi ensinado a abrir as nádegas para soldados comuns?

– Não! – gritei por trás da mordaça, balançando a cabeça violentamente. Ela estava latejando. E a lenta e inescapável conclusão que vinha se desenhando há apenas alguns instantes se tornava cada vez mais clara.

Com a mais pura frustração, chorei. Se pelo menos eu pudesse explicar.

Mas o capitão agarrou a fivela prateada do falo em minha boca e empurrou minha cabeça para trás.

– Ou será que – disse ele – seu ex-amante não teve força para dominá-lo?

Virei os olhos, fitando-o diretamente, e se é possível dizer que alguém consegue sorrir com tal mordaça na boca, eu sorri. Ouvi meu suspiro vir lentamente. Então, apesar do falo em minha boca, assenti.

Seu rosto era claro e belo como eu lembrava. Vi sua figura larga e robusta sob o sol quando ele pegou o açoite de meu senhor. E quando olhamos um ao outro nos olhos, ele começou a me chicotear.

Sim, a conclusão estava completa. Eu *quisera* a degradação da aldeia. Eu não suportava o amor de Stefan, suas experimentações, sua incapacidade de me governar. E por sua fraqueza em nossa ligação predestinada, eu o desprezava.

Bela compreendera meus objetivos. Ela conhecera minha alma melhor do que eu. Era disso que eu precisava, que eu tinha fome, porque era algo tão violento quanto o acampamento dos soldados, onde minha dignidade, meu orgulho, meu eu haviam sido tão completamente aniquilados.

Castigo – aqui, nesta praça ensolarada e movimentada, mesmo com menininhas da aldeia em volta, com uma mulher de braços cruzados na porta da estalagem e os golpes barulhentos da chibata –, castigo era o que eu merecia, o que eu cobiçava, mesmo aterrorizado. E em um momento de entrega completa, afastei bem minhas pernas, joguei a cabeça para trás e balancei os quadris em um gesto de total reconhecimento das chicotadas.

O capitão desceu grandes golpes com o açoite de ponta plana.

Meu corpo sentia-se vivo com as dores e ardores que ele me infligia. E certamente meu senhor entendera o segredo.

E não haveria piedade para mim, se, ao acompanhar esse pequeno diálogo, meu senhor tivesse decidido me levar às últimas consequências. Não importaria se mais tarde eu implorasse com lamúrias.

O açoitamento havia terminado, mas eu não saíra da posição suplicante. O capitão devolveu a chibata e de repente acariciou meu rosto, aparentemente em um impulso, beijou minhas pálpebras exatamente como meu senhor. O último nó havia se rompido. Era uma agonia não poder beijar seus pés, suas mãos, seus lábios. Eu só podia inclinar meu corpo sofrido em sua direção.

Ele se afastou e seus braços alcançaram meu senhor. Eles pareceram abraçar-se bem naturalmente, meu mestre com seu corpo mais magro, elegante como uma faca de prata finamente entalhada ao lado do sólido corpo do capitão.

– É sempre assim – disse o capitão com um sorriso lento, olhando para os olhos frios e espertos de meu senhor. – Em um lote de centenas de escravinhos enviados para a purificação, sempre há aqueles que chamaram o castigo, precisando da severidade não para purificá-los, mas para domar seus apetites sem limites.

Aquilo era tão verdade que eu estava chorando, a alma dilacerada pelo incentivo que aquilo daria a todos os meus torturadores.

"Mas, por favor", eu queria implorar, "não sabemos o que estamos fazendo conosco. Por favor, tenha piedade."

– Minha garotinha do Signo do Leão, Bela, é a mesma coisa – disse o capitão. – Uma alma nua e voraz que alimenta meu desejo perigosamente.

Bela. Ele a estivera olhando pela porta da estalagem. Então ele era seu senhor. Senti uma divina onda de ciúme e conforto.

Meu senhor me lançou um olhar penetrante. Os soluços me fizeram tremer, os espasmos passando pelo meu pênis e minhas panturrilhas doloridas.

Mas o capitão estava ao meu lado.

– Verei você de novo, meu jovem amigo. – Ele respirou perto de minha bochecha, seus lábios aparentemente provando meu rosto, sua língua lambendo meus lábios cruelmente abertos. – Quero dizer, com a permissão de seu gracioso senhor.

Eu estava inconsolável quando seguimos adiante, meu choro baixo fazendo cabeças virarem enquanto marchávamos para fora da praça, por outras ruas, passando por centenas de outros desgraçados. Teriam eles sido expostos como eu, ao mesmo tempo para si mesmos e para seus senhores e senhoras?

Eu estava tão dolorido com o flagelo do capitão que o mais simples toque da chibata me fazia pular, e não tentei me segurar, gemendo enquanto os cavalos me puxavam atrás deles.

Passamos por uma rua estreita onde escravos de aluguel estavam presos pelas mãos e pelos pés à parede, pelos púbicos untados com óleo e brilhantes, preços entalhados no cimento acima deles. Em uma lojinha, vi uma costureira nua encurtando uma bainha, e em um pequeno espaço aberto, um grupo de princesas nuas operando uma moenda. Príncipes e princesas estavam ajoelhados pelos cantos com bandejas de bolos frescos para vender, sem dúvida vindos dos fornos do senhor ou da senhora, uma cestinha pendurada na boca para recolher as moedas dos compradores.

Toda a vida normal da aldeia passando como se meu sofrimento não existisse, como se não fosse lamentado em um volume tão alto.

Uma pobre princesa acorrentada a um muro chorava e se debatia enquanto três meninas da aldeia riam e cutucavam seu púbis.

E embora eu não visse em lugar algum a selvageria teatral da noite anterior na praça das punições públicas, a vida cotidiana da aldeia era magnífica e aterrorizante.

Em uma porta, uma senhora gorda sentada em um banco usava a mão larga para espancar sonoramente um príncipe nu apoiado sobre os seus joelhos, castigando-o com raiva. E uma princesa segurando com as duas mãos um jarro de água sobre a sua cabeça esperava obedientemente enquanto seu senhor implantava entre seus lábios vaginais rosados um falo grande preso a uma guia para que ela o seguisse.

Agora estávamos em ruas mais calmas, em que habitavam homens de posses e posição, e havia portas brilhantes com aldravas de latão. E dos altos suportes acima, escravos pendiam como enfeites. O silêncio tomava conta e as ferraduras dos cavalos soavam mais alto. Ouvi meu choro ecoar mais claramente pelas paredes.

Eu não conseguia imaginar o que os dias me reservavam. Tudo parecia tão sólido, a população tão acostumada a nossos prantos, nossa escravidão alimentando o lugar tanto quanto carne, bebida ou a luz do sol.

E em meio a tudo isso, eu carregaria uma onda de desejo e redenção.

Chegáramos novamente à casa do meu senhor. Minha casa. Passamos pela porta da frente, tão ornamentada quanto qualquer outra que tivéssemos visto e pelas grandes e caras janelas de vidro. Contornamos a esquina, na ruazinha que dava na estrada que ladeava a murada.

Tiras e falos foram retirados com muita pressa, os cavalos mandados embora. Caí aos pés de meu mestre, beijando-os por inteiro. Beijei o peito das botas de couro de cabra, os saltos, os cadarços. Meus soluços agonizantes eram cada vez mais altos.

Pelo que eu estava implorando? Sim, faça de mim seu escravo abjeto, seja impiedoso. Mas estou assustado, muito assustado.

E em um momento de pura loucura quis que ele me levasse de volta à praça das punições públicas. Eu correria com todas as minhas forças para a plataforma pública.

Mas ele simplesmente se virou para ir para casa, e fui de quatro atrás dele, lambendo suas botas, lançando-lhe beijos enquanto ele andava, seguindo-lhe pelo corredor, até que ele me deixou na cozinha.

Fui banhado e alimentado pelos jovens criados. Nenhum escravo trabalhava dentro da casa. Aparentemente, eu era mantido sozinho, para tortura.

E silenciosamente, sem qualquer explicação, fui levado a uma pequena sala de jantar. Rapidamente, fui acorrentado à parede, braços e pernas formando um X, e deixado ali.

O cômodo estava limpo e polido – agora eu conseguia vê-lo por inteiro –, um verdadeiro pequeno cômodo de uma casa rica de aldeia, como eu jamais vira no castelo onde nascera e fora criado, ou no castelo da rainha. As vigas baixas do teto eram pintadas e decoradas com flores, e senti como na primeira vez em que entrara naquela casa, enorme e vergonhosamente exposto dentro dela, um verdadeiro escravo amarrado ali entre as prateleiras de cobre brilhante, as cadeiras de carvalho com encostos altos e a lareira com abóbada limpa.

Mas meus pés estavam completamente apoiados no chão encerado, e eu podia descansar meu peso sobre eles e minhas costas no cimento da parede. Se meu pênis também fosse dormir, eu poderia descansar, pensei.

As criadas iam e vinham com suas vassouras e esfregões, discutindo sobre o jantar, se era melhor assar a carne com vinho branco ou tinto, ou se era para colocar as cebolas agora ou depois. Elas sequer notavam minha presença, a não ser quando me davam um tapinha ao passar, limpando ao meu redor, conversando afobadas, e eu sorria, ouvindo a conversa. Mas quando eu estava quase cochilando, abri os olhos surpreso ao ver o rosto e o corpo adoráveis de minha senhora de cabelos escuros.

Ela tocou meu pênis, empurrando-o para baixo, e ele despertou violentamente. Ela tinha vários pesinhos de couro preto com grampos nas mãos, como aqueles que eu usara nos mamilos no dia anterior, e enquanto as criadas continuavam falando atrás da porta, ela prendeu os pesinhos da pele solta do saco. Contraí-me. Eu não conseguia ficar parado. Os pesinhos eram pesados o suficiente para me deixar dolorosamente consciente de cada centímetro da pele sensível e do menor movimento de minhas bolas – e mil pequenos movimentos pareciam inevitáveis. Ela trabalhava com ponderação, beliscando a pele como o capitão fizera usando as unhas. Quando hesitei, ela nem percebeu.

Então ela prendeu um peso pesado na base de meu pênis, que pendeu sob o membro. Quando meu órgão se inclinou para baixo, senti o frio do peso de ferro em meus testículos. O toque daquelas coisas, seus movimentos, eram lembranças insuportáveis desses órgãos salientes, de sua degradante exposição.

O pequeno cômodo ficou menor e mais escuro. A imagem dela cresceu diante de mim. Trinquei meus dentes com força para não implorar com algum choro mortificante, e então a sensação de rendição voltou, e implorei silenciosamente com suspiros e gemidos baixos. Eu fora idiota em pensar que me deixariam em paz.

– Você vai usar isso – disse ela – até seu senhor mandar que o busquem. E se esse peso escorregar de seu pau, é só por um motivo: seu pênis ficou mole e soltou a amarração. E ele será chicoteado por isso, Tristan.

Assenti enquanto ela esperava, incapaz de olhá-la nos olhos.

– Você precisa desse flagelo agora? – perguntou ela.

Eu sabia que não deveria responder. Se eu dissesse não, ela riria e tomaria aquilo como impertinência. Se eu dissesse sim, eu tinha certeza de que ela se sentiria ofendida e as chicotadas viriam a seguir.

Mas ela já havia retirado uma pequena e delicada chibata branca debaixo de seu avental azul. Soltei uma série de suspiros curtos. Mas ela chicoteou meu pênis de várias formas, dando choques em todo o meu corpo, meus quadris se erguendo em sua direção. Todos os pesinhos me puxavam, como dedos esticando minha pele e repuxando meu pênis. O próprio órgão estava roxo-avermelhado, lançando um jato para a frente.

– Isso é só um exemplo – disse ela. – Quando você estiver em exibição nesta casa, será tratado apropriadamente.

Assenti mais uma vez. Baixei a cabeça e senti as contas quentes de lágrimas nos cantos de meus olhos. Ela levou um pente até meus cabelos, e passou-o sobre eles com cuidado e delicadeza, arrumando os cachos sobre minhas orelhas e colocando-os de volta sobre a minha testa. Ela sussurrou:

– Devo dizer que você é facilmente o príncipe mais bonito da aldeia. Devo alertá-lo, rapaz, que você corre um grande risco de ser vendido logo, logo. Mas não sei o que você poderia fazer para evitar isso. Comporte-se mal e você precisará ainda mais da aldeia. Flagele seus belos quadris em charmosa submissão e você será ainda mais sedutor. Pode ser que não haja mais esperança para você. Nicolas é rico o suficiente para comprá-lo por três anos, se ele desejar. Eu adoraria ver os músculos de suas pernas depois de três anos puxando minha carruagem ou passeando com Nicolas pela aldeia.

Eu levantara a cabeça e estava olhando para seus olhos azuis abaixo. Certamente, ela podia ver que eu estava surpreso. Podiam fazer com que continuássemos ali?

– Ah, ele pode arrumar uma boa desculpa para manter você – disse ela. – Alegar que você precisa da disciplina da aldeia ou talvez até simplesmente que ele afinal encontrou o escravo que desejava. Ele não é um lorde, mas é o cronista da rainha.

Havia um calor crescendo em meu peito, pulsando como o lento ardor em meu pau. Mas Stefan jamais... Então Nicolas estava em mais alta conta que Stefan!

"Ele afinal encontrou o escravo que desejava." Aquelas palavras saltavam em minha cabeça.

Mas ela me deixou com meus próprios pensamentos confusos e desafiadores na salinha e saiu pelo pequeno corredor escuro, subindo os degraus, suas saias bordô brilhando nas sombras por um instante.

A DISCIPLINA
DA SENHORA LOCKLEY

Bela quase terminara suas tarefas matinais no quarto do capitão quando se lembrou, com um choque repentino, de sua impertinência com a senhora Lockley.

A memória veio junto com o som baixo de passos nas escadas, avançando em direção à porta do quarto do capitão. De repente, ela ficou aterrorizada. Por que ela fora tão insolente? Toda a sua determinação em ser uma menininha muito, muito má abandonou-a imediatamente.

A porta se abriu e a arrogante figura da senhora Lockley apareceu, toda em roupas limpas e adoráveis laços azuis, sua blusa tão decotada sobre os seios arredondados que Bela quase conseguia ver os mamilos. O rosto delicado da senhora Lockley exibia o sorriso mais maldoso, e ela veio direto até Bela.

Bela deixou a vassoura cair e se encolheu em um canto.

Uma risada baixa irrompeu de sua senhora, que logo estava com os cabelos longos de Bela enrolados na mão esquerda e com a direita pegou a vassoura e esfregou suas cerdas pontudas no sexo de Bela, fazendo com que ela gritasse e tentasse fechar bem as pernas.

– Minha escravinha tem uma língua! – disse ela. Bela começou a soluçar. Mas não conseguia se libertar para beijar as botas da senhora Lockley e não se atrevia a falar. Tudo o que conseguia fazer era pensar em Tristan dizendo a ela que era necessária muita coragem para ser má o tempo todo!

A senhora Lockley forçou-a a ficar de quatro e Bela sentiu a vassoura atrás de si, expulsando-a do quartinho.

– Desça as escadas! – disse a senhora, sussurrando, sua ferocidade queimando a alma de Bela e fazendo-a cair em prantos e correr para a escada. Ela teve que se levantar para descer, mas a vassoura guiava-a maliciosamente, penetrando nela, cutucando e arranhando os macios lábios de sua vagina, enquanto a senhora Lockley vinha logo atrás.

A estalagem estava vazia, silenciosa.

– Mandei minhas crianças malvadas para a loja de punições para o açoitamento matinal. Assim posso me concentrar em você! – Veio a voz da senhora, entre os dentes. – Teremos uma liçãozinha sobre como usar essa língua adequadamente quando é solicitada! Agora, para a cozinha!

Bela pôs-se de quatro novamente, desesperada para obedecer, as ordens furiosas deixando-a em pânico. Ninguém jamais a havia atacado com tanta raiva, e para piorar seu sexo já estava se enchendo de desejo.

A luz do sol enchia o grande cômodo imaculado, entrando pelas duas portas abertas que davam para o quintal, atingindo os potes e panelas de cobre pendurados em ganchos no alto, e iluminando as portas de ferro do forno de tijolos e o gigantesco bloco retangular que ficava no meio do chão ladrilhado, alto e largo como o balcão de bebidas onde Bela fora castigada pela primeira vez.

A senhora Lockley colocou Bela de pé e enterrou a vassoura com força entre suas pernas, fazendo com que as cerdas duras a levantassem e a inclinou contra o bloco. Então ergueu as pernas, fazendo com que Bela rapidamente se arrastasse sobre a madeira coberta por uma fina camada de farinha.

Bela esperava a palmatória e ela sabia que seria pior do que antes, com aquela voz furiosa guiando a ação. Mas a senhora Lockley deitou Bela de frente, rapidamente prendeu suas mãos à borda da tábua, sobre a cabeça, e disse a Bela para abrir as pernas ou elas seriam abertas para ela.

Bela lutou para abrir as pernas o máximo possível. A farinha sobre a madeira lisa parecia seda sob suas nádegas. Mas seu corpo estava esticado ao máximo agora que seus tornozelos também estavam presos, e Bela entrou novamente em pânico, debatendo-se inutilmente na madeira lisa e resistente ao perceber que não poderia se libertar.

Ela tentou implorar à senhora Lockley com uma enxurrada de gritos urgentes e fracos. Mas, no instante em que viu a senhora sorrindo para ela, sua voz esvaneceu na garganta e ela mordeu os lábios com força, olhando para cima, para os olhos negros límpidos que tremulavam levemente com as risadas.

— Os soldados gostaram desses seios, não gostaram? — perguntou a senhora Lockley. E usou as duas mãos para beliscar os mamilos de Bela com os indicadores e polegares. — Responda-me!

— Sim, senhora — gemeu Bela, sua alma trepidando com a sensação de vulnerabilidade em relação àqueles dedos, a carne ao redor dos mamilos tremendo enquanto eles próprios ficavam duros como pedras. Uma dor forte e profunda entre suas pernas fez com que ela tentasse fechá-las, o que era impossível. — Por favor, senhora, eu nunca vou...

— Ssshhhh! — A senhora Lockley tapou a boca de Bela com a mão e a moça arqueou as costas, soluçando. Ah, era pior ficar amarrada, ela não conseguia ficar parada. Mas ela olhou para a senhora Lockley com os olhos arregalados e tentou assentir, apesar da mão que a impedia.

– Escravos não têm voz – disse a senhora –, até que o senhor ou a senhora peçam para escutar essa voz. Aí você responde com o devido respeito. – Ela soltou a boca de Bela.

– Sim, senhora – respondeu Bela.

Os dedos firmes agarraram novamente seus mamilos.

– Como eu ia dizendo – continuou a senhora Lockley –, os soldados gostaram desses seios.

– Sim, senhora! – respondeu Bela, sua voz trêmula.

– E esse buraquinho faminto. – Ela baixou a mão e apertou os lábios vaginais de Bela, fechando-os. O líquido que os lubrificava transbordou e a garota sentiu uma coceira enquanto ele escorria.

– Sim, senhora – respondeu ela, sem fôlego.

A senhora Lockley ergueu um cinto de couro branco e mostrou-o para Bela, como uma língua que saísse de sua mão. Ela pegou o seio esquerdo de Bela com os dedos da mão esquerda, juntou a carne e golpeou-o enquanto Bela sentia o calor cobrindo seu peito. Ela não conseguia ficar quieta. O líquido entre suas pernas escorria pela fenda de suas nádegas. Seu corpo esticado, de braços e pernas abertos, tentava em vão se fechar.

Os dedos puxaram seu mamilo esquerdo e apertaram-no. E então a língua branca do cinto de couro espancou seu seio com uma série de golpes fortes e barulhentos. "Ai!", gemeu Bela, alto, inevitavelmente. As pancadas que a mão grande e quente do capitão dera em seus seios não se pareciam em nada com aquilo. O desejo de se libertar e cobrir os seios, os dois, era irresistível e impossível! Mesmo assim, seus peitos ferviam com uma sensação desconhecida e o corpo de Bela se contorcia sobre a madeira. A pequena tira batia cada vez mais forte em seu mamilo e em sua carne saliente.

Bela estava em um frenesi quando a senhora Lockley voltou a atenção a seu seio direito, golpeando-o da mesma forma, açoitando o mamilo. Os gritos de Bela ficaram cada vez mais altos, sua luta mais violenta. Os mamilos estavam duros como pedra sob a torrente de chicotadas.

Bela fechou a boca, bem firme. Ela teria gritado com toda a força de seus pulmões: "Não, eu não consigo suportar." Os golpes se concentraram em um espaço de tempo menor, cada vez mais rápidos. Seu corpo tornou-se os seios torturados, seu desejo suscitado pelas chicotadas como a chama de uma tocha.

Bela balançou a cabeça tão violentamente que o cabelo caiu sobre sua face. A senhora Lockley colocou-o para trás, inclinou-se e olhou para Bela, mas a moça não podia olhar para ela.

– Tão rebelde, tão exposta! – disse ela para Bela, e então massageou seu seio direito, fazendo-o inchar novamente, para voltar a espancá-lo. Bela soltou um grito alto e choroso entre os dentes trincados. Os dedos puxavam os mamilos, massageavam a carne, e o calor ardeu por todo o corpo de Bela, quadris pulando para a frente em uma convulsão violenta e repentina.

– É assim que uma menina má deve ser punida – disse a senhora.

– Sim, senhora – gemeu Bela imediatamente.

Piedosamente, os dedos se afastaram. Os seios de Bela pareciam enormes, pesados, um turbilhão de dor, calor e pulsação dentro dela. Seus suspiros baixos e doloridos ficaram presos na garganta.

E ela chorou baixinho quando percebeu o que estava por vir. Ela podia sentir os dedos da senhora Lockley entre suas pernas, abrindo seus lábios mesmo que Bela tentasse fechar as pernas, seus músculos esticando-se em vão. Seus calcanhares bateram na madeira, as tiras de couro pressionando a carne de seus pés. Ela perdeu o controle mais uma vez, debatendo-se em uma tempestade de lágrimas. Mas o cinto lambia seu clitóris. Ela gritou novamente com a intensidade da abrasadora mistura de prazer e dor, seu clitóris parecendo endurecer mais do que nunca, o cinto descendo sobre ele várias e várias vezes enquanto a senhora Lockley golpeava debaixo do sexo com a mão direita.

Bela podia sentir os lábios inchando, o líquido jorrando, as chicotadas soando cada vez mais molhadas. Ela rolou a cabeça sobre a madeira. Gritava cada vez mais alto, seus quadris se projetando para a frente para encontrar o cinto, todo o seu sexo uma explosão ardente dentro dela.

O cinto parou. Era pior, o calor estava aumentando, o formigamento como uma coceira que precisa encontrar sua divina fricção. A respiração de Bela vinha ofegante, suplicante, junto com os gemidos. Entre lágrimas, ela viu a senhora Lockley olhando para ela.

– Você é minha escrava impertinente? – perguntou ela.

– Sua escrava devotada. – Bela sufocava com as lágrimas. – Sua escrava devotada, senhora. – E mordeu o lábio em uma careta, rezando para aquela ser a resposta certa.

Seus seios e seu sexo estavam fervendo com o calor, e ela ouvia seus quadris chocando-se contra a madeira sob eles, apesar de não ter consciência de que os estava movendo. Em meio à névoa de lágrimas, ela viu os belos olhos negros da senhora Lockley, os cabelos pretos com sua trança bem-feita coroando a cabeça, seus seios inchando tão lindos na blusa de linho branquíssimo com seus grandes babados. Mas a senhora segurava algo nas mãos. O que era? Estava se mexendo.

E Bela viu que era um grande e bonito gato branco que olhava para ela com olhos azuis amendoados, daquele jeito inquisitivo dos gatos, a língua rosada lambendo rapidamente o focinho preto.

Uma onda de absoluta vergonha tomou conta de Bela. Ela padecia sobre a madeira, uma criatura impotente e sofredora, ainda mais baixa que aquele animalzinho cheio de orgulho e desdenhoso que a espiava dos braços da senhora com olhos brilhantes. Mas a senhora Lockley se abaixara, aparentemente para pegar algo.

E Bela a viu erguer-se novamente com uma boa quantidade de creme amarelo nos dedos. Os dedos espalharam o creme nos mamilos latejantes de Bela e entre suas pernas, pingando e deslizando em pequenos blocos para dentro de sua vagina.

– É só manteiga, docinho, manteiga fresca – disse a senhora. – Nada de unguentos perfumados por aqui. – E de repente, ela deixou o gato cair sobre a barriga e o peito macios de Bela, e a moça sentiu as almofadas macias das patas do gato movendo-se sobre o seu peito em uma velocidade enlouquecedora.

Ela se contorceu, puxando as tiras. O animalzinho havia baixado a cabeça e sua linguinha dura e áspera alimentava-se sobre o seu mamilo, devorando a manteiga que o cobria. Um medo muito profundo e até então desconhecido veio à tona, fazendo com que Bela se debatesse ainda mais furiosamente.

Mas o monstrinho indiferente, com seu refinado rostinho branco, continuava comendo, e o mamilo de Bela explodia sob as lambidas, todo o seu corpo ficou tenso, erguendo-se da madeira e então caindo sobre ela.

A criatura foi levantada, levada para o seio direito e Bela puxou as tiras com toda a sua força, os soluços fazendo-a tremer, os lindos pezinhos pisando fundo em sua barriga, os pelos macios do gato tocando-a enquanto a língua lambia novamente, limpando completamente o mamilo.

Bela trincou os dentes para não gritar a palavra "não", ela espremeu os olhos, fechando-os bem outra vez, apenas para abri-lo com a visão do rostinho em forma de coração mergulhando em movimentos rápidos e curtos enquanto a língua lambia, o mamilo empurrado para a frente e para trás pela força da lambida áspera, a sensação tão única, tão terrível, que Bela gritou ainda mais alto do que já gritara sob a palmatória.

Mas o gato fora levantado. Bela debatia-se de um lado para outro, trincando ainda mais os dentes para evitar o "não" que deveria soltar enquanto sentia aquelas orelhas sedosas e aquele pelo entre suas pernas, a língua lançando-se sobre seu clitóris intumescido. "Não, por favor, não, não", gritava ela no santuário de sua mente, mesmo quando o prazer se descarregava por ela, misturando-se ao ódio daquele felino peludo e seu terrível e descuidado banquete.

Seus quadris congelaram-se no ar, a centímetros da madeira, o nariz e a boca peludos indo cada vez mais fundo nela. Não havia mais língua no clitóris, apenas o topo da cabecinha esfregando-se enlouquecedoramente contra ele, e não era o bastante, não era o bastante. Ah, seu monstrinho!

Para sua completa vergonha e derrota, Bela lutava para pressionar sua púbis contra a criatura, pressioná-la sobre o pequeno crânio, fazendo-o massagear o clitóris com a mais leve pressão. Mas a língua havia descido ainda mais, lambendo a base de sua vagina, lambendo a fenda de suas nádegas e seu sexo clamava em vão enquanto o prazer tornava-se um tormento agudo.

Bela trincou os dentes e balançou a cabeça enquanto a língua lambia seus pelos pubianos, sorvendo o que queria, inconsciente do desejo que a assaltava.

E quando ela achou que não aguentaria mais, que enlouqueceria, o gato foi levado embora. Ele a espiava dos braços da senhora Lockley, a senhora com um sorriso que parecia tão doce quanto o do gato.

Bruxa!, pensou Bela, sem ousar falar, e fechou os olhos, seu sexo trêmulo com todo o desejo que ela já conhecera.

A senhora Lockley soltou o gato. Ele foi embora, saiu de vista. E Bela sentiu as tiras em seus pulsos serem desamarradas, e depois as dos tornozelos.

Ela ficou tremendo, resistindo com toda a sua força ao desejo de fechar as pernas, de virar-se sobre a tábua de madeira, abraçando os seios com uma das mãos enquanto tocava seu sexo ardente com a outra, em uma orgia de prazer privado.

Ela não receberia tal piedade.

– Fique de quatro no chão – disse a senhora Lockley. – Acho que você finalmente está pronta para a palmatória.

Bela desceu.

E, confusa, se virou e apressou-se para acompanhar as botas que já estavam distantes enquanto caminhavam sonoramente para fora da cozinha.

O movimento de suas pernas ao engatinhar apenas aumentava sua excitação.

E quando chegaram ao salão principal da estalagem, ela imediatamente subiu no balcão, obedecendo ao estalar dos dedos da senhora Lockley.

As pessoas passavam de um lado para outro na praça, conversavam na beira do poço. Duas meninas da aldeia cumprimentaram alegremente a senhora Lockley enquanto passavam por ela rumo à cozinha.

Bela estava tremendo, parecendo gaguejar seus gritinhos, o queixo para cima, as nádegas esperando pela palmatória.

– Você lembra que eu disse que cozinharia suas nádegas para o café da manhã? – disse a senhora com voz fria e monótona.

– Sim, senhora – soluçou Bela.

– Nenhuma palavra agora, só concorde com a cabeça!

Bela assentiu violentamente, apesar da cabeça levantada.

Os seios doloridos eram puro calor contra a madeira, seu sexo pingando. A tensão era insuportável.

– Você foi bem temperada com seus próprios líquidos, não foi? – perguntou a senhora.

Bela soltou um forte gemido choroso, não sabendo como responder.

A mão da senhora Lockley massageou suas nádegas com força, apertando-as como fizera com os seios.

E então eles vieram, os duros golpes punitivos, e Bela balançava e contorcia-se e gritava entre os dentes, como se nunca tivesse conhecido resistência, dignidade. Qualquer coisa para agradar aquela terrível, fria e inflexível senhora, qualquer coisa para fazer com que ela soubesse que Bela seria boazinha, que Bela não era uma menina má, que ela estava errada. E Tristan a havia alertado. O espancamento continuou, castigando-a de verdade.

– Está quente o suficiente? Está cozido o suficiente? – perguntou a senhora, descendo a palmatória cada vez mais rápido. Ela parou e colocou a mão fria sobre a carne ardida. – Sim, acho que temos uma princesinha bem passada!

E ela bateu novamente, os soluços de Bela emergindo como se fossem expulsos de dentro dela.

E o pensamento de que ela deveria esperar até a noite, esperar pelo capitão antes que seu sexo torturado pudesse se libertar, fez com que ela chorasse em um abandono quase agradável.

Acabara. Os estalos ainda soavam em seus ouvidos. Ela ainda podia sentir a palmatória, como em um sonho. E seu sexo era como uma câmara oca na qual todos os prazeres que ela já conhecera houvessem deixado seu eco alto e reverberante. E demorariam horas e horas até que o capitão viesse. Horas e horas.

– Levante-se e ajoelhe-se – disse a senhora Lockley. Por que ela estava hesitando?

Ela foi ao chão e pressionou os lábios freneticamente contra as botas da senhora, beijando as pontinhas afiadas dos dedos, os pequenos e bem contornados tornozelos que apareciam sob o fino invólucro de couro. Ela sentiu as anáguas da senhora Lockley sobre a sua testa molhada e seu cabelo, e seus beijos tornaram-se ainda mais fervilhantes.

– Agora você vai trabalhar para limpar esta estalagem de cima a baixo – disse a senhora. – E vai manter as pernas bem abertas enquanto faz isso.

Bela assentiu.

A senhora Lockley afastou-se dela, rumo à porta da estalagem.

– Onde estão minhas outras gracinhas? – murmurou ela, de forma mal-humorada. – Essa loja de punições demora horrores.

Bela ajoelhou-se olhando para a bonita e pequena figura da senhora Lockley contra a luz da porta, a cintura fina tão destacada pelo cinto branco e a faixa do avental. Bela respirou fundo. Tristan, você estava certo, pensou ela. É difícil ser má o tempo todo. E assoou o nariz nas costas das mãos, silenciosamente.

O grande e esquivo gato branco chegou perto, a centímetros de Bela. Ela recuou, mordendo o lábio novamente, e então cobriu a cabeça com os braços, pois a senhora Lockley estava apenas descansando apoiada na porta da estalagem e o grande gato chegava cada vez mais perto.

CONVERSA COM
O PRÍNCIPE RICHARD

Era o final da tarde e Bela estava deitada na relva fresca com os outros escravos, espetada apenas vez ou outra pela vara pontuda de uma das criadas da cozinha, que a obrigavam rudemente a afastar as pernas. É, ela não podia fechar as pernas, pensou, sonolenta.

O trabalho do dia a exaurira. Ela deixara cair algumas colheres de latão e fora acorrentada de cabeça para baixo à parede da cozinha durante uma hora. De quatro, carregara nas costas os pesados cestos de roupas lavadas até os varais, e ajoelhada imóvel enquanto as aldeãs conversavam em volta dela, pendurando os lençóis. Ela havia esfregado, limpado e polido, fora espancada pela palmatória a cada sinal de desleixo ou hesitação. E de joelhos, sorvera seu jantar do mesmo grande prato que os outros escravos, agradecendo silenciosamente pela água fresca que veio em seguida.

Agora era hora de dormir e ela estivera cochilando por mais ou menos uma hora.

Muito lentamente, percebeu que não havia ninguém acordado. Estava sozinha com escravos que dormiam e viu que o belo príncipe ruivo estava deitado de frente para ela, a bochecha sobre a mão, olhando para ela.

Ele era o príncipe que Bela vira na noite anterior sentado no colo de um soldado, beijando-o. Agora ele sorria e, com os dedos da mão direita, soprou um beijinho em direção a Bela.

– O que a senhora Lockley *fez* com você hoje de manhã? – sussurrou ele.

Bela ruborizou.

Ele esticou o braço e cobriu a mão dela com a sua.

– Tudo bem – sussurrou ele. – Nós *adoramos* ir à loja das punições – disse ele, e riu baixinho.

– Há quanto tempo você está aqui? – perguntou ela. Ele era ainda mais bonito que o príncipe Roger. Ela nunca vira no castelo um escravo tão aristocrático. Os traços de seu rosto eram fortes como os de Tristan, mas seu corpo era menos robusto e mais adolescente.

– Fui expulso do castelo um ano atrás. Meu nome é príncipe Richard. Passei seis meses no castelo até ser declarado incorrigível.

– Mas por que você foi tão mau? – perguntou Bela. – Foi de propósito?

– De jeito nenhum – respondeu ele. – Tentei obedecer, mas entrava em pânico e corria para um canto. Ou simplesmente não conseguia executar uma tarefa por vergonha ou humilhação. Eu não conseguia me controlar. Eu me excitava com facilidade, como você. Cada palmatória ou pênis ou adorável mão de mulher que me tocasse suscitava uma mortificante e incontrolável demonstração de prazer. Mas eu não conseguia obedecer. Então fui leiloado para ser domado aqui durante um ano.

– E agora? – perguntou Bela.

– Já cheguei longe demais – disse ele. – Fui ensinado. E devo isso à senhora Lockley. Se não fosse por ela, não sei o que teria acontecido comigo. Ela me amarrou, puniu, arreou e me forçou a cumprir dúzias de tarefas antes de esperar qualquer coisa de minha vontade própria. Noite sim, noite não eu era espancado na plataforma pública, obrigado a correr em círculos em volta do mastro. Fui amarrado em uma barraca da praça das punições e obrigado a tomar todos os pênis que vieram até mim. Fui provocado e perseguido pelas moças. Geralmente passava o dia pendurado sob a placa da estalagem. E tinha pés e mãos amarrados para o açoitamento diário. E só depois de boas quatro semanas fui desamarrado e mandado acender o fogo e pôr a mesa. Eu cobria as botas dela de beijos. Lambia a comida literalmente da palma de sua mão.

Bela assentiu lentamente, surpresa que ele tivesse levado tanto tempo.

– Eu a venero – disse ele. – Tremo ao imaginar o que teria acontecido se tivesse sido comprado por alguém mais afável.

– Sim – admitiu Bela, e o sangue subiu para seu rosto novamente. E sentiu o mesmo em suas nádegas doloridas.

– Nunca pensei que pudesse ficar parado sobre o bar para o açoitamento matinal – disse ele. – Nunca achei que pudesse andar desamarrado rumo à praça das punições ou que subiria os degraus da plataforma pública e me ajoelharia ali sem correntes. Ou que poderia ser enviado à loja das punições aonde fomos hoje de manhã, mas agora consigo fazer tudo isso. Também jamais pensei que pudesse agradar aos soldados da tropa sem tremer ou demonstrar pânico quando me feriam. Não há nada que eu não possa suportar completamente.

Ele fez uma pausa.

– Você já aprendeu essas coisas – disse ele. – Posso dizer isso pela noite passada e por hoje. A senhora Lockley ama você.

– É mesmo? – Bela sentiu um forte desejo ondulando em sua carne. – Ah, você deve estar enganado.

– Não estou, não. É difícil um escravo chamar a atenção da senhora Lockley. Ela dificilmente tira os olhos de você quando você está por perto.

O coração de Bela começou a acelerar silenciosamente.

– Sabe, tenho algo terrível para te contar – disse o príncipe.

– Você não tem que me contar. Eu sei – sussurrou Bela. – Agora que o ano acabou, você não suporta a ideia de voltar para o castelo.

– Exatamente – disse ele. – Não que eu não possa obedecer e agradar. Tenho certeza de que consigo fazer isso. Mas é... diferente.

– Sei – disse Bela. Mas a cabeça dela estava martelando. Então sua cruel senhora a amava? E por que isso dava a Bela tanta satisfação? Ela nunca se importou realmente se lady Juliana no castelo a amava. E aquela pequena dona de estalagem malvada e orgulhosa e o distante capitão da guarda estranhamente tocavam seu coração.

– Preciso de castigos duros – disse o príncipe Richard. – Preciso de ordens diretas, para saber meu lugar sem hesitar.

Todos aqueles cuidados e bajulações não são mais bem-vindos. Eu preferiria ser jogado sobre o cavalo do capitão, levado para o acampamento, acorrentado a um poste e usado da maneira que fui antes.

A imagem surgiu claramente em um relance na cabeça de Bela.

– O capitão da guarda te possuiu? – perguntou ela, timidamente.

– Sim, é claro. Mas não tenha medo. Eu o vi ontem à noite. Ele também está bem apaixonado por você, e quando o assunto são príncipes, ele gosta dos que são um pouco mais fortes do que eu, apesar de às vezes... – Ele sorriu.

– E você tem que voltar ao castelo? – perguntou Bela.

– Não sei. A senhora Lockley está em alta conta com a rainha, pois uma grande parte de sua tropa se hospeda aqui. E acho que a senhora Lockley poderia me manter aqui se me pagasse. Rendo muito para a estalagem. E cada vez que sou enviado à loja das punições, os clientes de lá pagam pela minha penitência. Lá há sempre gente reunida tomando café, bebendo, mulheres costurando... vendo os escravos serem espancados um a um. E apesar de o senhor e a senhora terem que pagar pelo serviço, os clientes podem dar mais dez centavos para mais uma chibatada se quiserem. Quase sempre sou açoitado três vezes quando estou lá, e metade do dinheiro vai para a loja e a outra metade vai para a senhora.

Então, agora, já recuperei meu preço várias vezes e poderia fazê-lo de novo se a senhora Lockley quiser me manter.

– Ah, acho que eu também devo conseguir fazer isso – sussurrou Bela. – Talvez eu tenha me provado obediente demais, cedo demais! – Sua boca se contorceu angustiada.

– Nada disso. O que você tem que fazer é conquistar o afeto da senhora Lockley. E não se faz isso com desobediência, mas com uma boa demonstração de submissão. E quando você for à loja das punições... o que certamente acontecerá, pois ela não tem tempo de nos espancar direito todos os dias, deve exibir o melhor espetáculo possível, não importa o quanto seja difícil. E às vezes é mais difícil que a plataforma pública.

– Por quê? Eu vi a plataforma e parecia terrível.

– A loja das punições é mais intimista e menos teatral – explicou o príncipe. – Como eu te disse, o lugar fica lotado. Os escravos ficam enfileirados em uma rampa baixa ao longo da parede da esquerda, esperando como fizemos hoje de manhã. Então o senhor fica com seu criado em um pequeno palco, de mais ou menos um metro de altura. As mesas com os clientes são coladas à rampa e ao palco, e eles riem e conversam entre si, ignorando a maior parte do que está acontecendo, apenas fazendo comentários de vez em quando.

"Mas se gostarem de um escravo, param de falar e assistem. Dá para vê-los de rabo de olho, com os cotovelos na borda do palco, e então vêm os gritos de "dez centavos!" e tudo começa de novo. O senhor é um homem grande e rude. Você é jogado sobre os joelhos. Ele usa um avental de couro. Lubrifica você bem antes de começar, e você fica grato por isso. Isso faz as pancadas doerem mais, mas salva sua pele, de verdade. E o criado levanta o queixo e espera para levá-lo embora. E os dois riem e falam bastante. O senhor sempre me aperta com força e me pergunta se estou sendo bonzinho, exatamente do jeito que falaria com um cachorro, com a mesma voz. Ela puxa meu cabelo, provoca meu pênis cruelmente e me alerta para manter os quadris levantados para meu membro não cair em desgraça sobre o seu avental.

"Lembro-me de uma manhã em que um príncipe gozou no colo do senhor. E da forma como foi punido. A palmatória foi implacável, e depois ele foi conduzido em voltas pela taberna, agachado, e obrigado a tocar cada bota do local com a ponta de seu pênis, implorando por perdão, com as mãos atrás do pescoço. Você devia tê-lo visto se contorcendo, os clientes às vezes sentindo pena e mexendo em seus cabelos, mas na maioria das vezes o ignoravam. E então ele foi levado para casa com o mesmo agachamento doloroso e humilhante, seu pênis desgraçado, amarrado para apontar para o chão, mesmo que já estivesse duro o suficiente naquele momento. Nas noites em que os clientes estão bebendo vinho e o lugar está iluminado por velas, pode ser pior que a plataforma pública. Nunca me descontrolei, chorei e solucei tanto implorando por piedade na plataforma pública."

Bela estava em silêncio, fascinada.

– Lembro-me de uma noite na loja em que me compraram três espancamentos além do pedido pela senhora. Achei que certamente não tomaria o quarto, que era demais. Eu estava soluçando e havia uma longa fila de escravos esperando. Mas a mão veio novamente com o creme, esfregando minhas marcas e feridas, e deu um tapa em meu pênis, e então eu estava sobre aqueles joelhos novamente, dando um espetáculo ainda melhor que os anteriores. E não colocaram o saco de dinheiro em minha boca para levar para casa, como na plataforma pública. Ele foi perfeitamente enfiado em meu ânus, com as cordinhas pendendo para fora. E depois, naquela noite, fui obrigado a circular por toda a taberna, parando a cada mesa para receber mais algumas moedas de cobre, e eles foram enfiando-as dentro de mim até que eu estivesse recheado como uma galinha para assar. A senhora Lockley deleitou-se com o dinheiro que eu ganhara. Mas minhas nádegas estavam tão doloridas que quando ela as tocou com os dedos, gritei desesperadamente. Pensei que ela teria piedade de mim, ou pelo menos de meu pênis, mas essa não seria a senhora Lockley. Naquela noite, ela me deu aos soldados, como sempre. Tive que sentar em muitos colos ásperos com aquelas nádegas doloridas, e meu pênis foi acariciado, torturado e espancado não sei quantas vezes antes que eu fosse finalmente autorizado a mergulhar em uma princesinha gostosa. Até nessa hora eu estava sendo açoitado com um cinto para me estimular. E os golpes não pararam quando gozei, simplesmente continuaram. A senhora disse que eu tinha uma pele muito resistente, que muitos escravos não teriam aguentado. Depois disso, vi que tomara tanto quanto podia suportar, exatamente como ela me falara.

Bela estava impressionada demais para dizer qualquer coisa.

– E eu serei mandada para lá – murmurou ela.

– Ah, certamente. Pelo menos duas vezes por semana todos nós somos enviados. Fica só a alguns metros rua acima e sempre somos mandados sozinhos, o que por algum motivo parece uma terrível parte do castigo. Mas não tenha medo quando chegar a hora. Apenas se lembre, se você voltar com aquele saquinho de moedas nas nádegas, deixará sua senhora muito feliz.

Bela encostou a bochecha na relva fresca. Nunca mais quero voltar para o castelo, pensou ela. Não importa o quanto seja difícil aqui, o quanto seja assustador! Ela olhou para o príncipe Richard.

– Você já pensou em fugir? – perguntou ela. – Fico me perguntando se os príncipes não pensam nisso.

– Não. – Ele riu. – E aliás, quem fugiu ontem foi uma princesa. E vou lhe contar um segredo. Eles não a encontraram. E também não querem que ninguém saiba. Agora volte a dormir. O capitão estará muito aborrecido esta noite se eles ainda não a tiverem capturado. Não penso em fugir. E você?

– Não. – Bela balançou a cabeça.

Ele se virou para a porta da estalagem.

– Acho que os ouvi chegar. Volte a dormir se puder. Ainda temos cerca de uma hora.

BARRACAS PÚBLICAS

No início da noite, eu era novamente um cavalo, seguro em meus arreios, pensando quase sardonicamente em meu medo na noite anterior, quando o rabo e a mordaça pareciam humilhações impensáveis. Chegamos ao solar antes de escurecer, e fui escolhido para ser um apoio de pés para meu senhor durante horas sob a mesa de jantar.

A conversa foi longa. Havia outras pessoas ali, ricos comerciantes e fazendeiros da região, falando sobre colheitas, o tempo e o preço dos escravos, e sobre o inegável fato de que a aldeia precisava de mais escravos, não apenas as boas e por vezes temperamentais gracinhas do castelo, mas sólidos tributos inferiores que não precisavam jamais ter visto a rainha, os filhos e filhas da pequena nobreza sob sua proteção.

Aquele tipo de escravo surgia de tempos em tempos no leilão do mercado. Por que não poderia haver mais?

Meu senhor estava bastante quieto o tempo todo. Comecei a ansiar pelo som da sua voz. Mas ele riu dessa última sugestão e perguntou, secamente:

– E quem gostaria de pedir uma coisa dessas a Sua Majestade?

Ouvi cada palavra atento, não tanto porque aquilo concentrasse um conhecimento que não possuía, mas porque aumentava minha consciência de minha inferioridade. Eles contavam historinhas sobre maus escravos, castigos, acontecimentos comuns que achavam engraçados. Como se nenhum dos escravos servindo a mesa ou usados de apoio para os pés, como eu, tivessem ouvidos ou raciocínio, ou merecessem a menor consideração.

Finalmente, era hora de partir.

Com o pênis explodindo, tomei meu lugar para puxar a carruagem de volta à casa da aldeia, perguntando-me se os outros cavalos haviam se satisfeito como sempre no estábulo.

Quando chegamos à aldeia e os cavalos foram dispensados, minha senhora começou a me chicotear na curta caminhada descalça pela rua escura rumo à praça das punições públicas.

Comecei a chorar, esgotado e desesperado pelas pancadas e privação de minha carne. A senhora estalou o chicote ainda mais vigorosamente que o senhor. E fui impiedosamente torturado pela percepção de que era ela quem estava atrás de mim, em seu adorável vestido, me estimulando com aquela mãozinha. Aquele dia parecia infinitamente mais longo que o anterior, e se antes a plataforma pública parecera bem-vinda, agora me provocava um temor desesperado. Meu medo era pior do que na noite anterior. Eu sabia como era ser açoitado ali. O afeto do senhor que se seguiu parecia um absurdo, fruto de minha imaginação.

Mas o que me esperava não eram os círculos em volta do mastro ou a plataforma giratória com sua iluminação brilhante.

Fui levado por entre o povo que passava até uma das pequenas barracas atrás dos pelourinhos. Minha senhora pagou dez centavos na entrada e então me levou atrás dela em direção às sombras.

Uma princesa nua com longas tranças acobreadas estava agachada em um banquinho, joelhos afastados, tornozelos amarrados um ao outro, as mãos acorrentadas à viga da barraca bem acima dela. Ela mexia os quadris desesperadamente quando nos ouviu entrando, mas seus olhos estavam cobertos com uma venda de seda vermelha.

Quando vi o sexo doce, macio e unido cintilando sob a luz das tochas da praça, pensei que não conseguiria mais me controlar.

Baixei a cabeça, perguntando-me que tormento enfrentaria agora, mas a senhora me disse com muita delicadeza que eu deveria enrijecer.

– Paguei dez centavos para que você a possuísse, Tristan.

Eu mal conseguia acreditar no que ouvira. Primeiro me virei para beijar os sapatos da senhora, mas ela apenas riu e me disse para levantar e aproveitar a garota como quisesses.

Comecei a obedecer, mas parei, a cabeça ainda baixa, o pequeno sexo apertado bem na frente do meu, ao perceber que a senhora observava bem de perto. Ela até mesmo acariciou meus cabelos. E entendi que estava ali para ser observado, ou até examinado.

Meu corpo inteiro tremeu um pouco. E quando me conformei com aquilo, um novo elemento aumentou minha excitação. Meu pênis escureceu ainda mais e latejou como se tentasse me puxar para a frente.

– Devagar, se você quiser – disse minha senhora. – Ela é muito adorável para brincar.

Assenti. A princesinha tinha um buraquinho refinado, lábios vermelhos e trêmulos que agora arfavam de apreensão e expectativa. Só seria melhor se Bela estivesse ajoelhada ali.

Beijei a princesa violentamente, minhas mãos gulosas agarrando seus peitinhos pesados, balançando-os e massageando-os. Ela entrou em um ataque de desejo. Sua boca chupava a minha, todo o seu corpo se esticava para a frente, e baixei minha cabeça para chupar seus peitos, um de cada vez, enquanto ela gritava, seus quadris balançando selvagemente. Era quase demais para esperar.

Mas fui para trás dela, passando minhas mãos por suas maravilhosas nádegas, e enquanto eu beliscava suas pequenas marcas, marcas realmente pequenas, ela me soltou um adorável e convidativo gemido e arqueou suas costas para me mostrar seu macio sexo avermelhado por trás, o melhor que conseguia, esticando a corda que prendia suas mãos acima dela.

Era assim que eu queria possuí-la, penetrando sua vagina por trás, erguendo-a ao cavalgá-la, e quando deslizei para dentro dela, seu pequeno sexo apertado pareceu quase pequeno demais e soltou arfadinhas quando abri caminho para suas profundezas quentes e molhadas.

Seus gritos assumiram um desespero. Ela estava sendo bem usada, mas seu clitóris não estava sendo tocado pelo meu pênis, eu sabia disso e não iria desapontá-la. Alcancei sua frente e encontrei o botãozinho sob seu capuz de pele molhada, abrindo seus lábios inchados com um pouco de brutalidade, e quando apertei o clitóris, ela soltou um grito agudo de gratidão, esfregando suas pequenas nádegas macias em mim.

Minha senhora chegou mais perto. Suas saias grandes e cheias tocaram minha perna e senti sua mão sob meu queixo. Era uma agonia perceber que ela estava olhando para mim e veria meu rosto enrubescido na hora do clímax.

Mas essa era minha parte. E uma exaltação tomou conta de mim bem no meio do prazer. Senti a mão da senhora em minhas nádegas. Martelei a princesinha ainda mais forte, sentindo o olhar da senhora, e acariciei o clitóris molhado com uma pressão pontual e ritmada.

Meu pênis explodiu enquanto eu trincava os dentes, meu rosto queimando, meus quadris em um vai e vem inevitável. Um gemido longo e grave arrebentou de dentro de meu peito. A senhora segurava minha cabeça com as mãos. E minha respiração se tornou alta e ofegante, com a princesinha gritando no mesmo êxtase.

Inclinei-me para a frente, abraçando o corpinho quente, e apoiei minha cabeça sobre a da princesa, virando-me para encarar minha senhora. Senti seus dedos tranquilizadores em meus cabelos. E seus olhos fitavam-me continuamente. Ela tinha no rosto uma estranha expressão, pensativa, quase penetrante. Virou um pouco a cabeça para o lado, como se estivesse tirando algumas conclusões. E colocou a mão em meu ombro para sinalizar que eu deveria ficar parado, abraçando a princesa, e chicoteou minhas nádegas com o cinto enquanto eu olhava para ela. Fechei os olhos. Mas os abri imediatamente, com a dor do golpe. E passamos pelo momento mais estranho.

Se eu estivesse dizendo algo em silêncio seria: "Você é minha senhora. Você me possui. E não desviarei o olhar até que você mande. Olharei para o que você é e o que você faz." E ela parecia ouvir isso, fascinada.

Ela se afastou um pouco e me deixou ficar tempo o suficiente para recuperar minhas forças. Beijei o pescoço da princesinha.

E então, como se fazendo um teste, ajoelhei-me, beijei os pés da senhora e a ponta do cinto em sua mão.

A princesinha não fora o bastante para mim. Meu pênis já estava enrijecendo. Eu poderia ter possuído qualquer escravo na barraca. E em um momento de desespero, estive tentado a beijar novamente os sapatos de minha senhora e balancei os quadris para dizer-lhe isso. Mas a clara vulgaridade do gesto estava além de mim. Além disso, ela poderia simplesmente ter rido e me chicoteado. Não, eu tinha que obedecer à sua vontade. E nos últimos dois dias, me parecia que eu não havia falhado, falhado de verdade, em nada. E agora eu também não falharia.

Olhei para a plataforma pública, um pouco temeroso que pudesse dar-lhe ideias ao fazer isso, mas incapaz de não olhar.

Uma princesa de pele escura que eu não conhecia era a vítima, seus cabelos negros presos sobre a cabeça, seu corpo longilíneo, sedutor e robusto sacudindo sob o estalo da palmatória sem amarras. Ela estava esplêndida, seus olhos escuros espremidos e molhados, sua boca aberta em gritos selvagens. Ela parecia se entregar completamente.

O povo dançava e berrava, incentivando. E antes de chegarmos à barraca de banho, a vi ser regada com moedas como eu fora.

Enquanto eu era lavado, um dos príncipes mais bonitos que eu já havia visto, o príncipe Dmitri do castelo, estava sendo levado para seu turno na plataforma pública. E minhas bochechas se afoguearam de vergonha por ele quando o vi amarrado pelos joelhos e pelo pescoço, mãos atadas enquanto o povo o vaiava. Ele soluçava sob a mordaça de couro e se segurava sob a palmatória.

Mas minha senhora me vira olhando para a plataforma e, com uma pontada de pânico, baixei os olhos.

Mantive-os assim enquanto era levado para casa, marchando pela rua de trás.

Pensei, agora devo dormir em um canto qualquer, amarrado e talvez até amordaçado. É tarde e meu pênis parece uma estaca de ferro entre minhas pernas e meu senhor provavelmente está dormindo.

Mas eu estava sendo encaminhado pelo corredor. Vi a luz sob a porta dele. E minha senhora bateu na porta, sorrindo.

– Adeus, Tristan – sussurrou ela, e brincou com um cachinho do meu cabelo antes de me deixar ali.

OS AFETOS
DA SENHORA LOCKLEY

Estava quase escuro quando Bela acordou. Ainda havia luz no céu, mas algumas estrelinhas já haviam surgido. E a senhora Lockley, sem dúvida vestida para a noite, com um traje vermelho com mangas bufantes bordadas, estava sentada na grama, as saias formando um lindo círculo ao seu redor. A palmatória de madeira estava acorrentada à faixa do seu avental, mas metade dela estava enterrada no linho branco. Ela estalou os dedos para que os escravos que despertavam viessem até ela, e quando se reuniram ao seu redor, ajoelhados, nádegas doloridas sobre os calcanhares, ela alimentou-os delicadamente com os dedos, dando-lhes pedaços de peras e maçãs frescas.

– Boa menina – disse ela, acariciando o queixo de uma linda princesa de cabelos castanhos enquanto colocava um pedaço de maçã descascada em sua boca faminta. E apertou seu mamilo suavemente.

Bela ruborizou. Mas os outros escravos não estavam de modo algum surpresos por aquele afeto repentino.

E quando a senhora Lockley olhou direto para ela, Bela inclinou a cabeça para a frente pelo pedaço de fruta úmida, tremendo quando os dedos tocaram seus mamilos doloridos. Com uma confusa e repentina sensação, ela lembrou cada detalhe do suplício na cozinha. Quase envergonhada, enrubesceu novamente, olhando timidamente para o príncipe Richard, que olhava para a senhora avidamente.

O rosto da senhora Lockley estava calmo e bonito, seus cabelos negros uma sombra escura atrás dos ombros. Ela beijou o príncipe Richard, suas bocas abertas se uniram, a mão dela acariciou o pênis ereto do rapaz e baixou para agarrar suas bolas. A curta história dele invadira os sonhos de Bela enquanto ela dormia na grama, e ela sentiu uma pontada quente de ciúme e excitação. O príncipe Richard exibia uma atitude quase encantadora, os olhos repletos de bom humor e sua boca longa, quase doce, brilhava com o suco do pedaço de pêssego que lhe era lentamente empurrado.

Bela não sabia exatamente por que seu coração estava saltando.

A senhora Lockley brincava da mesma maneira com todos os escravos. Ela fez um carinho entre as pernas de uma princesa loura até a garota se contorcer como o gato branco da cozinha, e então fez com que ela abrisse a boca para recolher as uvas que deixava cair acima. Ela beijou o príncipe Roger ainda mais demoradamente que o príncipe Richard, puxou os cachos escuros em volta de seu pênis e examinou suas bolas enquanto ele ruborizava tanto quanto Bela.

Então a senhora se sentou, como se estivesse pensando. Bela achava que os escravos pareciam estar sutilmente tentando manter sua atenção. Na verdade, a princesa de cabelos castanhos inclinou-se e beijou a ponta dos sapatos da senhora Lockley que apontavam sob suas anáguas brancas de babados.

Mas uma das criadas da cozinha vinha com uma grande tigela branca que colocou sobre a grama e, com um estalar de dedos, foi ordenado a todos que lambessem o delicioso vinho tinto ali contido.

Uma sopa pesada veio a seguir, com pedaços de carne macia fortemente apimentados.

Então os escravos reuniram-se novamente. A senhora Lockley apontou para o príncipe Richard e Bela e depois para a porta da estalagem. Os outros lançaram olhares duros e hostis. Mas o que está acontecendo?, pensou Bela. Richard moveu mãos e joelhos o mais rápido que podia, mas sem nunca perder seus modos ágeis. E Bela o seguiu, sentindo-se esquisita em comparação a ele.

A senhora Lockley liderou o caminho escada acima, pelos degraus estreitos atrás da chaminé e pelo corredor até outro quarto, depois do do capitão.

Assim que a porta se fechou, a senhora Lockley acendeu as velas. Bela percebeu que era um quarto de mulher. A cama adornada estava arrumada com lençóis bordados, vestidos estavam pendurados em ganchos nas paredes e havia um grande espelho sobre a lareira.

Richard beijou os pés da senhora e olhou para cima.

– Sim, você pode tirá-los – disse ela, e enquanto o príncipe desamarrava as botas, a senhora Lockley desamarrava seu próprio espartilho e o deu a Bela para que ela o dobrasse e colocasse sobre a mesa. Ao ver a blusa solta e as marcas das amarrações do espartilho ainda presentes no linho amassado, Bela sentiu uma tempestade dentro de si. Seus seios doíam como se ainda estivessem sendo espancados sobre o bloco de madeira da cozinha. Ajoelhada, Bela obedeceu ao comando, as mãos tremendo ao dobrar o tecido.

Quando ela virou de volta, a senhora Lockley havia retirado a blusa branca de babados. A visão de seus seios era maravilhosa. Ela desatou a palmatória de madeira da cintura e então abriu as próprias saias. O príncipe pegou a palmatória e despiu as saias dela, afastando-as de seus pés. Então as anáguas caíram e Bela as pegou, seu rosto pulsando, muito vermelho novamente, e ela observou os macios pelos pubianos negros e cacheados e os grandes seios com os mamilos escuros apontando para cima.

Bela dobrou as anáguas e colocou-as no chão, e timidamente olhou para trás. A senhora Lockley, nua como uma escrava, e facilmente tão bonita quanto, os cabelos um véu negro sobre as costas, acenou para que os dois escravos fossem até ela.

Ela alcançou a cabeça de Bela e levou-a lentamente até si. A respiração da escrava era difícil e ansiosa. Ela fitava o triângulo de pelos à sua frente, os lábios rosa-escuro quase invisíveis sob eles. Ela já vira centenas de princesas nuas em todas as posições, mas a visão daquela senhora nua a atordoava. Seu rosto estava todo molhado. E por vontade própria, ela pressionou sua boca sobre os pelos brilhantes e os lábios escondidos, recuando como se fossem brasa, mãos no rosto, incerta.

Então colocou sua boca aberta no sexo, sentindo os pequenos cachos contra si, e os lábios macios e salientes pareciam diferentes de tudo o que ela já beijara.

A senhora Lockley moveu os quadris para a frente, então Bela repentinamente envolveu a senhora com os braços. Os seios de Bela inchavam com se fossem implodir os mamilos e seu próprio sexo latejava ardentemente. Ela abriu bem a boca e correu a língua sob a grossa capa de dobras avermelhadas e de repente enfiou a língua entre os lábios, provando os líquidos salgados almiscarados. Com um suspiro violento, apertou a senhora Lockley nos braços. Ela mal estava consciente de que Richard levantara-se atrás da senhora e deslizara os braços sob os dela, apoiando-a. As mãos dele estavam sobre os seios da senhora, pressionando os mamilos.

Mas Bela já não sabia mais quem era ela. A seda quente dos cabelos, os lábios molhados e inchados, o líquido pingando em sua língua, tudo a queimava em um furor.

E o suave suspiro da mulher acima, seu suspiro incontrolável acendeu uma nova chama em Bela. Ela lambeu e cravou a língua loucamente como se estivesse faminta pela deliciosa carne salgada e tomou o clitóris duro e arredondado com a ponta da língua; chupou-o com toda a pressão que conseguia exercer, os pelos molhados cobrindo a boca e o nariz, enchendo-a com o cheiro doce e almiscarado, enquanto ela suspirava ainda mais alto que a senhora. A própria pequenez do órgão a excitava, era diferente de um pau, mas ao mesmo tempo tão parecido, aquele pequeno nódulo que ela conhecera era a fonte do êxtase de sua senhora, e, focada em nada além do êxtase, lambeu, chupou e o arranhou com os dentes até que a senhora abriu as pernas, movendo os quadris para a frente e para trás e gemendo alto. Todas as imagens da tortura na cozinha surgiam em relances na cabeça de Bela – aquela era a pessoa que espancara seus seios – e ela meteu a boca cada vez mais fundo, quase mordendo a saliência, sorvendo com a língua, enterrando-se no sexo e movendo seus próprios quadris em um movimento sincronizado. Finalmente, a senhora Lockley gritou, os quadris congelaram no ar e todo o seu corpo enrijeceu.

– Não! Chega! – a senhora quase gritou. Ela agarrou a cabeça de Bela, soltando-a suavemente, e afundou nos braços do príncipe, a respiração irregular.

Bela caiu de volta sobre os calcanhares.

Ela fechou os olhos tentando não esperar por satisfação, tentando não imaginar o púbis escuro e brilhante novamente ou pensar em seu rico sabor. Mas sua língua não parava de tocar o céu da boca, como se ainda estivesse lambendo a senhora Lockley.

Finalmente, a senhora Lockley ficou de pé, e, virando-se para trás, abraçou Richard. Ela o beijou e agitou os quadris ao se esfregar no rapaz.

Para Bela, era doloroso assistir àquilo, mas ela não conseguia tirar os olhos das duas figuras acima dela. Os cabelos ruivos de Richard caíam sobre a testa e seus braços musculosos estreitavam as costas finas da senhora contra ele.

Mas então a senhora Lockley virou-se e, puxando Bela pela mão, conduziu-a até a cama.

– Ajoelhe-se na cama, virada para a parede – disse ela, o vermelho belamente afogueando suas bochechas. – E abra bem essas maravilhosas perninhas – acrescentou. – Ninguém precisa mais repetir isso para você.

Bela obedeceu imediatamente, engatinhando para a ponta da cama que encostava na parede, de costas para o quarto, como a senhora ordenara. A excitação dentro dela era tão furiosa que ela não conseguia acalmar os quadris. Mais uma vez, viu relances da tortura na cozinha, o rosto sorridente e a língua branca do cinto estalando em seu mamilo.

Ah, maldito amor, pensou ela, tem tantos componentes sem nome.

Mas a senhora Lockley estava deitada na cama sob as pernas abertas de Bela, olhando para ela, acima.

Seus braços envolveram as coxas de Bela e puxaram-nas para baixo, enquanto Bela sentava sobre ela.

Bela olhou para baixo, para os olhos da senhora, enquanto suas pernas afastavam-se mais e mais, até que seu sexo estava logo acima do rosto da senhora Lockley, e de repente ela temeu a boca vermelha sob si tanto quanto temera a boca do gato branco na cozinha. Os olhos, tão grandes e embaciados, eram como os olhos do gato.

Ela vai me devorar, pensou ela. Ela vai me comer viva! Mas seu sexo abriu-se em silenciosas e vorazes convulsões.

Por trás, as mãos de Richard tocaram Bela, pegando seus seios doloridos da mesma forma que haviam acabado de pegar os seios da senhora Lockley e, ao mesmo tempo, Bela sentiu um solavanco em direção à cabeceira da cama e viu a senhora Lockley enrijecer e fechar os olhos.

Richard penetrara a senhora Lockley, ficando na frente da cama, entre as suas pernas abertas, e Bela balançou com o rápido vai e vem.

Mas imediatamente a língua quente e delicada lambeu Bela. As lambidas eram longas e lentas em seus lábios vaginais e ela suspirou com a incrível doçura da penetrante sensação.

Ela pulou, com medo da boca molhada mesmo a desejando. Mas seu clitóris havia sido pego pelos dentes da senhora Lockley, que o mordiscava, chupava e lambia com uma ferocidade que impressionava Bela. A língua a penetrava, preenchendo-a, e os dentes a arranhavam, e Richard apoiou todo o peso de Bela em seus braços delgados e poderosos, enquanto sua cavalgada balançava a cama em um ritmo constante. Oh, ela sabe fazer isso!, pensou Bela. Mas ela perdeu o fio do pensamento, sua respiração longa e baixa, as mãos delicadas de Richard massageando seus seios machucados, o rosto sob ela pressionando sua vagina, a língua lavando-a, os lábios da senhora fechando-se sobre todo o seu órgão e a chupando em uma orgia que fez com que o orgasmo queimasse dentro dela.

Ele veio em ondas claras, fazendo com que ela quase desmoronasse, e os movimentos do príncipe eram cada vez mais rápidos, e a senhora Lockley gemeu sob Bela e o príncipe soltou o mesmo grito gutural atrás dela.

Bela tombou exausta nos braços dele.

Libertada, ela caiu languidamente para o lado, e por longo tempo seus membros aninharam-se ao lado da senhora Lockley. Richard também estava deitado na cama e Bela quase dormia, ouvindo os sons obscuros lá de baixo, as vozes no salão, os gritos ocasionais da praça, os sons da noite caindo sobre a aldeia.

Quando ela acordou, Richard estava ajoelhado, amarrando o avental da senhora. Ela penteava seus longos cabelos escuros.

Ela estalou os dedos para que Bela levantasse. Ela saiu da cama e rapidamente ajeitou a colcha.

Bela se virou e olhou para a senhora. Richard já estava ajoelhado em frente ao avental branco como neve. E Bela tomou seu lugar ao lado dele. A senhora sorriu para ambos.

Ela observou os dois escravos. Então estendeu o braço para baixo e agarrou o sexo de Bela. Ela manteve a mão quente ali até que os lábios da vagina de Bela inchassem levemente e o latejar penetrante recomeçasse. Com a outra mão, a senhora despertou o pênis do príncipe, apertando a ponta, batendo de brincadeira em suas bolas e sussurrando:

– Vamos lá, rapaz, não há tempo para descansar.

Ele soltou um leve suspiro, mas o pênis era obediente. Os dedos quentes testaram a umidade dos lábios intumescidos de Bela.

– Viu, essa boa menininha já está preparada para o serviço.

Então ela ergueu seus queixos e sorriu para os dois. Bela sentiu-se tonta, fraca e completamente sem resistência. Olhou obedientemente para cima, para os adoráveis olhos escuros.

E de manhã ela me espancará sobre o balcão exatamente como faz com os outros, pensou Bela. E sua fraqueza só aumentou. A história de Richard tomou conta dela com uma vivacidade pavorosa: a loja das punições, a plataforma pública. A aldeia ardia em sua mente e ela se sentia abatida, impressionada e incapaz de saber se era boa ou má ou as duas coisas.

– Levante-se – veio a voz baixa e suave –, e marche rápido. Já está escuro e você ainda não foi lavada.

Bela levantou-se, assim como o príncipe, e soltou um gritinho quando sentiu a palmatória de madeira estalar em suas nádegas.

– Joelhos para cima – disse o sussurro delicado. – Ouviu – outra pancada –, rapaz?

Eles foram espancados impetuosamente escada abaixo, Bela abalada, ruborizada e tremendo com a excitação que fora renovada; e então conduzidos até o quintal para serem lavados nos barris de madeira pelas criadas da cozinha, que puseram mãos à obra com suas escovas e toalhas ásperas.

SEGREDOS NO QUARTO

Tristan:

O quarto do senhor estava imaculado quando entrei, assim como na noite anterior, a cama coberta por cetim verde cintilando sob a luz de velas. E quando vi meu senhor sentado diante da escrivaninha, pena na mão, movimentei-me o mais silenciosamente possível pelo chão de carvalho polido e beijei suas botas, não do velho modo respeitoso, mas com todo o meu afeto.

Temi que ele me impedisse quando lambi seus tornozelos e mesmo quando ousei beijar o couro suave de suas panturrilhas, mas ele não o fez. Ele sequer pareceu notar minha presença.

Meu pênis doía. A princesinha da barraca pública fora apenas o aperitivo. E o simples ato de entrar naquele quarto dobrava minha fome. Mas, como antes, não ousei implorar com um movimento vulgar qualquer, eu não desagradaria meu senhor por nada.

Olhei sorrateiramente para cima, para seu rosto concentrado, o cabelo branco reluzindo ao redor. Ele se virou, olhando para mim, e timidamente desviei o olhar, apesar de ter usado todo o meu controle para fazer isso.

– Você está bem lavado? – perguntou ele.

Assenti e beijei suas botas novamente.

– Vá para a cama. E sente ao pé dela, no canto mais próximo à parede.

Eu estava em êxtase. Tentei me recompor, a colcha de cetim como gelo aliviando minhas feridas. Os dias de chicotadas constantes haviam feito com que até a contração de um músculo tivesse reverberações infinitas.

Eu sabia que meu senhor estava se despindo, mas não ousei olhar. Então ele soprou todas as velas, menos aquelas perto da cabeceira da cama, onde havia uma garrafa de vinho aberta entre dois cálices incrustados com pedras preciosas.

Imaginei que ele devesse ser o homem mais rico da aldeia para ter tanta luz. E senti puro orgulho de ser o escravo de um senhor rico. Qualquer ideia do príncipe que eu fora em minha própria terra me abandonara.

Ele subiu na cama e se sentou encostado nos travesseiros, com um joelho para cima e o braço esquerdo descansando sobre ele. Esticou o braço, encheu os dois cálices e me ofereceu um deles.

Fiquei desconcertado. Ele realmente queria que eu bebesse dali, como ele? Imediatamente peguei o cálice e me sentei, segurando-o. Agora eu o fitava sem vergonha, ele não me impedira. E seu peito rígido e magro com seus cachos de pelos brancos em volta dos mamilos e descendo até o meio de sua barriga refletiam belamente a luz das velas. Seu pênis ainda não estava duro como o meu. Eu queria remediar isso.

– Você pode beber o vinho como eu – disse ele, como se lesse os meus pensamentos. E, bastante surpreso, bebi como um homem pela primeira vez em seis meses, sentindo-me um pouco estranho ao fazê-lo. Dei um gole grande demais e tive de parar. Mas era um Borgonha bem envelhecido que não se comparava a nenhum outro em minha memória.

– Tristan – disse ele, delicadamente.

Olhei-o bem nos olhos e lentamente baixei o cálice.

– Você deve falar comigo agora – disse ele. – Para me responder.

Fiquei mais impressionado.

– Sim, senhor – disse eu, suavemente.

– Você me odiou ontem à noite quando fiz com que o açoitassem na plataforma giratória? – perguntou ele.

Eu estava chocado.

Ele deu mais um gole no vinho, mas sem tirar os olhos de mim. De repente, ele pareceu ameaçador, apesar de eu não saber por quê.

– Não, senhor – sussurrei.

– Mais alto – disse ele. – Não consigo te ouvir.

– Não, senhor – respondi. Meu rosto ficou mais vermelho do que nunca. Era realmente desnecessário lembrar a plataforma. Nunca parei realmente de pensar nela.

– Você odiou Julia quando ela alargou seu ânus com o falo de rabo de cavalo?

– Não, senhor. – Meu rosto estava ficando ainda mais quente.

– Você me odiou quando o amarrei aos cavalos e fiz com que você puxasse a carruagem até o solar? Não estou falando de hoje, depois de você ter sido tão bem manejado e domesticado. Digo ontem, quando você olhou para os arreios com tanto horror.

– Não, senhor – protestei.

– Então o que você sentiu quando todas essas coisas aconteceram?

Eu estava estupefato demais para responder.

– O que eu queria de você, hoje, quando o amarrei atrás do par de cavalos, quando coloquei os falos em sua boca e em seu ânus e fiz com que marchasse de pés descalços?

– Submissão – disse eu, com a boca seca. Minha voz parecia estranha para mim.

– E... quero mais detalhes.

– Que eu... eu marchasse rápido. E que fosse conduzido pela aldeia... daquele jeito. – Eu estava tremendo. Tentei firmar o cálice com a outra mão, como se fosse um gesto impensado.

– De que jeito? – pressionou ele.

– Arreado, amordaçado.

– E...?

– E empalado com um falo e descalço. – Engoli seco, mas não desviei o olhar dele.

– E o que quero de você agora? – perguntou ele.

Pensei por um instante.

– Eu não sei... que eu... responda às suas perguntas.

– Exatamente. Então você vai responder a elas por completo – disse ele educadamente, levantando ligeiramente as sobrancelhas. – E com passagens bastante descritivas, sem esconder nada e sem me adular. Você dará respostas longas. Na verdade, vai continuar respondendo até eu fazer outra pergunta. – Ele pegou a garrafa e encheu meu cálice. – E beba quanto vinho quiser. Há bastante.

– Obrigado, senhor – murmurei, olhando para a taça.

– Assim já é um pouco melhor! – disse ele, observando minha resposta. – Agora vamos recomeçar. Na primeira vez em que viu o conjunto de cavalos e percebeu que teria de se juntar a eles, o que passou por sua cabeça? Deixe-me lembrá-lo de que você tinha um grande falo em seu traseiro, com um bom rabo de cavalo preso a ele. Mas então vieram as botas e os arreios. Você está ruborizando. O que pensou?

– Que eu não conseguiria suportar – disse eu, sem me atrever a parar, minha voz trêmula. – Que não podiam me obrigar a fazer aquilo. Que de alguma forma eu fracassaria. Que eu não podia ser arreado a uma carruagem e obrigado a puxá-la como um animal, e o rabo parecia um terrível ornamento, um estigma. – Meu rosto fervia. Ele deu um gole no vinho, mas não havia falado, e isso significava que eu tinha de continuar respondendo! – Achei melhor quando apertaram os arreios e eu não podia escapar.

– Mas você não fez um gesto para escapar antes disso. Quando o amarrei e saímos à rua, eu estava sozinho com você. Você não tentou fugir naquela hora, nem quando os valentões da aldeia o chicotearam.

– Bem, que vantagem teria fugir? – perguntei, confuso. – Eu havia sido ensinado a não fugir! Eu simplesmente teria sido amarrado em algum lugar, espancado, talvez tivesse meu pênis chicoteado... – Parei, chocado com minhas próprias palavras. – Ou talvez simplesmente fosse pego e arreado de qualquer jeito, e puxado, submetido aos outros cavalos. E a humilhação teria sido maior, porque todos saberiam que eu estava morrendo de medo, fora de controle e sendo violentamente obrigado àquilo.

Bebi de meu cálice e tirei os cabelos dos olhos.

– Não, se aquilo tinha de ser feito, então era melhor me submeter, não dava para escapar, então eu tinha de aceitar.

Fechei bem os olhos por um segundo. O calor e o rio de palavras que eu dissera me impressionavam.

– Mas você fora ensinado a se submeter ao lorde Stefan, e, no entanto, não se submeteu.

– Eu tentei! – explodi. – Mas o lorde Stefan...

– Sim...

– Foi o que o capitão disse – balbuciei. Minha voz me parecia fraca. As palavras fluíam rápido demais. – Ele fora meu amante antes, e em vez de usar essa intimidade a seu favor como senhor, permitiu que o enfraquecesse.

– Que declaração interessante! Ele falava com você como estou falando agora?

– Não, ninguém nunca fez isso! – Dei uma risada breve, seca. – Quero dizer, não comigo respondendo. Ele me dava ordens como qualquer lorde do castelo. Ele dava as ordens com rigidez, mas em um terrível estado de agitação. Não tenho palavras para expressar como ele se excitava ao me ver ereto e me curvando aos seus desejos, mas mesmo assim ele não conseguia suportar. Eu penso que... às vezes penso que se o destino tivesse feito com que nossas posições fossem invertidas, eu poderia ter mostrado a ele como fazer.

Meu senhor riu, e seu riso era livre e lento. Ele bebeu de seu cálice. Seu rosto estava vivaz e um pouco mais quente agora. Quando olhei para ele, tive a terrível sensação de que minha alma estava em perigo.

– Ah, provavelmente isso é verdade – disse ele. – Às vezes os melhores escravos fazem os melhores senhores. Mas pode ser que você nunca tenha a oportunidade de prová-lo. Falei sobre você com o capitão esta tarde. Fiz uma pesquisa completa. Quando você estava livre, anos atrás, superou o lorde Stefan de todas as maneiras, não foi? Melhor cavaleiro, melhor espadachim, melhor arqueiro. E ele o amava e o admirava.

– Tentei brilhar como seu escravo – disse eu. – Passei por humilhações excruciantes. A senda dos arreios, os outros jogos das noites de festival nos jardins da rainha; vez por outra eu era o brinquedo da rainha; lorde Gregory, o senhor dos escravos, incitava-me o pior dos temores. Mas eu não agradava ao lorde Stefan porque ele mesmo não sabia como ser agradado! Ele não sabia como dar ordens! Eu sempre era perturbado pelos outros lordes!

Minha voz parou na garganta. Por que eu deveria contar aqueles segredos? Por que eu deveria soltar tudo e aumentar as revelações do capitão? Mas meu senhor não disse nada. O silêncio tomara conta novamente e eu estava caindo no jogo.

– Eu continuava pensando no acampamento dos soldados – continuei, o silêncio pulsando em meus ouvidos. – Eu não sentia amor pelo lorde Stefan. – Olhei nos olhos de meu senhor. O azul era apenas um reflexo, os centros escuros eram grandes e quase brilhantes.

– Deve-se amar o senhor ou senhora – disse eu. – Até os escravos dos casebres da aldeia, eles podem amar seus senhores e senhoras grosseiros e ocupados, não podem? Como eu amava... os soldados do acampamento que me chicoteavam diariamente. Como amei por um instante...

– Sim? – perguntou ele.

– Como amei até o mestre flagelador da plataforma à noite passada. Por um instante. – Aquelas mãos erguendo meu rosto, apertando minhas bochechas, o sorriso crescendo sobre mim. O poder daquele braço forte...

Agora eu tremia tanto quanto tremera então. Mas o silêncio continuava...

– Até aqueles valentões, como você os chama, que me açoitaram na rua enquanto o senhor assistia – disse, desviando-me da imagem da plataforma giratória. – Eles tinham seu poder rústico.

Eu apenas *achara* estar ruborizando antes. Tentei me acalmar com o vinho, reforçar minha voz, aquele silêncio se prolongando de novo enquanto eu bebia.

Levantei minha mão esquerda para cobrir os olhos.

– Abaixe essa mão – disse ele –, e me diga o que sentiu quando foi obrigado a marchar, depois de ser devidamente arreado.

A palavra "devidamente" me apunhalou.

– Era disso que eu precisava – disse eu. Tentei não olhar para ele, mas fracassei. Seus olhos estavam arregalados, e sob a luz das velas, seu rosto era quase perfeito demais para um rosto masculino, refinado demais. Senti o nó em meu peito soltando, quebrando. – Quero dizer, se sou um escravo, era disso que precisava. E hoje, quando fiz isso de novo, senti orgulho.

Minha vergonha era demasiada. Meu rosto latejava.

– Eu gostei disso! – sussurrei. – Sabe, esta noite, quando fomos ao solar... eu gostei. Ao correr descalço pela aldeia, aprendi que alguém podia sentir orgulho ao ser arreado daquele jeito, em vez do outro. Eu queria agradá-lo. Senti prazer em agradá-lo.

Bebi todo o cálice e o baixei. O vinho estava sendo despejado nele novamente e os olhos do senhor não se desviavam de mim enquanto ele colocava a garrafa de volta na mesa.

Tive a sensação de estar caindo, eu estava sendo aberto pelas minhas confissões tão certamente quanto fora pelos falos.

– Mas talvez esta não seja toda a verdade – disse eu, olhando para ele atentamente. – Mesmo se não tivesse sido obrigado a correr descalço pela aldeia, eu teria gostado dos arreios de cavalo. E talvez, apesar de toda a dor e humilhação, eu tenha gostado da corrida descalça pela aldeia porque você estava me conduzindo e me observando. Senti pena dos escravos que ninguém parecia ver.

– Sempre tem alguém observando na aldeia – disse ele. – Se eu te amarrar a um muro lá fora, e farei isso, haverá aqueles que notarão você. Os valentões da aldeia virão te atormentar de novo, gratos por um escravo inesperado que possam torturar por nada. Eles o açoitariam até deixá-lo em carne viva em menos de meia hora. Alguém sempre vê e vem castigar. E como você disse, eles têm seu charme rústico.

Para um escravo bem treinado, a faxineira mais rude ou um limpador de chaminés podem ter um encanto sobrepujante se a disciplina for esmagadora.

– Esmagadora – repeti a palavra. Era perfeita.

Minha visão ficou turva. Comecei a levantar novamente a mão, mas a baixei.

– Então você precisava disso – disse ele. – Você precisava ser bem arreado, amordaçado, ferrado e conduzido com rigidez.

Assenti. O nó em minha garganta era tão grande que eu não conseguia falar.

– E queria me agradar – disse ele. – Mas por quê?

– Eu não sei.

– Você sabe!

– Pela minha única esperança de um amor profundo, em que eu perdesse a mim mesmo por alguém, não uma simples perda entre todos os desejos que pudesse me destruir e me refazer. Mas uma perda para alguém sublimemente cruel, sublimemente bom na dominação. Alguém que pudesse, de alguma forma, no ardor de meu sofrimento, ver a profundidade de minha submissão e me amar também.

– Aquela revelação era demais. Eu parei, arrasado, certo de que era incapaz de continuar.

Mas continuei, lentamente.

– Talvez eu pudesse ter amado qualquer senhor ou senhora. Mas o senhor possui uma beleza misteriosa que me debilita e me absorve. O senhor ilumina os meus castigos. Eu não... eu não entendo.

– O que você sentiu quando percebeu que estava na fila para a plataforma pública? – perguntou ele. – Quando me implorou com todos aqueles beijos nas minhas botas e o povo riu de você?

As palavras foram lancinantes. Mais uma vez, aquilo era real demais para lembrar. Engoli em seco.

– Entrei em pânico. Chorei por ser punido tão rápido, depois de tentar com tanto empenho. Não como um espetáculo, pensei, para uma multidão de pessoas ordinárias, e que multidão, todos ali para interferir no castigo. E quando o senhor me repreendeu por implorar, fiquei... envergonhado por ter pensado que poderia escapar daquilo. Lembrei que não era necessário que eu merecesse a punição. Eu a merecia pelo simples fato de estar lá, e ser o que era. Enchime de remorso por ter implorado ao senhor. Nunca mais farei isso. Eu juro.

– E depois? – perguntou ele. – Quando foi levado para lá e castigado sem correntes? Você aprendeu algo com isso?

– Sim, muitíssimo. – Soltei outra risada baixa e áspera. Dificilmente passou de uma sílaba. – Foi devastador!

Primeiro houve aquele medo de perder o controle quando o senhor disse ao guarda: "Sem correntes."

– Mas por quê? O que teria acontecido se você tivesse resistido?

– Eu teria sido amarrado. Eu sabia. Hoje à noite vi um escravo amarrado assim. Ontem à noite simplesmente presumi que isso aconteceria. Eu teria resistido com todo o meu corpo, empinando a cabeça, debatendo-me, o terror chocando-se contra mim e me deixando.

Parei. Esmagador. Sim, aquilo estava se tornando esmagador.

– Mas permaneci parado – disse eu. – E quando percebi que não escorregaria sob os golpes, toda a tensão foi liberada. Conheci esse regozijo notável. Eu estava sendo oferecido ao povo e me submeti a isso. Tomei todo o frenesi do povo para mim mesmo, e ele aumentou meu castigo ao se divertir com ele, e eu pertencia àquela multidão, a centenas e centenas de senhores e senhoras. Eu me rendi à sua luxúria. Eu não contive nada, não resisti a nada.

Parei. Ele assentiu devagar, mas não falou. O calor latejava silenciosamente em minhas têmporas. Bebi um gole do vinho, pensando em minhas palavras.

– Foi a mesma coisa, mas em uma dimensão menor – disse eu –, quando o capitão me açoitou. Ele estava me punindo por ter falhado após seu treinamento. Mas ele também estava me testando para ver se eu dissera a verdade sobre Stefan, se era de dominação que eu precisava. Ele estava me colocando à prova, dizendo, na verdade: "Eu vou dar isso a você e veremos se consegue aguentar." E me ofereci à chibata, ou pelo menos foi isso o que pareceu. Eu nunca pensei, nem no acampamento, enquanto os soldados me castigavam, ou no castelo, quando lordes e ladies observavam, que eu pudesse dançar sob o açoite de um soldado no meio de um dia quente em uma praça de aldeia, cheia de gente passando. Os soldados treinaram meu pênis. Eles me treinaram. Mas nunca conseguiram uma coisa dessas de mim. E mesmo que esteja aterrorizado com o que está por vir, aterrorizado até mesmo com os arreios de cavalo, sinto que estou me abrindo para todos os castigos, em vez de triunfar sobre eles de uma forma sublime como eu fazia no castelo. Estou sendo virado de cabeça para baixo. Pertenço ao capitão, ao senhor, a todos que observam. Estou me *tornando* meus castigos.

Silenciosamente, ele chegou perto de mim, pegou o cálice, colocou de lado e, então, me tomou nos braços e me beijou.

Minha boca se abriu enorme e faminta. Então ele me colocou de joelhos e se abaixou para colocar a boca em meu pênis, abraçando minhas nádegas. Ele chupou meu órgão inteiro quase selvagemente, envolvendo-o no calor apertado e molhado enquanto seus dedos, abrindo minhas nádegas, metiam-se em meu ânus. E sua cabeça ia para a frente e para trás, abocanhando todo a extensão de meu pênis, lábios apertando e soltando enquanto a língua circundava a ponta; a chupada rápida, quase louca, continuava. Seus dedos alargavam meu ânus. Minha mente esvaziou-se. Sussurrei:

– Não consigo segurar. – E quando ele chupava ainda mais forte, com movimentos violentos, segurei sua cabeça com as duas mãos e jorrei dentro dele.

Meus gritos saíram em um ritmo de curtas explosões e ele parecia querer me esvaziar com a sucção. E quando eu não conseguia mais suportar, e tentei delicadamente soltar sua cabeça, ele levantou e me empurrou na cama, de costas, colocando minhas coxas para cima, afastadas, e pressionando minhas nádegas sobre os lençóis com as palmas das mãos antes de deitar-se e enfiar o pau dentro de mim. Eu estava espalhado como um sapo sob ele. Os músculos de minhas coxas realmente rugiam com uma dor deliciosa. Seu peso me pressionava para baixo com ainda mais força. Seus dentes abriram-se levemente em minha nuca. Suas mãos se encaixaram em meus joelhos curvados e forçaram-nos ainda mais para cima, perto do travesseiro. E meu pênis exausto latejava e crescia sob mim.

Minhas nádegas inchavam, gemi com a pressão. E seu pênis, apunhalando minhas nádegas bem abertas, parecia um instrumento inumano me perfurando, chegando ao meu centro, me esvaziando.

Gozei novamente em uma série de jorros selvagens, incapaz de ficar deitado, chocando-me contra ele, e ele enfiou ainda mais, soltando seu gemido baixo do clímax.

Fiquei deitado ofegante, sem ousar mover as pernas curvadas e achatadas. Então o senti puxar meus joelhos para baixo. Ele estava deitado ao meu lado. Ele me virou para encará-lo e, naquele ápice de exaustão, começou a me beijar.

Tentei lutar contra o torpor do sono, meu pau implorando por um instante de trégua. Mas ele havia agarrado meu corpo novamente. Estava me colocando de joelhos, direcionando minhas mãos a uma alça de madeira acima de nossas cabeças no teto do dossel, e bateu em meu pênis com as mãos, sentado à minha frente, pernas cruzadas.

Vi meu órgão engordar com sangue sob os tapas, o prazer mais lento, mais completo, mais excruciante. Gemi mais alto e tentei recuar quase antes que eu pudesse impedir. Mas ele me puxou para a frente, juntando minhas bolas ao meu pênis com a mão esquerda, enquanto continuava o espancamento impiedoso com a outra.

Meu corpo estava na tortura. Minha cabeça estava na tortura, e agora eu percebera, enquanto ele apertava a ponta de meu pênis, que ele queria provocá-la, que eu reagisse. Apertando, acariciando com os dedos, e então lambendo com a língua, ele me levava a um frenesi. Ele pegou o creme do pote que havia usado na noite passada, lambuzou sua mão direita e puxou meu pênis, apertando-o como se fosse destruí-lo. Eu estava gemendo sob meus dentes trincados, meus quadris balançando, e então ele jorrou para a frente de novo, esguichando forte várias vezes. E eu pendia da alça de madeira estupefato e realmente vazio.

Uma luz ainda ardia.

Eu não sabia quanto tempo passara quando abri os olhos. Mas devia ser cedo. Carruagens ainda rodavam pela rua do outro lado da janela.

E percebi que meu senhor estava vestido e andando de um lado para outro, as mãos unidas atrás das costas, o cabelo desgrenhado. Seu colete de veludo azul estava desamarrado e sua blusa de linho com suas longas mangas-balão também estava aberta na frente. De vez em quando ele se virava, do nada, parava, passava os dedos no cabelo e então voltava a andar.

Quando me apoiei sobre os cotovelos, com medo de ser mandado para fora, ele apontou para o cálice de vinho e disse:

– Beba, se quiser.

Imediatamente o peguei e me sentei encostado na cabeceira, observando-o.

Ele caminhou de novo, uma vez, para um lado e para outro, e então se virou, olhando para mim.

– Estou apaixonado por você! – Ele chegou mais perto e olhou dentro dos meus olhos. – Estou apaixonado por você! Não apenas por punir você, apesar de que farei isso, ou com sua subserviência, que também amo e desejo. Estou apaixonado por *você*, por sua alma secreta que é tão vulnerável quanto a pele avermelhada sob meu chicote, e por toda a sua força reunida sob nosso controle!

Fiquei sem palavras. Tudo o que eu podia fazer era olhar para ele, perdido no calor de sua voz e no olhar em seus olhos. Mas minha alma estava nas nuvens.

Ele se afastou da cama e, olhando direto para mim, andou e andou de novo.

– Desde que a rainha começou as importações de escravos nus para o prazer – disse ele, olhando para o tapete sob os seus pés –, tenho tentado entender o que torna um príncipe forte e bem-nascido um escravo obediente com uma tão completa submissão. Tenho fundido meu cérebro para entender. – Ele fez uma pausa e então continuou, as mãos soltas ao lado do corpo se erguendo de vez em quando em um gesto calmo.

– Todos aqueles que questionei no passado me deram respostas tímidas e resguardadas. Você falou com a alma, mas o que está claro é que você aceita sua escravidão tão facilmente quanto eles. É claro que, como a rainha me explicou, os escravos são examinados. E só apenas os que provavelmente darão certo, assim como os bonitos, são escolhidos.

Ele me fitou. Eu nunca percebera que houvera um exame. Mas logo me lembrei dos emissários da rainha que me haviam mandado encontrar no castelo de meu pai. Lembrei-me deles me mandando tirar as roupas e como haviam me tocado enquanto eu ficava parado para seus dedos inquisitivos. Eu não havia exibido nenhuma excitação repentina. Mas talvez seus olhos treinados tenham visto mais do que eu percebera. Eles haviam massageado minha carne, me fizeram perguntas, examinaram meu rosto enquanto eu ruborizava e tentava responder.

– Raramente, muito raramente, um escravo foge – continuou meu senhor. – E a maioria daqueles que fogem quer ser pega. Isso é óbvio. O desafio é o motivo, o tédio, o incentivo. Os poucos que gastam tempo roubando roupas do senhor ou da senhora conseguem escapar.

— Mas a rainha não desconta sua fúria em seus reinos? — perguntei. — Meu pai me disse que a rainha era todo-poderosa, temerária. Seu pedido por tributos de escravos não podia ser negado.

— Besteira — disse ele. — A rainha não mandaria seus escravos à guerra por causa de um escravo nu. O que acontece é que o escravo volta a seu país de origem em uma espécie de desgraça. Pede-se que seus pais os enviem de volta. Se eles não o fizerem, então o escravo não recebe grande recompensa. Só isso. Nenhum saco de ouro. Escravos obedientes são mandados para casa com uma grande quantidade de ouro. E é claro que geralmente há a vergonha dos pais por seu queridinho ter-se provado frágil e inconstante. Irmãos e irmãs que estão em casa, mas já serviram como escravos, se ressentem do desertor. Mas o que é isso tudo para um jovem e forte príncipe que acha o serviço intolerável?

Ele parou de andar e me fitou.

— Um escravo fugiu ontem — disse ele. — Era uma princesa, e agora eles estão quase desistindo da busca. Ela não foi pega pelos camponeses leais ou qualquer outra aldeia. Ela alcançou o reino vizinho do rei Lysius, onde escravos sempre têm passagem segura garantida.

Então o que o escravo-cavalo Jerard dissera era verdade! Eu me sentei, impressionado, pensando nisso. Mas eu estava ainda mais impressionado pelo fato de que essas palavras tiveram um impacto tão pequeno. Minha cabeça estava um caos.

Ele começou a andar novamente, devagar, mergulhado em seus pensamentos.

– É claro que há escravos que jamais correriam esse risco – recomeçou ele, de repente. – Eles não conseguem suportar a ideia das equipes de busca, da captura, da humilhação pública e de castigos até piores. E repetidamente suas excitações são estimuladas, satisfeitas, estimuladas novamente, satisfeitas novamente, até que não conseguem mais distinguir castigo de prazer. É isso o que a rainha quer. E esses escravos provavelmente não conseguem aguentar a ideia de chegar em casa apenas para tentar convencer um pai ou mãe ignorante de que o serviço aqui é insuportável. Como descrever o que acontecera? Como descrever tudo o que suportaram ou o prazer que inevitavelmente lhes é incitado? E, no entanto, como aceitam isso tão prontamente? Por que se esforçam para agradar? Por que ficam presos às visões da rainha, de seus senhores e senhoras?

Minha cabeça dava voltas. E não era culpa do vinho.

– Mas você jogou uma luz tamanha sobre a mente do escravo – disse ele olhando para mim de novo, o rosto sincero, simples e bonito sob o brilho das velas. – Você me mostrou que, para o escravo de verdade, a severidade do castelo e da aldeia torna-se uma grande aventura. Há algo inquestionável no escravo de verdade que venera aqueles de poder inquestionável. Ele ou ela deseja uma perfeição mesmo como escravo, e a perfeição para um escravo nu deve ser se render aos castigos mais extremos. O escravo espiritualiza essas provações, não importa o quão cruéis e dolorosas. E todos os tormentos da aldeia, ainda mais que as humilhações inofensivas do castelo, atropelam uns aos outros em uma corrente infinita de excitação.

Ele se aproximou da cama. Acho que conseguia ver o medo no meu rosto quando olhei para cima.

– Quem mais entende, mais venera o poder do que aqueles que o tiveram? – disse ele. – Você que teve poder entendeu isso quando se ajoelhou aos pés do lorde Stefan. Pobre lorde Stefan.

Levantei e ele me tomou em seus braços.

– Tristan – sussurrou ele –, meu lindo Tristan. Nossa excitação fora satisfeita, nos beijamos febrilmente, nossos braços apertados em volta do outro, o afeto transbordando.

– Mas tem mais – sussurrei em seu ouvido enquanto ele beijava meu rosto quase faminto. – Nesta descida, é o senhor quem cria a ordem, o senhor quem resgata o escravo do caos esmagador de abusos, quem disciplina o escravo, refina-o, leva-o mais longe de formas que castigos aleatórios podem nunca levar. É o senhor, e não os castigos, que o aperfeiçoa.

– Então não é esmagador – disse ele, beijando-me ainda. – É abarcador.

– Estamos sempre perdidos – disse eu –, apenas para sermos encontrados pelo senhor.

– Mas mesmo sem esse amor todo-poderoso – insistiu ele –, vocês estão envolvidos em um casulo de atenção e prazer cruéis.

– Sim – concordei. Assenti, beijando seu pescoço, seus lábios. – Mas é uma glória – sussurrei – quando alguém adora seu senhor, quando o mistério é intensificado pela irresistível figura no centro de tudo isso.

Nosso abraço era tão bruto e doce, nem parecia que o sexo pudesse ter sido melhor.

Muito lentamente, com delicadeza, ele me afastou.

– Levante-se – disse ele. – É apenas meia-noite e o ar da primavera está quente lá fora. Quero caminhar pelo campo.

SOB AS ESTRELAS

Ele abriu as calças e colocou a camisa pra dentro, fechou-a e amarrou o colete. Apressei-me em amarrar os cadarços de suas botas, mas ele nem se deu conta disso. Acenou para que eu me levantasse novamente e o seguisse.

Em instantes já estávamos do lado de fora, o ar estava quente e caminhávamos silenciosamente pelas ruas que se entrecruzavam, a oeste, para fora da aldeia. Caminhei ao seu lado com as mãos cruzadas atrás das costas e quando passávamos por outras figuras escuras, em sua maioria senhores solitários com apenas um escravo marchando, baixava meus olhos, por respeito.

Muitas luzes ardiam atrás das janelas das casas de telhados próximos. E quando viramos em uma rua larga, pude ver ao longe, a leste, as luzes do mercado e ouvir o rugido sombrio do povo na praça das punições públicas.

Mesmo a simples visão do perfil de meu senhor na escuridão, a luminosidade sombria de seus cabelos, me excitava. Meu pênis desgastado já havia voltado à vida. Um toque, mesmo uma ordem, teria terminado o serviço. E aquele estado de prontidão dissimulado apurava todos os meus sentidos.

Chegamos à praça das estalagens. De repente, havia luzes brilhando a toda a nossa volta. Tochas reluziam sob a placa pintada do Signo do Leão, e o barulho de uma grande multidão vazava pela porta aberta.

Segui meu senhor pela entrada, e ele fez um sinal para que eu me ajoelhasse enquanto ele adentrava o local, deixando-me ali. Relaxei sobre os calcanhares e espiei pela escuridão. Por todos os lados, homens riam, conversavam, bebiam de seus canecos. Meu senhor estava no balcão comprando um odre inteiro de vinho, que ele já tinha em mãos enquanto falava com a bela mulher de cabelos escuros e saias vermelhas que eu vira castigando Bela naquela manhã.

E então, no alto da parede atrás do balcão, vi Bela. Ela estava presa à parede, mãos acima da cabeça, os belos cabelos dourados caindo sobre os ombros e suas pernas estavam abertas sobre o imenso barril sobre o qual ela estava sentada, seus olhos aparentemente fechados em um agradável sono, sua deliciosa boca rosada semiaberta. E de cada lado dela, havia escravos na mesma situação, todos cochilando como se muito cansados, todos em uma postura de satisfação desesperançada.

Oh, se Bela e eu pudéssemos ter um momento sozinhos. Se eu pelo menos pudesse falar com ela, contar o que aprendera e os sentimentos que haviam sido despertados em mim.

Mas meu senhor voltara, e me mandando levantar conduziu-me para fora da praça. Logo estávamos nos portões a oeste da aldeia e caminhávamos pela estrada campestre que levava até o solar.

Ele me envolveu com os braços e me ofereceu o odre. Agora, havia um lindo silêncio sob o alto domo de estrelas. Apenas uma carruagem passara por nós na estrada e parecia uma visão provocada pelo luar.

Um grupo de doze princesas a puxava rapidamente, as belezas arreadas em grupos de três com couro branco como neve, e a carruagem em si era finamente adornada em ouro. Para minha surpresa, era minha senhora Julia quem guiava a carruagem ao lado de um homem alto, e ambos acenaram para meu senhor quando passaram.

– Esse é o lorde prefeito da aldeia – contou-me meu senhor, baixinho.

Viramos antes de chegar ao solar. Mas eu sabia que já estávamos em suas terras, e caminhamos sobre a relva, por entre as árvores frutíferas, rumo às colinas próximas que eram cobertas por uma floresta densa.

Não sei por quanto tempo andamos. Talvez uma hora. E finalmente paramos em uma elevação alta no meio da colina, com o vale se espalhando à nossa frente. A clareira era apenas grande o suficiente para fazermos uma pequena fogueira e descansarmos sobre a colina, as árvores escuras pairando sobre nós.

Meu senhor alimentou o fogo até que ele estivesse queimando bem. Então ele se deitou. Sentei-me com as pernas cruzadas olhando para as torres e telhados da aldeia. Eu podia ver a claridade brilhante da praça das punições públicas. O vinho me deixou sonolento e meu senhor se espreguiçou, com as mãos acima da cabeça e os olhos bem abertos fixos no céu azul-escuro enluarado sobre nós e a grande abóbada de constelações.

– Nunca amei um escravo como amo você – disse ele, calmamente.

Tentei me conter. Ouvir apenas as batidas de meu coração por um instante, na quietude. Mas eu disse rápido demais:

– O senhor me comprará da rainha e me manterá na aldeia?

– Você sabe o que está pedindo? Você enfrentou apenas dois dias aqui.

– Faria alguma diferença se eu implorasse de joelhos, beijasse suas botas, me humilhasse?

– Isso não é necessário – disse ele. – Ao final da semana, irei até a rainha com meu relato das atividades de inverno da aldeia. Tenho certeza de que farei uma oferta para comprá-lo e farei uma boa pressão para isso.

– Mas o lorde Stefan...

– Deixe o lorde Stefan comigo. Vou dar uma prévia sobre o lorde Stefan: a cada solstício de verão um estranho ritual é encenado. Todos na aldeia que desejarem se tornar escravos pelos próximos doze meses se apresentam para serem examinados privadamente. Montam-se barracas para isso e os aldeões são despidos e cuidadosamente observados em cada detalhe. O mesmo acontece entre os lordes e ladies do castelo. Ninguém tem muita certeza de quem se disponibilizou para a avaliação.

"Mas à meia-noite do solstício de verão, anuncia-se, tanto no castelo quanto na plataforma do mercado da aldeia, aqueles que foram aceitos. É claro que é apenas uma pequena parcela dos que se ofereceram. Apenas os mais bonitos, os de aparência mais aristocrática, os mais fortes. A cada nome que é chamado, o povo se vira procurando pelo escolhido

– naturalmente, todo mundo aqui conhece todo mundo – e ele ou ela é logo encontrado, levado rapidamente à plataforma e então despido. É claro que há medo, arrependimento, um terror abjeto com o desejo sendo violentamente satisfeito, as roupas rasgadas, os cabelos soltos; o povo gosta disso tanto quanto do leilão. Os príncipes e princesas escravos normais, especialmente aqueles que foram castigados pelo novo aldeão-escravo, gritam de alegria e aprovação.

"Então as vítimas da aldeia são mandadas para o castelo, onde servem durante um glorioso ano nas atividades mais baixas, mas são quase indistintos dos príncipes e princesas.

"E recebemos do castelo aqueles lordes e ladies que se ofereceram da mesma forma, sendo despidos por seus pares nos jardins de prazer do castelo. Às vezes são tão poucos que se resumem a três. Você não sabe a empolgação que toma o solstício de verão quando eles são levados a leilão. Lordes e ladies na praça. Os preços são enlouquecedores. O lorde prefeito quase sempre compra um, desistindo relutantemente do prêmio do ano anterior. Às vezes minha irmã Julia compra outro. Uma vez houve cinco deles, ano passado apenas dois, e de vez em quando apenas um. E o capitão da guarda disse-me que este ano todos apostam que os exilados do castelo incluirão lorde Stefan."

Eu estava entretido e surpreso demais para responder.

– Pelo que você disse, lorde Stefan não sabe mandar e a rainha sabe disso. Se ele se oferecer, será escolhido.

Ri discretamente comigo mesmo.

– Ele nem imagina o que o espera! – disse eu, baixinho. Balancei a cabeça e então ri de novo em silêncio, tentando conter o riso.

Ele virou a cabeça e riu para mim.

– Você será meu, todo meu, por três, talvez quatro anos. – E quando ele levantou o cotovelo, deitei ao seu lado e o abracei. A excitação estava chegando novamente, mas ele mandou que eu me acalmasse e fiquei parado, tentando obedecer, minha cabeça em seu peito, sua mão em minha testa.

Depois de um longo tempo, perguntei:

– Senhor, um escravo pode fazer um pedido?

– Quase nunca – sussurrou ele –, porque o escravo nunca é autorizado a perguntar. Mas você pode perguntar. Permitirei isso a você.

– É possível que eu saiba como vão as coisas para outra escrava, se ela está sendo obediente e resignada ou sendo punida por rebeldia?

– Por quê?

– Eu vim na carroça com a escrava do príncipe. Seu nome é Bela. Ela era passional, uma sensação no castelo por sua excitação ardente e sua incapacidade de esconder até as emoções mais passageiras. Na carroça, ela me fez a mesma pergunta que o senhor: por que obedecemos? Agora ela está no Signo do Leão. Ela é a escrava cujo nome o capitão mencionou ao senhor hoje no poço, depois de me açoitar. Há alguma forma de descobrir se ela encontrou a mesma aceitação que eu? Só perguntar, talvez...

Senti sua mão delicadamente puxar meu cabelo, sua boca beijar minha testa. Ele disse, suavemente:

– Se você quiser, deixarei que você a veja e pergunte a ela amanhã.

– Senhor! – Eu estava tão agradecido e impressionado que não podia expressar em palavras. Ele me deixou beijar seus lábios. Beijei suas bochechas e até suas pálpebras, com ousadia. Ele me deu o mais leve sorriso. Então me acomodou de volta sobre o seu peito.

– Você sabe que seu dia será duro e muito ocupado antes de vê-la – disse ele.

– Sim, senhor – respondi.

– Agora, durma – disse ele. – Há muito trabalho para você amanhã nos pomares da fazenda antes de voltarmos à aldeia. Você será arreado para puxar um grande cesto de frutas até minha casa e quero que tudo esteja terminado até meio-dia, pois é o horário mais duro em que você pode ser castigado na plataforma pública.

Um pequeno ataque de pânico se acendeu em mim por um instante. Abracei-o um pouco mais apertado. Senti seus lábios tocarem o alto da minha cabeça ternamente.

Delicadamente, ele se soltou de mim e se virou de costas para dormir, seu rosto virado para o outro lado, seu braço esquerdo dobrado sob si.

– Você passará toda a tarde nos estábulos públicos para ser alugado – disse ele. – Trotará na pista de cavalos de lá, arreado e pronto, e espero que mostre tamanha atitude a ponto de ser alugado imediatamente.

Olhei para sua forma alongada e elegante sob o luar, o branco brilhante de suas mangas, a forma perfeita de suas pernas em sua cobertura de couro macio. Eu pertencia a ele. Eu pertencia completamente a ele.

– Sim, senhor – disse eu, suavemente.

Ajoelhei-me e, inclinando-me sobre ele em silêncio, beijei sua mão direita que descansava na grama ao seu lado.

– Obrigado, senhor.

– À noite – disse ele –, conversarei com o capitão sobre enviar Bela.

Deve ter se passado uma hora.

O fogo havia se apagado.

Ele dormia profundamente, eu podia perceber por sua respiração. Não tinha nenhuma arma, sequer uma adaga escondida. E eu sabia que podia tê-lo facilmente dominado. Ele não tinha meu peso ou força, e seis meses no castelo haviam tonificado bastante meus músculos. Eu podia até mesmo ter roubado suas roupas, tê-lo amarrado e amordaçado e fugido para a terra do rei Lysius. Havia até dinheiro em seus bolsos.

E é claro que ele já sabia de tudo isso antes mesmo de deixarmos a aldeia.

Ou ele estava me testando ou tinha tanta confiança em mim que esse cenário sequer passou por sua cabeça. E enquanto eu ficava deitado, acordado no escuro, tive que aprender por mim mesmo aquilo que ele já sabia: eu fugiria ou não agora que tinha a oportunidade?

Não era uma decisão difícil. Mas, cada vez que eu dizia a mim mesmo que obviamente não escaparia, me pegava pensando nisso. Escapar, ir para casa, enfrentar meu pai me dizendo para desafiar a rainha ou ir para outras terras em busca de aventura. Acho que não seria humano se não pensasse nessas coisas.

E pensei sobre ser pego pelos camponeses. Ser levado de volta na sela do capitão da guarda, nu outra vez, rumo a uma punição inenarrável pelo que fizera e talvez perdendo meu senhor para sempre.

Pensei em outras possibilidades. Pensei em todas elas várias vezes, e então me virei e me aninhei perto de meu senhor, e deslizei meu braço suavemente em volta de sua cintura, pressionando meu rosto contra o veludo de seu colete. Eu tinha que dormir. Afinal, havia muito a fazer no dia seguinte. Eu quase podia ver o povo ao meio-dia em volta da plataforma.

Em algum momento antes de amanhecer, acordei.

Pensei ter ouvido algum barulho na floresta. Mas enquanto eu ficava ouvindo na escuridão, havia apenas o murmúrio usual das criaturas do bosque e nada que rompesse aquela paz. Olhei para a aldeia dormindo sob as nuvens pesadas e luminosas, e me parecia que algo em sua aparência havia mudado. Os portões estavam trancados.

Mas talvez eles sempre estivessem trancados àquela hora. Aquilo não me preocupava. E certamente estariam abertos de manhã.

E virando de costas, voltei a me aninhar em meu senhor.

REVELAÇÕES E MISTÉRIOS

Assim que Bela terminou o banho, os cabelos longos lavados e secos, a senhora Lockley espancou-a com a palmatória pela estalagem lotada, levando-a até o lado de fora, para ficar na calçada sob o Signo do Leão iluminado.

A praça estava cheia, rapazes entrando e saindo de várias estalagens, a maioria comerciantes, pouquíssimos soldados. A senhora Lockley alisou os cabelos de Bela, afofou violentamente os cachos entre suas pernas e ordenou a Bela que ficasse de pé, coluna reta e os seios bem projetados para a frente.

Quase ao mesmo tempo Bela ouviu os passos sonoros de um cavalo se aproximando e ao olhar para a direita, para os fundos da praça, viu os portões da aldeia abertos e as formas escuras do campo sob o céu pálido e a figura negra de um soldado alto montado sobre um cavalo se aproximando.

Os cascos se chocavam sonoramente contra as pedras, ecoando pelas paredes, enquanto o cavaleiro galopava rumo ao Signo do Leão, controlando rigidamente sua montaria.

Era o capitão, como Bela desejara e sonhara, seu cabelo como uma touca de ouro sob as tochas.

A senhora Lockley empurrou Bela para a frente, afastando-a da porta da estalagem, e o capitão conduziu o cavalo lentamente ao redor da moça banhada pela luz, olhando para os próprios seios trêmulos, o coração saltando deliciosamente.

A enorme espada do capitão cintilou na luz e sua capa de veludo caiu atrás dele, formando uma sombra rosa-escuro. A respiração de Bela parou quando viu as brilhantes botas polidas e o poderoso corpo do cavalo passando mais uma vez na sua frente. Então, quando o cavalo aproximou-se perigosamente e ela quase recuou, sentiu o braço do capitão agarrando-a e levantando-a para colocá-la sobre o cavalo de frente para ele, as pernas nuas envolvendo a cintura dele enquanto ela jogava os braços firmemente em volta de seu pescoço.

O cavalo empinou e avançou correndo para fora da praça, ultrapassando os portões da aldeia, rumo à estrada que passava pelas terras cultivadas.

Bela era lançada para cima e para baixo, seu sexo completamente aberto contra o metal gelado da fivela do cinto do capitão. Seus seios pressionavam o peito dele, sua cabeça aninhada entre a cabeça e o ombro do homem.

Ela viu casebres e campos passarem voando sob a luz da lua crescente, viu o contorno escuro de um elegante solar.

O cavalo fez uma curva sob a densa escuridão da floresta, galopando enquanto o céu acima desaparecia, a brisa levantando os cabelos de Bela, a mão esquerda do capitão segurando-a.

Finalmente Bela viu luzes à frente, o piscar de fogueiras de acampamento. O capitão diminuiu o passo. Eles se aproximaram de um pequeno círculo de quatro barracas brancas, e Bela viu um grupo de homens reunidos em torno de uma grande fogueira no centro do círculo.

O capitão desceu do cavalo, colocando Bela de joelhos ao seu lado, onde ela se encolheu, sem ousar olhar para os outros soldados. As árvores altas encobriam o acampamento, delineadas pelo cintilar apavorante da fogueira.

Bela sentiu-se eletrizada com o tremeluzir assustador, apesar de ele incitar um fio de terror dentro dela.

E então, para seu choque, ela viu uma rústica cruz de madeira no chão à sua frente, com um falo curto e grosso saindo do ponto em que as duas tábuas se uniam. A cruz não era tão alta quanto um homem, e essa peça estava pregada na frente de outra viga, falo projetado para cima e para a frente, levemente inclinado.

Bela sentiu um nó na garganta ao olhar para aquilo sob a luz cruel e instável da fogueira. Ela olhou rapidamente para as botas do capitão.

– Bem, as patrulhas voltaram? – perguntou o capitão a um de seus homens. Bela podia ver seus pés plantados à sua frente. – Tiveram alguma sorte?

– Todas as patrulhas voltaram exceto uma, senhor – disse o homem. – E tivemos sorte, mas não a que esperávamos. A princesa não está em um lugar onde possa ser encontrada. Ela pode ter chegado à fronteira.

O capitão bufou de desgosto.

– Mas temos isso – disse o homem –, tiramos da floresta ao pé da montanha ao pôr do sol.

Timidamente, Bela olhou para cima para ver um príncipe nu alto, de estrutura larga, ser levado até a luz da fogueira, seu corpo coberto de sujeira, suas bolas amarradas bem apertadas ao seu pênis ereto, com um par de pesos consideráveis de ferro pendendo do couro. Sua longa cabeleira castanha estava cheia de terra e de pedaços de folhagem. As pernas e o peito enorme peito exalavam poder. Ele era um dos maiores escravos que Bela já vira. E ele olhava direto para o capitão com grandes olhos castanhos que demonstravam medo, raiva e excitação.

– Laurent – murmurou o capitão. – E ainda não tivemos nenhum alerta do castelo de que ele estava desaparecido.

– Não, senhor. Ele foi açoitado duas vezes, suas nádegas ainda estão em carne viva, e os homens deram umazinha com ele. Achei que era o que você desejaria, não faria sentido mantê-lo à toa. Mas esperamos sua ordem para enviá-lo.

O capitão assentiu. Ele mirava o escravo com uma raiva óbvia.

– O escravo pessoal de lady Elvera – disse ele.

O soldado que segurava o braço do príncipe puxou sua cabeça para trás pelo cabelo e a luz refletiu direto no rosto dele, os olhos castanhos hesitantes, apesar de ele ainda olhar para o capitão.

– Quando você fugiu? – perguntou o capitão. Deu dois passos largos em direção ao príncipe e puxou sua cabeça para trás com ainda mais crueldade. Bela podia vê-los claramente contra a luz da fogueira, o príncipe ainda maior que o capitão, seu corpo tremendo enquanto o capitão o examinava.

– Perdão, senhor – disse o escravo, baixinho. – Fugi hoje no fim do dia. Perdão.

– Não chegou muito longe, não é, meu principezinho? – perguntou o capitão. Ele se virou para um oficial. – Os homens já se divertiram com ele?

– Duas ou três vezes, senhor. E ele foi bem manejado e chicoteado. Está pronto.

O capitão sacudiu a cabeça lentamente e pegou o príncipe pelo braço.

A alma de Bela tremeu por ele. Ajoelhada na sujeira, ela tentava manter as pernas afastadas e os olhares furtivos.

– Você planejou essa tentativa de fuga com a princesa Lynette? – perguntou o capitão, enquanto empurrava o escravo em direção à cruz.

– Não, senhor, eu juro – disse o príncipe, tropeçando ao ser jogado para a frente. – Eu nem sabia que ela havia fugido. – Ele mantinha as mãos unidas em sua nuca, apesar de quase ter caído. E Bela viu suas costas pela primeira vez, uma rede perfeita de listras rosadas e marcas brancas que desciam até os tornozelos.

Quando ele foi virado, de costas para a cruz, seu pênis pulsava entre as amarras. Seu órgão estava grande e vermelho, a ponta molhada, e o rosto do escravo estava escurecendo.

Um murmúrio animado emergiu da tropa, e Bela ouviu homens agitando-se e movendo-se nas sombras, por trás da luz da fogueira, como se se aproximassem.

O capitão gesticulou para que seus homens erguessem o príncipe. A garganta de Bela deu um nó e secou. Os soldados levantaram o escravo, abrindo bem suas pernas de cada lado e o encaixaram no falo de madeira.

Ele soltou um gemido pungente.

Os soldados comemoraram baixinho.

Mas o príncipe gemia ainda mais alto enquanto suas pernas abertas eram inclinadas para trás para ficarem sobre os braços da cruz. As pernas de Bela doíam só de olhar para aquilo, o príncipe agora amarrado à cruz, as nádegas doloridas contra a viga sob ele, o falo penetrando-o profundamente.

Mas ainda não havia terminado. Enquanto os braços do príncipe eram atados à cruz, sua cabeça era inclinada sobre o topo da viga que apontava para cima, um longo cinto de couro era amarrado sobre sua boca aberta e afivelado à madeira atrás de suas orelhas, enquanto ele olhava direto para o céu, impotente. Bela viu seus lustrosos cabelos embaraçados caírem para trás. Ela viu sua garganta ondular com seus goles silenciosos.

Mas a exibição de seu sexo intumescido parecia o pior, e quando as chicotadas estalaram sobre o pênis, ele balançava e tremia, puxando o peso que pendia dele. E Bela sentiu mais uma vez seu sexo se agitar e estremecer.

Os homens todos se reuniram ao redor do capitão enquanto ele inspecionava o trabalho. Todo o corpo do príncipe tremia e se esticava sobre a cruz, o peso de ferro balançando sob o pênis inchado. Bela podia ver até as nádegas levantando e contraindo sobre o falo de madeira.

Toda a figura não era mais alta que um homem baixo, e o capitão agora estava a seu lado, olhou para o rosto do príncipe e tirou os cabelos de cima dos olhos brutalmente. Bela podia ver as pálpebras se movimentando, e a boca do príncipe esticando-se para fechar sobre o largo cinto de couro que a amarrava, aberta.

– Amanhã – disse o capitão. – Você será exibido montado na carroça e conduzido pela aldeia e pelo campo. Os soldados marcharão diante e atrás de você, e os tambores rufarão para atrair a atenção do público. E avisarei à rainha que você foi capturado. Ela pode pedir para vê-lo. Ou não. Se ela pedir, você será levado dessa mesma maneira ao castelo e posto à mostra no jardim até que ela decida fazer seu julgamento. Se ela não quiser vê-lo, será condenado sem recursos a passar o resto de seus anos na aldeia. Devo fazê-lo ser chicoteado nas ruas e então leiloado. Agora você será açoitado por mim.

Mais uma vez, a tropa comemorou.

O capitão pegou a chibata de couro que estava presa em sua cintura e recuou, dando espaço para o balanço de seu braço, e começou o açoitamento. A chibata não era muito pesada nem muito larga, mas Bela contraiu e secretamente cobriu o rosto com os dedos, espiando através deles a chibata plana descer sobre a parte interna das coxas do príncipe, trazendo-lhe gemidos e grunhidos imediatos.

O capitão chicoteava com força, sem poupar parte alguma das pernas, a chibata estalando dos dois lados da panturrilha, a parte de baixo torcida delas, os tornozelos. Até as solas dos pés viradas para cima, e depois ele chicoteou a barriga nua do príncipe. A carne arredondada tremia e saltava, e o príncipe gemia contra a mordaça, as lágrimas rolando pelo rosto, os olhos abertos enquanto ele olhava para cima.

Todo o seu corpo parecia vibrar na cruz. Suas nádegas subiam e desciam em espasmos, revelando a base do falo.

E quando ele se tornou uma sombra escura e rosada de seus pelos pubianos até os tornozelos, e o peito e a barriga estavam riscadas com faixas cor-de-rosa inchadas, o capitão se afastou para a lateral da cruz e usando apenas os dez ou quinze centímetros finais da chibata, açoitou o pênis vigoroso do príncipe. O rapaz se esticou e pulou na cruz, o peso de ferro pendurado, o pênis crescendo, enorme e quase roxo.

O capitão parou. Olhou nos olhos do príncipe e pôs a mão novamente sobre a testa dele.

– O açoitamento não foi tão ruim, foi, Laurent? – perguntou ele. O peito do príncipe saltava. Todos os homens no acampamento riam baixinho. – Tirando o fato de que você receberá as chicotadas novamente ao amanhecer, e depois do meio-dia, e então ao anoitecer.

Outra explosão de risos. O príncipe suspirou profundamente e as lágrimas rolaram por seu rosto.

– Espero que a rainha te dê para mim – disse o capitão, suavemente.

Ele estalou os dedos para que Bela o seguisse para dentro da barraca. E enquanto ela engatinhava em direção à luz quente sob a lona branca, um oficial passou rápido por ela.

– Quero ficar sozinho agora – disse o capitão.

Bela ficou ao lado da entrada, obedientemente.

– Capitão – disse o oficial, baixando a voz. – Não sei se isso pode esperar. A última patrulha chegou instantes atrás enquanto o senhor estava açoitando o fujão.

– Sim?

– Bem, eles não encontraram a princesa, senhor. Mas juram que viram cavaleiros na floresta hoje à noite.

O capitão, que apoiara seus cotovelos em uma pequena escrivaninha, olhou para cima.

– O quê? – perguntou ele, incrédulo.

– Senhor, eles juram que os viram e escutaram. Uma grande festa, disseram. – O soldado chegou mais perto da mesa.

Pela porta aberta, ela viu as mãos do príncipe se contorcendo sob as cordas atrás da cruz e suas nádegas ainda movendo-se para cima e para baixo, como se ele não pudesse se acostumar ao seu castigo.

– Senhor – disse o oficial –, eles têm quase certeza de que eram saqueadores.

– Mas eles não ousariam voltar tão cedo – rechaçou o capitão, com um gesto. – E em uma noite iluminada. Eu não acredito.

– Mas, senhor, é apenas a lua crescente. E já faz dois anos desde seu último saque. O sentinela também disse que ouviu alguma coisa perto do acampamento há alguns instantes.

– Você redobrou a guarda!

– Sim, redobrei imediatamente.

Os olhos do capitão se espremeram. Ele inclinou a cabeça para o lado.

– Senhor, os soldados disseram que eles estavam conduzindo seus cavalos pela floresta, sem luzes. E com o menor barulho possível. Devem ser eles!

O capitão reconsiderou.

– Tudo bem, desmontar acampamento. Coloque o fugitivo na carroça e volte para a aldeia. Mande um mensageiro na frente para redobrar a guarda nas torres. Mas não quero a aldeia alarmada. Provavelmente não é nada. – Ele parou, obviamente pensando. – É inútil fazer uma busca na costa hoje à noite – disse ele.

– Sim, senhor.

– É quase impossível verificar todas aquelas enseadas, mesmo à luz do dia. Mas faremos isso amanhã.

Ele levantou com raiva quando o oficial se afastou. Então estalou os dedos para Bela entrar, e dando-lhe um beijo áspero, jogou-a sobre o seu ombro.

– Não tenho tempo para você hoje, queridinha, não aqui – disse ele e apertou o quadril dela enquanto a carregava.

Já era meia-noite quando eles retornaram à estalagem, cavalgando bem à frente dos outros.

Bela estava pensando em tudo o que vira e ouvira, estimulada contra a sua vontade pelo sofrimento de Laurent. E ela não podia esperar para contar ao príncipe Roger ou ao príncipe Richard o que ouvira sobre os estranhos saqueadores na noite, e perguntar o que aquilo significava.

Mas não houve oportunidade para isso.

Ao entrar no burburinho quente e alegre do salão, o capitão deu-lhe imediatamente aos soldados na mesa mais próxima à porta. E antes que percebesse, ela estava sentada de pernas abertas no colo de um rapaz adorável e musculoso com cabelos cor de cobre, seus quadris cobrindo um pênis maravilhosamente grosso, enquanto um par de mãos vinha por trás e massageava seus mamilos.

Enquanto as horas passavam, o capitão observava-a atentamente. Mas na maior parte do tempo ele estava envolvido em conversas rápidas com seus homens. E muitos soldados iam e vinham apressadamente.

Quando Bela ficou com sono, ele a tirou dos homens e a montou sobre um barril encostado na parede, seu sexo pressionando a madeira áspera, as mãos amarradas sobre a cabeça, sua visão anuviada quando ela virou a cabeça para dormir, a multidão tremulando abaixo dela.

Não parava de pensar nos fugitivos. Quem era a princesa Lynette que chegara à fronteira? Seria a mesma princesa loura e alta que anos antes havia atormentado Alexi, o amado de Bela, em sua pequena performance circense para a corte no castelo? E onde ela estaria agora? Vestida e segura em outro reino? Bela pensou que devia invejá-la, mas não conseguia. Ela sequer conseguia se concentrar para pensar nisso. E sua mente sempre voltava, sem julgar ou temer, à impressionante imagem do príncipe Laurent montado na cruz, seu enorme torso latejando sob a chibata, suas nádegas cavalgando o falo de madeira.

Ela dormiu.

Ainda assim, parecia que em algum momento antes de amanhecer ela havia visto Tristan. Mas devia ter sido um sonho. O belo Tristan ajoelhado na porta da estalagem, olhando para ela. Seus cabelos dourados quase caindo sobre os ombros, e seus grandes olhos azul-violeta fitando-a com o mais completo afeto.

Ela queria tanto falar com ele, dizer a ele o quão estranhamente contente ela estava. Mas então a visão de Tristan se foi, assim como havia chegado. Ela devia estar sonhando.

A voz da senhora Lockley surgiu em seu sonho, conversando em voz baixa com o capitão.

– É uma pena para essa pobre princesa – disse ela –, se eles estiverem lá fora. Mas mal acredito que possam tentar tão cedo.

– Eu sei – disse o capitão. – Mas eles podem vir a qualquer momento. Podem atacar os solares e fazendas, e ir embora antes mesmo que a notícia chegue à aldeia. Foi o que fizeram dois anos atrás. É por isso que redobrei a guarda e estamos patrulhando até que isso esteja resolvido.

Bela abriu os olhos. Mas eles haviam saído debaixo do barril e ela não conseguia mais escutá-los.

CORTEJO PENITENCIAL

Quando Bela acordou, já era fim de tarde e ela estava sozinha na cama do capitão. Um barulho alto veio da praça abaixo, com o rufar assustador de um bumbo. Apesar do alarme que o bumbo instaurou em sua alma, pensou nas tarefas que devia ter cumprido. Ela se sentou em pânico.

Mas imediatamente o príncipe Roger a acalmou com um pequeno gesto.

– O capitão disse para você dormir até tarde – disse ele, com uma vassoura em mãos, mas olhando pela janela.

– O que é isso? – perguntou Bela. Ela podia sentir a reverberação do bumbo em sua barriga. E a batida constante encheu-a de terror. Ao não ver mais ninguém no quarto, ela levantou e caminhou até o príncipe Roger.

– É só o príncipe Laurent, o fugitivo – disse ele, abraçando Bela enquanto a puxava para perto das pequenas e grossas vidraças –, sendo levado pela aldeia.

Bela encostou a testa contra o vidro. Lá embaixo, na grande multidão de aldeões que se espalhava, ela viu uma gigantesca carroça de duas rodas ser puxada em volta do poço, não por cavalos, mas por escravos com estribos e arreios.

O rosto ruborizado do príncipe Laurent, preso à cruz com as pernas abertas e esticadas, seu sexo protuberante duro como sempre, olhava direto para Bela. Ela viu seus olhos arregalados e aparentemente parados, a boca tremendo no couro grosso que prendia a cabeça ao topo da viga, as pernas amarradas balançando com os movimentos inconstantes da carroça.

A visão, dessa nova perspectiva, atingia-a ainda mais fortemente que na noite anterior. Ela assistia ao avanço lento da carroça e olhava para a estranha expressão no rosto do príncipe, tão desprovida de pânico. O rugido da multidão era tão mau quanto fora no leilão. E agora que a carroça terminava a volta no poço e ia em direção à placa da estalagem, Bela viu a vítima totalmente de frente, e contraiu o rosto diante das feridas e tiras de carne avermelhada que cobriam a parte interna das coxas, do peito e da barriga. Ele fora açoitado mais duas vezes e uma terceira o aguardava.

Mas uma visão ainda mais perturbadora a absorveu quando percebeu que um dos seis escravos arreados à carroça era Tristan. Ele estava passando exatamente debaixo dela mais uma vez, e sem dúvida era Tristan, os cabelos grossos e dourados brilhando sob o sol, sua cabeça puxada para trás pela mordaça na boca, os joelhos subindo duramente. E fluindo da fenda de seu traseiro belamente desenhado estava um elegante rabo de cavalo. Ninguém precisou dizer a ela o que o mantinha no lugar. Era o falo dentro dele.

Bela cobriu o rosto com as mãos, mas sentiu a secreção familiar entre as pernas, o primeiro sinal dos tormentos e êxtases do dia.

– Não seja tão boba – disse o príncipe Roger. – O príncipe fujão merece isso. Além disso, seu castigo nem começou. A rainha se recusou a vê-lo e o condenou a quatro anos na aldeia.

Bela estava pensando em Tristan. Ela sentiu seu pau dentro dela. E sentiu um estranho fascínio ao vê-lo amarrado puxando a carroça, ao ver aquele chocante rabo de cavalo pendurado atrás dele. Aquilo a deixava confusa, sentindo como se o houvesse traído.

– Bem, talvez fosse isso o que o fujão quisesse – suspirou Bela, falando sobre Laurent. – No entanto, ontem ele estava bem arrependido.

– Ou talvez seja o que ele achava que queria – disse ele. – Agora irá penar na plataforma giratória, depois será levado em outra volta pela aldeia, e então a plataforma de novo, antes de ser entregue ao capitão.

O cortejo circundou o poço mais uma vez, o bumbo quase arrebentando os nervos de Bela. Ela viu Tristan mais uma vez, marchando quase orgulhoso à frente do grupo, e a visão de sua genitália, e os pesos pendurados em seus mamilos, e seu lindo rosto erguido pela mordaça de couro gerou uma pequena torrente de excitação dentro dela.

– Geralmente os soldados marcham à frente e atrás – disse o príncipe Roger, pegando novamente sua vassoura. – Pergunto-me onde eles estão hoje.

Procurando os saqueadores misteriosos, pensou ela, mas não disse nada. Agora que estava sozinha com Roger e tinha a oportunidade de perguntar sobre essas coisas, estava fascinada demais pelo cortejo.

– Você tem que descer para o quintal e descansar no gramado – disse o príncipe.

– Descansar de novo?

– O capitão não vai te manejar hoje. E à noite você será alugada para Nicolas, o cronista da rainha.

– O senhor de Tristan! – sussurrou Bela. – Ele me requisitou?

– Pagou por você em boas moedas do reino – disse Roger. Ele continuou varrendo. – Desça – disse a ela.

E com o coração batendo forte, ela assistiu ao cortejo avançar lentamente pela rua larga que levava ao outro lado da aldeia.

TRISTAN E BELA

Ela mal conseguia esperar até escurecer.

As horas se arrastavam enquanto ela era lavada, penteada e untada com óleo rudemente, mas tão completamente como se estivesse no castelo. É claro que ela podia não ver Tristan naquela noite. Mas estava indo para o lugar onde Tristan morava! Ela não conseguia se acalmar.

Finalmente a escuridão desceu sobre a aldeia.

E o príncipe Richard, o "bom menino", pensou ela com um sorriso, fora designado para levá-la até Nicolas, o cronista da rainha.

A estalagem estava estranhamente vazia, apesar de todo o restante no anoitecer parecer normal. Luzes piscavam nas pequenas janelas que ladeavam as ruas estreitas, o ar da primavera era cheiroso e doce. O príncipe Richard a deixou marchar um pouco devagar, apenas de vez em quando pedindo para que ela mostrasse um pouco mais de atitude, ou os dois seriam açoitados. Ele caminhou atrás dela com uma chibata, chicoteando-a só de vez em quando.

Ela podia ver as esposas e maridos nas mesas pelas janelas baixas, escravos nus erguendo-se ajoelhados, parecendo lançar-se para cima rapidamente para colocar pratos e jarros diante deles. Escravos presos a paredes gemiam e agitavam-se em vão.

— Mas algo *está* diferente — disse ela, quando chegaram a uma rua mais larga, cheia de casas refinadas, quase todo suporte de ferro com seu escravo amarrado pendurado ao lado da porta, alguns firmemente presos e amordaçados, outros em quieta obediência.

— Nenhum soldado — disse Richard, em voz baixa. — E, por favor, fique quieta. Você não deveria falar. Nós dois vamos acabar na loja das punições.

— Mas onde eles estão? — perguntou Bela.

— Você quer uma chicotada? — ameaçou ele. — Eles estão lá fora procurando algum grupo imaginário de saqueadores na costa e na floresta. Não sei o que isso significa, e não mencione uma palavra. É segredo.

Mas eles haviam chegado à porta de Nicolas. Richard a deixara. Uma criada cumprimentou Bela e ordenou que ela ficasse de quatro. Em uma expectativa frenética, Bela foi levada pela refinada casinha ao longo de um estreito corredor.

Uma porta se abriu para ela, a criada mandou que entrasse e fechou a porta.

Bela mal conseguia acreditar em seus olhos quando olhou para cima e viu Tristan à sua frente. Ele a pegou com as duas mãos e colocou-a de pé. Ao seu lado, estava a pequena figura do seu senhor, Nicolas, que Bela lembrava bem o bastante do leilão.

Seu rosto estava vermelho quando ela olhou para o homem, pois ela e Tristan estavam de pé, se abraçando.

– Acalme-se, princesa – disse ele, em uma voz quase carinhosa. – Você pode ficar o quanto quiser com meu escravo, e neste quarto estão livres para ficar um com o outro como quiserem. Você retornará aos seus serviços normais quando me deixar.

– Oh, meu senhor – sussurrou Bela, e caiu de joelhos para beijar suas botas.

Ele permitiu essa cortesia e então os deixou. E Bela levantou e voou para os braços de Tristan, a boca dele se abrindo para devorar seus beijos cheio de entusiasmo.

– Meu doce, minha Bela – disse Tristan, seus lábios se alimentando de seu pescoço e seu rosto, seu órgão empurrando sua barriga nua.

O corpo parecia quase encerado sob a luz baixa das velas, o cabelo dourado, lustroso. Ela olhou para cima, para aqueles lindos olhos azul-violeta, e pôs-se na ponta dos pés para montá-lo como fizera na carroça dos escravos.

Ela jogou os braços em volta do pescoço dele e forçou seu sexo dilatado contra seu pênis, sentindo-o se colar a ela. Lentamente, ele afundou sobre a colcha de cetim verde da pequena cama de carvalho almofadada. E se esticando nos travesseiros, ele jogou a cabeça para trás enquanto ela o cavalgava.

As mãos dele levantaram seus seios, apertaram seus mamilos e seguraram-nos latejantes enquanto ela ia e vinha em seu sexo, deslizando para cima o máximo que conseguia sem deixar o órgão sair e afundando sobre ele, os lábios mergulhando para beijá-lo.

O rosto de Tristan se fechou com seus gemidos, e ao sentir o pênis em erupção dentro dela, ela gozou, ainda se movendo, até silenciar, as pernas esticadas, tremendo com os últimos choques de prazer.

Eles se deitaram juntos de braços dados e lentamente ele removeu o cabelo dela da testa, e sussurrou enquanto a beijava:

– Minha querida Bela.

– Tristan, por que seu senhor está nos deixando fazer isso? – perguntou ela. Mas estava em um doce estado de torpor e não se importava. Velas queimavam na mesinha ao lado da cama. Ela viu a luz crescer e obliterar os objetos do quarto, a não ser a superfície dourada de um grande espelho.

– Ele é um homem de mistérios e segredos e de uma estranha intensidade – disse Tristan. – Ele faz exatamente o que lhe agrada. E agrada a ele me deixar ver você, amanhã provavelmente lhe agradará me chicotear pela aldeia. E é bem possível que ele ache que um aumentará o tormento do outro.

A memória de Tristan arreado e com o rabo de cavalo voltou à Bela espontaneamente.

– Vi você – sussurrou ela, enrubescendo de repente –, no cortejo.

– Parecia tão terrível assim? – sussurrou ele confortando-a, beijando-a. Havia um leve rubor em suas bochechas que em um rosto tão forte era irresistível.

Ela estava impressionada.

– Você não achou terrível? – perguntou ela.

Um riso baixo veio do fundo do peito. Ela puxou os pelos dourados que se enrolavam do contorno do pênis até a barriga.

– Sim, minha querida – disse ele –, foi deliciosamente terrível.

Ela riu enquanto olhava dentro dos olhos de Tristan e beijou-o avidamente. Ela se aninhou abaixo, mordendo seus mamilos.

– Foi um suplício ver aquilo – confessou ela, com uma voz rouca que não parecia lhe pertencer. – Apenas rezei para que você tivesse se resignado...

– Estou mais do que resignado agora, meu amor – disse ele, beijando o topo da cabeça dela, deitado sob suas mordidas carinhosas. Ela montou sua coxa esquerda e pressionou seu sexo contra ela. Ele gemeu quando ela mordeu seu mamilo, apertando o outro ao mesmo tempo que dava as mordidinhas. Então ele a derrubou nos lençóis e abriu a sua boca novamente com a língua.

– Mas me diga – insistiu ela, interrompendo o beijo, o órgão dele arranhando seu monte, pressionando os cachinhos delicadamente contra seu botão. – Você deve... – Ela baixou a voz a um quase sussurro. – Como você conseguiu? Os arreios e a mordaça e o rabo de cavalo... Como você chegou a isso, a essa aceitação? – Ela não precisava que ele lhe dissesse que estava resignado. Ela podia ver e sentir isso, e ela vira isso hoje no cortejo. Mas ela se lembrava dele na carroça quando vieram do castelo, e na época ela sentira seu medo e que ele era orgulhoso demais para revelar livremente.

– Encontrei meu senhor – disse ele –, aquele que me coloca em harmonia com todos os castigos – disse Tristan. – Mas se você quer saber – ele começou a beijá-la de novo, seu órgão abrindo seus lábios inferiores e empurrando seu clitóris –, sempre foi, e sempre será uma total humilhação.

Bela ergueu os quadris para recebê-lo. Logo estavam se movendo em uníssono, Tristan olhando para ela, seus braços como pilares sustentando os ombros poderosos acima dela. Ela ergueu a cabeça para chupar seus mamilos, suas mãos apertando e separando suas nádegas, sentindo as saliências deliciosas e duras das feridas, medindo-as e comprimindo-as enquanto chegavam mais perto do sedoso buraquinho enrugado do ânus. Os movimentos dele ficaram mais rápidos, mais fortes, mais agitados quando ela mergulhou seus dedos. E de repente, ela alcançou a mesa ao seu lado e puxou uma das grossas velas de cera de seu castiçal de prata, extinguiu a chama e pressionou a ponta derretida com os dedos. E então ela a enfiou dentro dele, plantando-a com firmeza. Os olhos dele se espremeram. O seu próprio sexo tornou-se uma capa tensa em volta do órgão dele, seu clitóris endureceu, explodindo. E girando a vela com força, ela gritou, sentindo os fluidos quentes dele esvaziarem-se dentro dela.

Eles ficaram parados, a vela de lado. E ela se perguntou o que fizera, mas Tristan apenas a beijou.

Ele levantou, serviu um cálice de vinho e o colocou nos lábios de Bela. Intrigada, ela o pegou, bebeu como uma dama e divagou sobre a curiosa sensação.

– Mas como você tem feito, Bela? – perguntou ele. – Tem sido rebelde o tempo todo? Conte-me.

Ela balançou a cabeça.

– Caí nas mãos de um senhor e uma senhora duros e malvados. – Ela riu baixinho.

Ela descreveu os castigos da senhora Lockley na cozinha, o jeito como o capitão lidava com ela e suas noites com os soldados, enfatizando a beleza física de seus dois captores.

Tristan ouviu, compenetrado.

Ela contou sobre o fugitivo, príncipe Laurent.

– Agora sei que, se fugir, será para ser encontrada, para ser punida daquele jeito, para passar o resto de meus dias na aldeia – disse ela. – Tristan, você me acha terrível por querer fazer isso? Eu preferiria fugir a voltar para o castelo.

– Mas você pode ser afastada do capitão e da senhora Lockley – disse ele –, se fugir e for vendida para alguém para trabalhos mais pesados.

– Isso não importa – disse ela. – Na verdade, não é o senhor ou a senhora que me põem em harmonia com essa vida, como você disse. É simplesmente a rigidez, a frieza e a crueldade. Quero ser subjugada, perder-me em meus castigos. Eu adoro o capitão e adoro a senhora Lockley, mas provavelmente há outros senhores e senhoras mais duros na aldeia.

– Ah, você me surpreende – disse ele, oferecendo-lhe novamente o vinho. – Estou tão apaixonado por Nicolas que não tenho como resistir a ele.

Então Tristan explicou as coisas que haviam acontecido com ele, e como ele e Nicolas fizeram amor e conversaram e subiram a colina.

– Hoje, em minha segunda vez na plataforma pública, fui transportado – disse ele. – O medo não me deixara. Foi pior quando corri escada acima, porque eu sabia exatamente o que aconteceria. Mas vi toda a praça mais claramente sob a luz do sol do que eu vira sob as tochas. Não estou dizendo que vi coisas literalmente. Eu vi o sistema maior do qual eu fazia parte e minha alma se abriu sob o castigo torturante. Agora, toda a minha existência, seja na plataforma, nos arreios ou nos braços de meu senhor é uma súplica para ser usada como o calor do fogo, para ser dissolvida na vontade dos outros. A vontade de meu senhor é a vontade dominante e por meio dele sou oferecido a todos que testemunham ou me desejam.

Bela estava quieta, olhando para ele.

– Então você deu sua alma – disse ela. – Você a deu a seu senhor. Isso eu não fiz, Tristan. Minha alma ainda é minha e é a única coisa que um escravo realmente possui. E ainda não estou pronta para abrir mão dela. Dou todo o meu corpo ao capitão, aos soldados, à senhora Lockley. Mas minha alma não pertence a ninguém. Não deixei o castelo para encontrar o amor que não encontrei lá. Eu o deixei para ser jogada e empurrada aos senhores mais duros e indiferentes.

– E você é indiferente a eles? – perguntou ele.

– Estou tão interessada neles quanto eles em mim – disse ela, refletindo. – Nem mais, nem menos. Mas minha alma pode mudar com o tempo. Talvez seja simplesmente porque não conheci um Nicolas, o cronista.

Ela pensou no príncipe da coroa. Não o amara. Ele a fazia sorrir. Lady Juliana amendrontara-a e a perturbara. O capitão a excitava, exauria, surpreendia. Ela gostava secretamente da senhora Lockley, por todo o seu terror. Mas esse era seu extremo. Ela não os amava. Isso, a glória e a excitação de fazer parte de um grande sistema, para usar a palavra de Tristan, era a aldeia para ela.

– Somos dois escravos diferentes – disse ela, sentando-se, pegando o vinho e tomando um grande gole. – E nós dois estamos felizes.

– Eu queria entender você! – sussurrou ele. – Você não deseja ser amada, não deseja que a dor seja misturada à ternura?

– Você não tem que me entender, meu amor. E há ternura. – Mas ela fez uma pausa, imaginando a intimidade que existia entre Tristan e Nicolas.

– Meu senhor me conduzirá a revelações cada vez maiores – disse Tristan.

– E meu destino – respondeu ela – também terá sua hora. Hoje vi o pobre príncipe Laurent, castigado, e o invejei. E ele não tinha um senhor amoroso para conduzi-lo.

Tristan segurou a respiração, fitando-a.

– Você é uma escrava magnífica – disse ele. – Talvez saiba mais do que eu.

– Não, em alguns sentidos sou uma escrava mais simples. Seu destino está misturado a uma renúncia maior de si. – Ela se apoiou no cotovelo e o beijou. Os lábios estavam vermelho-escuros do vinho, os olhos pareciam estranhamente arregalados e vítreos. Ele era maravilhoso. Loucos pensamentos vieram à sua mente, sobre amarrá-lo aos arreios ela mesma e...

– Não devemos perder um ao outro. Não importa o que acontecer – disse ele. – Vamos roubar alguns momentos sempre que pudermos para confiar um no outro. Nem sempre teremos permissão...

– Com um senhor tão louco quanto o seu, acho que teremos várias oportunidades – disse ela.

Ele sorriu. Mas seu olhar alterou-se de repente, como se estivesse distraído por algum pensamento, e ele ficou quieto, escutando.

– O que foi?

– Não tem ninguém na rua lá fora – disse ele. – Está um silêncio absoluto. E sempre há carruagens na rua a essa hora.

– Todos os portões estão fechados – disse ela. – E os soldados não estão aqui.

– Mas por quê?

– Não sei, mas há vários rumores sobre buscas por saqueadores na costa.

Agora, ele parecia tão lindo diante dos olhos dela, e Bela queria fazer amor novamente. Ela se levantou na cama, sentando sobre os calcanhares, e olhou para o órgão dele, que já estava cheio de vida mais uma vez, e então olhou para seu próprio reflexo no espelho distante. Ela adorava a visão dos dois juntos no espelho. Mas quando ela olhou viu mais uma figura fantasmagórica no espelho. Viu um homem de cabelos brancos, braços cruzados, observando-a!

Ela soltou um berro. Tristan sentou-se e olhou para a frente. Mas ela já havia se dado conta de quem era. O espelho tinha duas direções, um daqueles antigos truques de que ela ouvira falar na infância. O senhor de Tristan estivera observando o tempo todo. Seu rosto escuro estava incrivelmente claro, seus cabelos brancos quase brilhando, suas sobrancelhas com uma expressão séria.

Tristan deu um meio sorriso e ruborizou. E uma estranha sensação de exposição dominou Bela.

Mas o senhor havia desaparecido do vidro obscuro. A porta do quarto se abriu.

Ele chegou perto da cama, o homem elegante vestindo veludo e mangas bufantes, e virou os ombros de Bela em sua direção.

– Repita para mim tudo o que ouviu sobre os soldados e esses saqueadores.

Bela enrubesceu.

– Por favor, não conte ao capitão! – implorou ela. Ele assentiu, e logo ela contou o que sabia da história.

Por um instante, o senhor ficou parado, pensando.

– Venha – disse ele, e levantou Bela da cama. – Tenho que levar Bela de volta à estalagem imediatamente.

– Posso ir, senhor, por favor? – perguntou Tristan.

Mas o senhor Nicolas estava distraído. Ele pareceu não ouvir a pergunta.

Ele se virou e acenou para que o seguissem. Eles caminharam rapidamente pelo corredor, saindo pela porta dos fundos da casa, e o senhor Nicolas gesticulou para que esperassem enquanto ele andava em direção às muradas.

Ele passou um bom tempo olhando de uma ponta do muro a outra. A imobilidade começava a enervar Bela.

– Mas isso é loucura – disse ele. – Eles parecem ter deixado a aldeia sem muita defesa.

– O capitão acha que eles atacarão as fazendas do lado de fora das muradas, os solares – disse Bela. – E há um sentinela, certamente.

O senhor Nicolas balançou a cabeça, em desaprovação. Ele trancou a porta de casa.

– Mas, senhor – perguntou Tristan. – Quem são esses saqueadores? – Sua expressão havia se fechado e seus modos nada tinham a ver com os de um escravo.

– Esqueça isso – disse o senhor Nicolas, firmemente, ao se pôr a caminhar à frente deles. – Levaremos Bela de volta à sua senhora. Venham rápido.

DESASTRE

Nicolas conduziu-os rapidamente pelo pequeno labirinto de ruas, permitindo que Bela e Tristan caminhassem juntos atrás dele. Tristan apertava Bela fortemente nos braços, beijando e acariciando a moça. E, tarde da noite, a aldeia parecia bastante tranquila, seus habitantes inconscientes de qualquer perigo.

Mas de repente, quando se aproximavam da praça das estalagens, veio de longe o terrível ruído de gritos agudos, e o estrondo do choque de madeira contra madeira, o inconfundível som de uma tora de arrombamento gigantesca.

Sinos bateram nas torres da aldeia. Portas se abriam por todos os lados.

– Corram, rápido – disse Nicolas, virando-se e pegando os braços de Bela e Tristan.

Pessoas surgiam de todos os cantos, gritando, berrando. Venezianas batiam nas janelas, homens corriam para buscar seus escravos algemados. Príncipes e princesas nus voavam pela porta mal iluminada da taverna da loja das punições.

Bela e Tristan correram em direção à praça apenas para ouvir o som da grande tora esmagando a madeira que resistira a ela. E logo adiante da praça, Bela viu o céu noturno abrir-se quando os portões a leste da aldeia abriram passagem, e o ar se encheu de berros altos, estranhos e ululantes.

– Saque de escravos! Saque de escravos! – O grito vinha de todas as direções.

Tristan tomou Bela nos braços e voou pelas pedras da rua em direção à estalagem, Nicolas ao seu lado. Mas uma grande nuvem de saqueadores com turbantes rugiu ao entrar na praça. E Bela soltou um grito lancinante quando viu que as portas e janelas de todas as estalagens já estavam aferrolhadas.

Bem acima dela, aproximava-se um saqueador de rosto escuro em túnicas esvoaçantes, a cimitarra brilhando ao seu lado enquanto ele a segurava. Tristan tentou atrapalhar o cavalo. E um poderoso braço baixou-se e agarrou Bela, desequilibrando Tristan enquanto o cavalo empinava e se virava, e ela foi jogada sobre a sela.

Bela gritou mais e mais. Ela se debatia sob a poderosa mão que a prendia, e levantou a cabeça para ver Nicolas e

Tristan correndo atrás dela. Mas surgiu a figura de outro saqueador, e mais outro. E em um relance, ela viu Tristan ser erguido por dois cavaleiros, enquanto Nicolas era arremessado do chão, rolando para longe dos perigosos cascos, os braços protegendo a cabeça. Tristan estava sendo jogado sobre um cavalo, um saqueador ajudando o outro.

Berros altos enchiam o ar, berros pulsantes e estridentes como Bela jamais ouvira. Seu captor empinou o cavalo e, enquanto Bela gemia e chorava, uma corda foi passada ao redor de seus ombros, apertando-a e a segurando sobre a sela, as pernas chutando furiosamente, mas em vão. O cavalo galopou para fora da praça, de volta aos portões da aldeia. E parecia haver saqueadores voando por todos os lados, roupas flutuando com o vento, traseiros nus virados para cima quicando desprotegidamente.

Em uma questão de segundos estavam na estrada, o badalar dos sinos da aldeia cada vez mais distante.

Eles cavalgaram sem parar pela noite, sobre campos abertos, por riachos e bosques, as grandes cimitarras erguidas para cortar a folhagem à frente.

Bela tinha noção do tamanho do destacamento: ele parecia estender-se infinitamente atrás de seu saqueador, os gritos suaves de alguma língua estrangeira enchendo seus ouvidos, junto com o choro e os gemidos dos príncipes e princesas capturados.

O destacamento rumou às colinas na mesma velocidade desesperada, subindo caminhos perigosos e descendo em vales florestados. Eles galoparam por uma passagem estreita e elevada que parecia um túnel sem fim.

E finalmente Bela sentiu o cheiro do mar aberto e, levantando a cabeça, viu à sua frente o brilho sombrio da água sob o luar.

Um enorme navio escuro estava ancorado na enseada, sem uma luz sequer para indicar sua presença sinistra.

E arfando desesperadamente enquanto os cavalos galopavam pela areia, atravessando as pequenas ondas, Bela perdeu a consciência.

MERCADORIA EXÓTICA

Quando acordou, Bela estava deitada, e com tanto sono... Ficou ali parada, quase incapaz de abrir os olhos, e pôde sentir o pesado avançar do navio, uma sensação que ela só conhecera nos sonhos de quando era uma menina no castelo do pai. Aterrorizada, tentou levantar e, de repente, um grande rosto escuro, cor de oliva, surgiu acima dela.

Ela viu um par de olhos negros, de uma bela forma amendoada, olhando para ela de um semblante jovem e perfeito. Cabelos longos e cacheados emolduravam o rosto, dando-lhe um ar quase angelical. E ela viu um dedo ordenando-lhe imperativamente que ficasse em silêncio absoluto. Era um garoto alto quem fizera esse gesto. Ele estava sobre ela, vestindo uma brilhante túnica de seda dourada com uma faixa prateada na cintura e calças compridas e soltas do mesmo tecido.

Ele a colocou sentada, pôs suas mãos escuras notavelmente macias sobre as dela e, sorrindo, assentiu vigorosamente enquanto ela obedecia, acariciando seus cabelos e gesticulando efusivamente para mostrar que a achara bonita.

Bela abriu a boca, mas o adorável garoto logo encostou o dedo nos lábios da moça. Seu rosto demonstrava muito medo, pois ele franziu as sobrancelhas e balançou a cabeça. Bela estava em silêncio.

Ele retirou um longo pente de um bolso em suas roupas soltas e penteou os cabelos dela. E olhando para baixo, sonolenta, ela percebeu que fora lavada e perfumada. Ela sentiu a pressão baixar. Todo o seu corpo cheirava a alguma especiaria doce. Ela conhecia a especiaria. Sua pele brilhava. Ela fora oleada com um pigmento dourado-escuro, que continha aquele cheiro. O cheiro era de canela. Que adorável, pensou Bela. Ela podia sentir algo colorindo seus lábios e eles tinham gosto de frutas silvestres frescas. Mas ela estava com tanto sono! Ela mal conseguia manter os olhos abertos.

E a toda a sua volta, naquele cômodo mal iluminado, dormiam príncipes e princesas. Ela viu Tristan! E com uma onda indolente de excitação, tentou se mover em direção a ele. Seu criado de pele escura a conteve com uma graça felina, seus gestos imperativos e expressões faciais informando-lhe que deveria ficar bem quieta e bem boazinha. Franzindo as sobrancelhas exageradamente, ele balançou o dedo. Ele olhou para o príncipe Tristan, que dormia, e então, com a mesma ternura delicada, acariciou o sexo nu de Bela e o apalpou, assentindo e sorrindo.

Bela estava cansada demais para fazer algo além de olhar maravilhada. Todos os escravos haviam sido oleados e perfumados. Eles pareciam esculturas de ouro em camas de cetim.

O garoto escovou os cabelos de Bela com tanto cuidado que ela não sentiu o menor puxão ou nó. Ele pegou o rosto dela como se fosse algo muito precioso e então acariciou seu sexo novamente do mesmo jeito carinhoso, apalpando-o, e dessa vez despertou-o enquanto ele sorria para Bela, seu dedão mais uma vez pressionando levemente seus lábios como se dissesse: "Seja boazinha, pequenina."

Mas mais anjos apareceram. Meia dúzia de rapazes esbeltos de pele escura que portavam o mesmo sorriso cortês rodearam Bela e, levantando os braços dela sobre a cabeça e juntando seus dedos, ergueram-na e esticaram-na para carregá-la. Ela sentiu aqueles dedos sedosos apoiarem-na dos cotovelos até os pés. E fitando sonhadora o teto baixo de madeira, ela foi levada escada acima em direção a outro cômodo repleto com conversa em vozes estrangeiras.

Ela viu um tecido brilhante sobre si habilidosamente drapeado, o rico pano vermelho coberto por pequenos e intrincados pedacinhos de ouro e vidro, e sentiu o forte aroma de incenso.

E de repente, estava sendo depositada sobre uma almofada muito maior e mais macia de cetim, seus braços esticados até a borda sobre a cabeça, os dedos sob ela.

Ela emitiu o menor ruído e tudo o que conseguiu foi ver seus angelicais captores demonstrarem terror, dedos se lançando novamente sobre os lábios, cabeças balançando em um alerta sinistro.

Então eles se afastaram e ela ficou olhando para cima, para um círculo de rostos masculinos, as cabeças envoltas em brilhantes turbantes de seda colorida, os olhos escuros pairando sobre ela, mãos cheias de joias gesticulando enquanto falavam sem parar, parecendo brigar e negociar.

Sua cabeça foi erguida, seus cabelos longos levantados e examinados entre dedos cuidadosos. Seus seios foram apertados muito suavemente, e então espancados. Outras mãos afastaram suas pernas, e com o mesmo jeito cuidadoso, quase sedoso, dedos abriram seus lábios vaginais, rolando sobre o clitóris como se ele fosse uma conta ou uma uva, a rápida conversa continuando acima dela. Ela tentou ficar parada, fitando os queixos barbados, os vivos olhos negros acima. E as mãos a tocavam como se fosse de imenso valor e muito, muito frágil.

Mas sua vagina bem treinada contraiu-se, soltou suas secreções, pontas de dedos recolheram os fluidos que saíam dela. Seus seios foram espancados novamente e ela gemeu, tomando muito cuidado para não abrir a boca, e fechou os olhos enquanto até suas orelhas e umbigo eram sondados, os dedos dos pés e das mãos examinados.

Ela soltou a respiração com um sobressalto quando seus dentes foram remexidos, seus lábios puxados. Ela piscou e ficou com sono novamente. Foi virada. As vozes pareciam ficar mais altas; meia dúzia de mãos pressionaram suas feridas e as cruzes rosadas que certamente cobriam suas nádegas. O ânus também deveria ser aberto, é claro, e ela gemeu só um pouquinho, os olhos fechando-se de novo enquanto ela descansava a bochecha sobre o delicioso cetim. Alguns tapas atingiram-na de leve.

E quando ela foi virada de frente novamente, pôde ver os rostos assentindo, e o homem de rosto escuro no centro, à sua direita, sorriu-lhe rapidamente e deu o mesmo tapinha de aprovação em seu sexo. Então, os garotos angelicais levantaram-na outra vez.

Passei por algum teste, pensou ela. Mas ela estava mais confusa do que com medo, tranquila e quase incapaz de lembrar o que acabara de pensar. O prazer vibrou por ela como se seu corpo fosse a corda de um alaúde que acabara de ser tocada.

Ela foi levada para outro cômodo.

E que coisa estranha e maravilhosa! Ele continha seis longas gaiolas douradas. Uma palmatória, delicadamente esmaltada e dourada, seu longo cabo coberto com fita de seda, ficava pendurada na extremidade de cada gaiola. E o colchão dentro delas era coberto por cetim azul-celeste. Bela percebeu que estavam cheias de pétalas de rosas quando foi colocada em uma dessas gaiolas. Ela podia sentir o perfume, e a gaiola era quase alta o suficiente para que ela se sentasse se tivesse energia. Era melhor dormir, como os criados a instruíram a fazer. E é claro, ela entendeu por que eles estavam colocando a mais linda malha de ouro sobre sua vagina, amarrando-a sobre seu clitóris e lábios úmidos e prendendo-a a suas coxas e cintura. Ela não podia tocar suas partes íntimas. Não, ela não deveria. Aquilo nunca fora permitido no castelo ou na aldeia. A porta da gaiola fechou-se com um clique e a chave girou na fechadura; ela fechou novamente os olhos, o calor mais delicioso envolvendo-a.

Algum tempo depois ela voltou a abrir os olhos, apesar de não conseguir se mover, absolutamente, e viu Tristan ser colocado na gaiola que formava um ângulo com a sua, aqueles adoráveis rapazes – eles era homens jovens, não garotos, simplesmente homens muito pequenos e delicados – apalpavam as bolas e o pênis de Tristan com aqueles dedos escuros e lânguidos. Uma daquelas belas malhas de metal também estava sendo presa a Tristan, e como a dele era maior! E ela vislumbrou o rosto de Tristan por um instante, completamente relaxado no sono e incomparavelmente belo.

OUTRA REVIRAVOLTA

Tristan:

Vi Bela se mover enquanto dormia. Mas ela não acordou.

Eu estava sentado na gaiola, pernas cruzadas, meus olhos fixos no teto do quarto, totalmente concentrado.

Eu tinha certeza de que, meia hora antes, fôramos chamados por outra embarcação. Baixamos âncora e alguém subiu a bordo, alguém que falava nossa língua.

Mas não consegui discernir as palavras, apenas o tom e a inflexão familiares. E quanto mais ouvia a conversa mais me convencia de que não havia intérprete. Aquele homem tinha que ser da rainha, ele sabia a língua daqueles piratas.

Finalmente, Bela se sentou. Ela se espreguiçou como uma gatinha, e, ao olhar o pequeno triângulo de metal entre as pernas, pareceu lembrar-se de alguma coisa. Os olhos estavam anuviados, os gestos anormalmente lentos ao mover os longos cabelos louros para trás, piscando com a luz da única lanterna pendurada no teto baixo acima. E então ela me viu.

– Tristan – sussurrou ela. Ela sentou mais à frente, segurando as barras da gaiola.

– Shhhhhh! – apontei para o teto. E em um sussurro apressado, contei a ela sobre o navio emparelhando e o homem que subira a bordo do nosso.

– Eu tinha certeza de que navegávamos em alto-mar – disse ela.

Na gaiola ao lado dela, príncipe Laurent, o pobre fugitivo, dormia, e príncipe Dmitri, o escravo do castelo que fora expulso para a aldeia junto conosco, dormia acima dela.

– Mas quem subiu a bordo? – sussurrou ela.

– Fique quieta, Bela! – voltei a alertá-la. Mas era inútil. Eu não conseguia entender o que estava acontecendo, exceto que continuava a todo o vapor.

Bela tinha a mais inocente das expressões no rosto, o óleo colorido com ouro destacando cada detalhe de sua forma de maneira tentadora. Ela parecia menor, mais curvilínea, mais próxima da perfeição; e encolhida na gaiola, parecia uma bizarra criatura importada de uma terra estranha para ser colocada em um jardim de prazer. Todos nós devíamos parecer daquele jeito.

– Talvez nós ainda sejamos resgatados! – disse ela, ansiosa.

– Não sei – respondi. – Por que não havia soldados? Por que havia uma única voz? Eu não podia assustá-la dizendo-lhe que agora éramos verdadeiros prisioneiros, não tributos valiosos sob a proteção de Sua Majestade.

Finalmente Laurent voltava a si, levantando-se lentamente por causa das feridas que cobriam seu corpo, e com o toque do óleo de ouro ele parecia tão esplêndido quanto Bela. Na verdade, em um estranho espetáculo, todas as suas feridas e marcas estavam tão profundamente coloridas com o ouro que se tornaram quase simples enfeites. Talvez todas as nossas feridas e marcas sempre tenham sido simples enfeites. Seu cabelo, tão maltratado quando ele estava na cruz da punição, agora estava arrumado em magníficos cachos castanho-escuros. Ele piscou ao olhar para mim, limpando rapidamente o sono narcotizado de seus olhos.

Apressadamente, contei a ele o que havia acontecido e apontei para o teto. Todos escutávamos a voz, apesar de eu achar que ninguém as ouvia mais claramente que eu.

Então Laurent balançou a cabeça e se deitou.

– Que aventura! – disse ele lentamente, com uma indiferença quase sonolenta.

Bela sorriu involuntariamente com a observação e me lançou um olhar tímido. Eu estava com raiva demais para falar. Eu me sentia fraco demais.

– Esperem – disse eu, arrastando-me de joelhos para a frente e agarrando as barras. – Alguém está vindo. – Eu podia ouvir uma vibração contínua pela barra.

A porta se abriu e entraram dois dos garotos vestidos em seda que cuidaram de nós. Eles carregavam pequenas lâmpadas a óleo de metal em forma de barco. E entre eles estava um lorde velho e alto, de cabelos grisalhos, vestindo os familiares colete e ceroulas, a espada ao lado, a adaga em seu grosso cinto de couro, os olhos varrendo o cômodo quase furiosos.

O mais alto dos garotos soltou um rio de suaves palavras estrangeiras para o lorde, que assentiu e gesticulou com uma expressão irada.

– Tristan e Bela – disse ele avançando pelo cômodo –, e Laurent.

Os garotos de pele cor de oliva pareceram desconcertados diante disso. Eles desviaram o olhar e deixaram o homem sozinho com os escravos, fechando a porta ao saírem.

– Era isso o que eu temia – disse ele. – E Elena e Rosalynd e Dmitri. Os melhores escravos do castelo. Esses ladrões têm excelentes olhos. Eles libertaram os outros na costa assim que descobriram os verdadeiros prêmios.

– Mas o que acontecerá conosco, meu lorde? – perguntei. Ele estava claramente exasperado.

– Isso, meu caro Tristan – disse o lorde –, está nas mãos de seu senhor, o sultão.

Bela engoliu em seco.

Senti minha expressão endurecer e a fúria emergir de dentro de mim.

– Meu senhor – disse eu, minha voz trêmula de raiva –, o senhor não vai nem tentar nos salvar? – Em minha cabeça, vi a imagem de meu senhor, Nicolas, atirado às pedras do chão da praça enquanto meu cavalo me levava, minha luta inútil. Mas isso não era nem metade do que me angustiava. O que nos esperava?

– Eu fiz o melhor que pude – disse o lorde, aproximando-se de mim. – Exigi uma enorme indenização por qualquer um de vocês. O sultão paga quase qualquer coisa pelos escravos bem talhados, de pele macia e bem treinados da rainha, mas ele gosta tanto de seu ouro quanto qualquer pessoa. E em dois anos, ele os devolverá bem alimentados, em boa saúde e sem marcas, ou nunca mais verá seu ouro. Acredite em mim, príncipe, isso já foi feito centenas de vezes. Se eu não tivesse conseguido interceptar esta embarcação, seus emissários e os nossos haveriam se reunido. Ele não quer briga com a Sua Majestade. Vocês nunca estiveram realmente em perigo.

– Nenhum perigo! – protestei. – Estamos indo para uma terra estrangeira onde...

– Quieto, Tristan! – disse ele, secamente. – Foi o sultão quem inspirou nossa rainha em sua paixão por escravos do prazer. Foi ele quem enviou a ela os primeiros escravos e explicou a ela os cuidados com que deveriam ser tratados. Nenhum perigo real ameaçará vocês. A não ser, é claro...

– É claro o quê? – perguntei.

– Vocês serão mais desprezíveis – disse o lorde dando de ombros, ansioso, como se não pudesse explicar direito. – Ocuparão uma posição muito mais baixa no palácio do sultão. É claro que serão os brinquedos de seus senhores e senhoras, brinquedos muito valiosos. Mas vocês não mais serão tratados como seres racionais. Ao contrário, serão treinados como animais valiosos, e nunca devem, que Deus os ajude, tentar falar ou manifestar mais do que a mais simples compreensão...

– Meu senhor – interrompi.

– Como você viu – continuou o lorde –, os criados nem ficaram no mesmo cômodo se alguém falar com vocês como se tivessem inteligência. Acham isso muito incompatível e inadequado. Eles se retiram diante da detestável visão de um escravo tratado como...

— ... um ser humano — sussurrou Bela. Seu lábio inferior tremia enquanto ela apertava forte as barras com seus pequenos punhos, mas não estava chorando.

— Sim, exatamente, princesa.

— Meu lorde. — Eu estava furioso. — O senhor deve nos resgatar, pois estamos sob a proteção de Sua Majestade! Isso viola todos os acordos!

— Fora de questão, caro príncipe. Nas trocas complexas entre grandes poderes, algumas coisas precisam ser sacrificadas. E isso não viola acordo algum. Vocês foram enviados para servir, e servirão, no palácio do sultão. E não tenha dúvida de que serão apreciados por seus novos senhores. Embora o Sultão tenha muitos escravos de sua própria terra, vocês, príncipes e princesas cativos, são uma iguaria muito especial e uma grande curiosidade.

Eu estava furioso e abatido demais para continuar falando. Era inútil. Nada do que eu disse fizera a menor diferença. Fui aprisionado como uma criatura selvagem, e minha mente esmoreceu em um silêncio infeliz.

— Eu fiz o que pude — disse o lorde, sua visão incluindo os outros agora que se afastava.

Dmitri estava acordado e ouvia apoiado sobre o cotovelo.

– Fui enviado para obter um pedido de desculpas pelo saque – continuou o lorde – e uma boa indenização. Consegui mais ouro do que esperava. – Ele se dirigia à porta. Sua mão estava na maçaneta. – Dois anos, príncipe, não são tanto tempo – disse ele a mim. – E quando retornarem, seu conhecimento e sua experiência se provarão de valor inestimável no castelo.

– Meu senhor – disse eu, de repente. – Nicolas, o cronista. Diga-me ao menos se ele foi ferido durante o saque.

– Ele está bem vivo e muito provavelmente trabalhando a todo o vapor em seu relato do saque para a Sua Majestade. Ele está sofrendo muito por você. Mas nada pode ser feito. Agora devo deixá-los. Sejam corajosos e inteligentes, inteligentes ao fingir que não são inteligentes, que não são mais que desprezíveis amontoados de excitação ininterrupta.

E imediatamente nos deixou.

Todos permanecemos quietos, ouvindo os gritos distantes dos marinheiros acima. Então sentimos o mar se agitando quando a outra embarcação afastou-se lentamente da nossa.

E o navio gigantesco pôs-se novamente em movimento, rápido, como se em velocidade máxima, e tombei para trás, sobre as frias barras de ouro, o olhar fixo à minha frente.

– Não fique triste, meu querido – disse Bela olhando para mim, seus longos cabelos cobrindo os seios, a luz cintilando em seus membros polidos. – Dá no mesmo.

Virei para o lado e me deitei apesar do desconfortável metal entre minhas pernas, descansei a cabeça sobre os braços e, por longo tempo, chorei em silêncio.

Finalmente, quando minhas lágrimas secaram, ouvi novamente a voz de Bela.

– Sei que você está pensando em seu senhor – disse ela, delicadamente. – Mas, Tristan, lembre-se de suas próprias palavras.

Suspirei sobre meu braço.

– Lembre-me delas, Bela – pedi, baixinho.

– Que toda a sua existência é uma súplica para ser dissolvida na vontade dos outros. E é assim que seguimos, Tristan, envolvendo-nos cada vez mais nessa dissolução.

– Sim, Bela – disse eu, em voz baixa.

– É só mais uma reviravolta – disse ela. – E agora entendemos melhor o que sempre soubemos, desde que fomos capturados.

– Sim – disse eu –, que pertencemos aos outros.

E virei minha cabeça para olhar para ela. A posição das gaiolas não permitia que tocássemos mais que as pontas de nossos dedos, se tentássemos, e era melhor apenas ver seu lindo rosto e seus bracinhos sedutores enquanto ela segurava as barras.

– É verdade, você está certa – disse eu. E senti um aperto no peito e a velha e conhecida consciência de minha fragilidade, não como príncipe, mas como escravo, completamente dependente dos caprichos de novos e desconhecidos senhores.

E ao olhar para o rosto dela, senti o primeiro sinal do assombro que iluminava seus olhos. Não sabíamos que tormentos ou prazeres nos aguardavam.

Dmitri virara-se e voltara ao sono. Assim como Laurent, abaixo.

E Bela se espreguiçou novamente como um gato, deitando no colchão de seda.

A porta se abriu e os jovens criados com suas roupas de seda entraram – seis deles, um para cada escravo, aparentemente – e se aproximaram das gaiolas, oferecendo, ao destrancá-las, uma bebida quente e aromática, que certamente continha alguma indesejada poção soporífera.

CATIVEIRO DA LUXÚRIA

Já era noite quando Bela acordou. Ao se virar, viu estrelas através de uma pequenina escotilha gradeada. A grande embarcação rangia e zunia ao romper as ondas. Mas ela estava sendo pega, retirada da gaiola, seus sonhos ainda não dissipados, e deitada novamente sobre uma almofada gigantesca, dessa vez em cima de uma longa mesa.

Velas ardiam. Ela podia sentir o forte perfume do incenso. E uma deliciosa e vibrante música soava ao longe.

Os adoráveis jovens a cercavam, esfregando o óleo dourado em sua pele, sorrindo para ela enquanto trabalhavam, esticando seus braços para cima e para trás, mostrando a seus dedos como segurar firme na ponta da almofada. E ela viu um pincel abaixando para colorir cuidadosamente seus mamilos com o brilhante pigmento de ouro. Ela estava chocada demais para emitir qualquer som. Permaneceu parada enquanto seus lábios também eram pintados. Então as cerdas macias do pincel delinearam seus olhos com ouro, pincelando-o em seus cílios. Grandes brincos de pedras preciosas foram mostrados a ela e, com um pequeno suspiro, sentiu suas orelhas serem perfuradas, mas os silenciosos e sorridentes captores apressaram-se a calá-la e consolá-la. Os brincos pendiam dos pequenos buraquinhos ardidos e a dor dissolveu-se quando ela sentiu as pernas serem afastadas e uma tigela de frutas coloridas e lustrosas foi colocada à sua frente. A pequena armadura de malha de ferro foi removida de seu sexo e dedos delicados a apalparam e acariciaram-na até que ele despertasse. Então ela olhou para o rosto de pele acastanhada do primeiro homem que a recebera. Ele devia ser *seu* criado. E viu que ele pegava as frutas da tigela – tâmaras, pedaços de melão e pêssego, pequenas peras, frutas silvestres vermelho-escuras – e cuidadosamente mergulhava cada pedacinho em uma xícara de mel prateada.

Suas pernas foram bem afastadas e ela percebeu que as frutas com mel estavam sendo colocadas dentro dela. Seu sexo bem treinado tensionou-se irresistivelmente enquanto os dedos sedosos enfiavam o melão cortado bem fundo, e mais um pedaço, e mais outro, fazendo com que ela ruborizasse e suspirasse cada vez mais.

Ela não conseguia evitar os gemidos, mas isso seus captores pareciam aprovar. Eles assentiram, seus sorrisos ainda mais iluminados. Ela estava recheada de frutas. E sentiu uma pulsação dentro de si. Então mostraram a ela o brilhante cacho de uvas que foi colocado sobre o ponto de união entre suas pernas. E um adorável ramo de flores brancas foi posto sobre seu rosto, e depois colocado entre seus dentes, as pétalas macias agitando-se sobre as bochechas e queixo da forma mais leve possível.

Ela tentou não morder o cabo das flores, apenas segurá-lo com firmeza. Suas axilas estavam sendo pintadas com uma grossa camada de mel e algo, talvez uma tâmara carnuda, foi colocada dentro de seu umbigo. Pulseiras preciosas passaram por seus pulsos. Estavam colocando-lhe pesadas tornozeleiras. Seu corpo ondulava quase irresistivelmente sobre a almofada enquanto a tensão crescia dentro dela, a leve paixonite pelos rostos sorridentes. E ela também sentia medo, ao perceber que era lentamente transformada em um lindo enfeite.

Mas ela foi deixada de lado com o aviso imperativo de que deveria permanecer imóvel e em silêncio.

Então ela ouviu outros rápidos preparativos no cômodo, escutando as respirações baixas e quase conseguia marcar o ritmo de um coração batendo ansiosamente ao seu lado.

Finalmente seus captores reapareceram. Ela foi erguida na grande e grossa almofada, como um tesouro. A música aumentava enquanto ela era levada escada acima, os músculos de seu sexo apertando o enorme recheio de frutas, o mel e os sumos pingando de dentro dela. A tinta dourada secara em seus mamilos, tornando a pele mais firme. Ela sentia um novo estímulo em cada centímetro da pele.

Ela foi levada a um grande quarto, a luz suave e trêmula. O incenso era inebriante. O ar pulsava ao ritmo dos pandeiros, o dedilhar das harpas, as notas agudas e metálicas dos outros instrumentos. Sobre a cabeça, ela viu o tecido drapejado do teto ganhar vida com os pequenos fragmentos de vidro espelhado, contas cintilantes, intricadas estampas douradas.

Ela foi colocada novamente no chão e, ao virar a cabeça, inevitavelmente viu os músicos à sua esquerda, ao longe e, logo à direita, seus novos senhores estavam de pernas cruzadas, comendo seu banquete de grandes pratos de comida que cheirava deliciosamente, com túnicas e turbantes de seda bordada, os olhos penetrando-a vez por outra enquanto falavam uns com os outros em vozes rápidas e tranquilas.

Ela se contorceu sobre a almofada, segurando firme em sua borda, mantendo as pernas bem abertas como fora tão bem ensinada a fazer na aldeia e no castelo. E seus criados silenciosos e temerosos alertavam-na e imploravam-lhe com olhares medonhos e dedos sobre os lábios, mais uma vez afastados nas sombras, onde ficavam para tomar conta dela, passando despercebidos pelos comensais.

Ah, que estranho mundo é esse em que renasci?, pensou ela, as frutas inchando contra o aperto de sua vagina quente. Ela sentiu os quadris erguerem-se da seda, os brincos pulsando nas orelhas. A conversa continuava em um fluxo natural, e de vez em quando um lorde de turbante escuro sorria para ela antes de voltar a falar com os outros.

Mas outra figura aparecera. Algo que ela conseguia ver de rabo de olho, à esquerda. Ela viu que era Tristan.

Ele estava sendo trazido de quatro, puxado por uma longa corrente de ouro afixada a uma coleira incrustada de pedras preciosas. Ele também fora lustrado com óleo de ouro, seus mamilos estavam dourados. Seu grosso arbusto de pelos púbicos fora salpicado de pequenas pedras brilhantes e seu pênis ereto cintilava sob a fina camada de ouro. As orelhas foram furadas não com brincos pendentes, mas com rubis solitários. O cabelo estava dividido ao meio e fora lindamente escovado com pó de ouro. Tinta dourada delineava os olhos, engrossava os cílios e definia a impressionante perfeição de sua boca. E seus olhos azul-violeta queimavam com um brilho iridescente.

Os lábios formaram um meio sorriso enquanto ele era levado até ela. Ele não parecia triste ou com medo, mas perdido no desejo de cumprir a ordem do belo anjo de cabelos negros que o conduzia. E quando o rapaz de pele escura guiou-o para cima de Bela, pressionando sua cabeça contra a axila esquerda da moça até seu rosto tocar o mel, ele começou a sorvê-lo.

Bela suspirou, sentindo a forte pressão molhada da língua dele, que lambia a curva arredondada de sua carne. E os olhos dela arregalaram-se quando ele limpou todo o líquido, os cabelos fazendo cócegas no rosto dela, até que Tristan inclinou-se para alimentar-se da axila direita com a mesma avidez.

Ele parecia um deus estrangeiro deitado sobre ela, o rosto pintado como algo vindo das profundezas de sonhos secretos, os ombros e braços poderosos magnificamente resplandecentes.

Com um puxão na frágil corrente de couro, o guia ágil de dedos longos conduziu-o para baixo, fazendo com que baixasse a cabeça brilhante até que, faminto, ele pegou a tâmara melada de seu umbigo.

Os quadris e a barriga de Bela ergueram-se bruscamente com o toque dos lábios e dentes de Tristan, o gemido soltando-se dela, as flores em sua boca tremulando sobre suas bochechas. E ela viu seus criados a distância, como em uma névoa, sorrindo, assentindo, incentivando.

Tristan ajoelhou-se entre suas pernas. E desta vez o criado não teve que guiar sua cabeça. Em um gesto quase selvagem, Tristan abocanhou sua cobertura de frutas, a suave pressão de suas mandíbulas sob o púbis da moça a enlouqueceu.

Ele consumiu as uvas, sua boca pressionou os lábios da vagina dela e ele pegou os grandes pedaços de melão com os dentes.

Bela se esticou e se encolheu sobre a almofada. Seus quadris erguiam-se descontroladamente. A boca de Tristan afundou ainda mais dentro dela, os dentes mordendo seu clitóris, ele lambendo-o enquanto extraía mais frutas. E em uma explosão de movimentos ondulantes, Bela empurrou o quadril com toda a força, oferecendo-as a ele.

A conversa no quarto havia morrido. Agora a música era baixa, ritmada e quase assombrosa. E os próprios gemidos de Bela transformaram-se em uma respiração arfante, a boca aberta, enquanto os rapazes sorriam orgulhosos.

As mandíbulas de Tristan trabalhavam nela, esvaziando-a. E agora ele sorvia os sumos entre suas pernas, a língua molhada voltando a acariciar seu clitóris lentamente.

Ela sentiu que seu rosto estava vermelho como sangue. Seus mamilos eram duas sementes doloridas.

Seu corpo ondulava tão violentamente que suas nádegas levantaram da almofada.

Mas com um arrebatador gemido de decepção, ela viu a cabeça de Tristan se erguer. A pequena corrente estava sendo puxada. Ela soluçou suavemente.

Mas ainda não havia terminado. Ele foi colocado ao seu lado, habilmente virado e então posicionado novamente sobre ela, seu pênis descendo sobre os lábios dela enquanto sua boca abria-se bem para cobrir todo o púbis da moça. Ela levantou a cabeça, lambendo o membro dele, tentando abocanhá-lo com os lábios e ao repentinamente capturá-lo, puxou-o para baixo enquanto erguia os ombros.

Ela o chupou freneticamente até o fim, o gosto doce do mel e da canela misturando-se ao cheiro salgado e quente da carne de Tristan, os quadris cavalgando sobre as almofadas enquanto Tristan chupava o pequeno botão entre as suas pernas, virando a boca para fechar seus lábios grossos e pulsantes com os dentes, a língua sorvendo o mel que saía entre eles.

Gemendo, quase gritando, Bela mamava no pênis dele, a cabeça pendendo sob o órgão, a boca contraindo-se no ritmo dos espasmos entre as pernas de Tristan enquanto ela o sentia chupar seu clitóris e o monte acima com uma violência repentina. E quando o orgasmo ardente e trêmulo a inundou, suscitando seus gemidos e suspiros mais altos, ela sentiu o gozo dele transbordando, preenchendo-a.

Eles se debatiam encaixados e a tenda lotada ao redor deles era só silêncio. Ela não via nada. Sua mente estava vazia. Ela sentiu Tristan deslizar para fora. Ela voltou a ouvir o burburinho baixo. Ela sabia que a almofada fora erguida e estava sendo carregada.

Eles estavam descendo os degraus, levando-a para o cômodo das gaiolas. Ao seu redor havia um falatório baixo e animado, os angelicais criados rindo e conversando com palavras rápidas enquanto desciam a almofada sobre uma mesa baixa.

Então ajudaram Bela a se colocar de joelhos e ela viu Tristan ajoelhado bem à sua frente. Os braços dele envolveram o pescoço dela, os braços dela foram conduzidos à cintura dele e ela sentiu as pernas do rapaz contra as suas, as mãos dele pressionando seu rosto contra o peito enquanto ela fitava os anjos que, chegando cada vez mais perto, acariciavam cada pedaço do corpo de Bela e de Tristan.

Nas sombras, Bela viu o rosto suave e sereno dos outros príncipes e princesas observando.

Mas seus adoráveis captores haviam pego as palmatórias esmaltadas de sua gaiola e da de Tristan, exibindo rapidamente os finos artigos sob a luz, permitindo que Bela visse a intrincada ornamentação de círculos e flores, e as pálidas fitas azuis caindo dos cabos.

A cabeça de Bela foi puxada para trás delicadamente e a palmatória colocada diante de seu rosto, tocando seus lábios para que ela a beijasse. Acima dela, Tristan fez o mesmo, seus lábios no mesmo meio sorriso quando a palmatória foi afastada e ele olhou para Bela.

Ele a abraçou forte quando as primeiras pancadas dolorosas vieram, seu corpo forte obviamente tentando conter os pequenos choques das palmadas enquanto ela gemia e contorcia-se sob elas, como a senhora Lockley ensinara-lhe. O riso alegre e claro dos criados vinha de todos os lados. Tristan beijou os cabelos de Bela, suas mãos massageando fervorosamente sua carne, enquanto ela pressionava seu corpo mais e mais contra o dele, seus seios esmagados contra o peito do príncipe, suas mãos abertas nas costas dele, suas nádegas sofridas inundadas por um calor lancinante, as velhas feridas como pequenos nós sob a palmatória. Tristan não conseguia mais ficar parado, os gemidos vinham do fundo de seu peito, seu pau subiu entre as pernas dela e a larga ponta molhada deslizou para dentro dela. Os joelhos de Bela deixaram a almofada. Sua boca encontrou a de Tristan, enquanto seus jubilosos captores dobravam a força das pancadas, mãos ávidas empurravam Tristan e Bela ainda mais próximos.

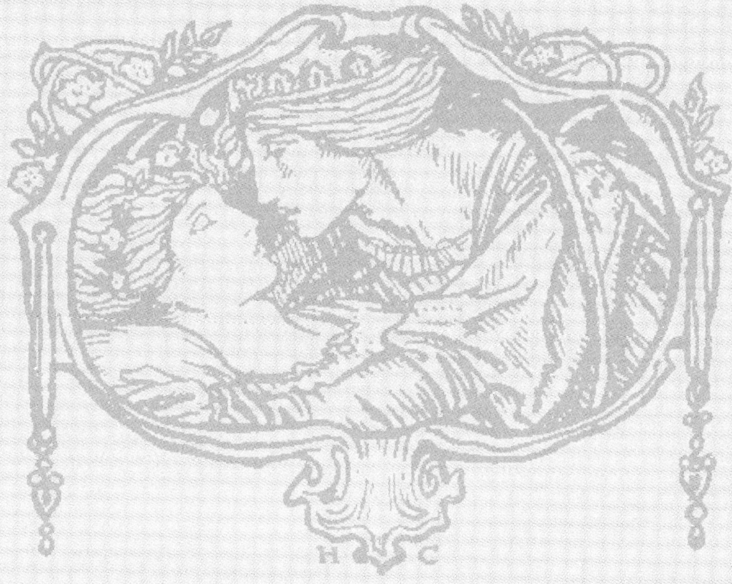
H C

Impressão e acabamento:
GRÁFICA STAMPPA LTDA.
Rua João Santana, 44 – Ramos – RJ